지금 당신에겐
시 한 편이 필요합니다

지금 당신에겐 시 한 편이 필요합니다

당 신 의 감 성 은 안 녕 하 십 니 까 ?

이은직 지음

휴먼큐브

지금 당신에게 시 한 편을 소개합니다.

왜 이 책을 썼느냐고요?

여러분한테도 좋아하는 시 한 편쯤 생겼으면 하는 바람에서요. 좋아하는 음악 두어 가락 있으시죠. 근데 그 음악들 진심으로 좋아하시잖아요. 시도 때도 없이 듣고 흥얼거리고 있잖아요. 누군가 어떤 음악 좋아하느냐고 물어오면 신나서 말이 많아지고, 상대도 그 음악을 좋아하는 걸 알게 되면 그 사람이 더 친근하게 느껴지고……. 그럴 만한 좋은 시들도 꽤 많거든요. 때로는 음악보다 더 슬프고 음악보다 더 신나는 시들…….

요즘 인문학, 인문학, 많이들 말하잖아요. 전 그분들에게 좋아하는 시가 뭐냐고 묻고 싶어요. 인문학 하면 여러분은 뭐가 떠오르나요? 철학, 역사, 언어, 예술 등이 떠오를 수도 있겠고, 도서관이나 서점이나 책들이 떠오를 수도 있겠고, 아니면 뭐 스티브 잡스가 떠오를 수도 있겠네요. 전 인문학 하면 제일 먼저 시가 떠올라요. 왜냐고요? 시가 언어의 꽃이고, 시가 예술의 척추잖아요. 그래서 시를 빼고 인문학을 말하는 건, 사람을 빼고 인문학을 말하는 것 같아 보여요. 좀 과한 얘기라고요? 예, 좀 그런 거 같기도 합니다만…….

어떤 시들을 선택했느냐고요?

우선 제가 좋아하는 시들이요. 유명한 문인들의 대표적인 작품들만 선정하면 왠지 교과서 같은 느낌이 들기도 하고, 그리고 제가 좋아하지도 않는 시들을 제대로 설명하기는 힘들 거 같아서요. 저처럼 시를 가르치는 게 직업인 사람은 어떤 시를 좋아하는지 좀 궁금하지 않나요? 안 궁금하다고요? 예, 뭐…….

선정 조건이 하나 더 있다면……. 음, 약간은 주름이 있는 시들이요. 뭔 소리냐고요? 이 구절은 뭐지? 하는 느낌이 있어서 더 들여다보게 되는 시. 그런데 그 주름진 구석을 이해하고 나면 더 좋아지는 시들이요. 왜 사람을 만날 때도 그렇잖아요. 잘 이해 안 되는 구석이 있어서 더 끌리고, 이해하고 나면 더 좋아지는…….

어떻게 읽어갈 거냐고요?

시인보다는 시 자체에 주목하기로 했습니다. 물론 예술이라는 게, 창작자의 삶을 알고 나면 작품을 이해하는 데 많은 도움이 되는 건 사실이겠죠. 하지만 작품 자체에 집중하는 게, 어쨌든 일차적인 작업 아닐까요. 사실은 더 재미있는 작업이기도 하고요. 근데 말은 이렇게 해놓고 또 필요할 땐 중간중간에 시인의 삶을 언급하긴 할 거예요. 특히 일제강점기에 쓰인 시들을 읽을 때 그럴 텐데요. 시인의 삶을 잘 모르면 심연까지 잘 안 읽히는 시들이 있어서요.

하나 더 말하자면……, 시의 구절구절을 마구 파고들 거예요. 과하게 읽는 게 덜 읽는 것보다는 나을 듯해서요. 더 갈 수 있는 길에서 대충 멈추고 여러 갈래 길이라고 툴툴대는 짓은 안 하려고요. 아, 그렇다고 걱정하진 마세요. 심오한 개념들로 여러분을 괴롭힐 생각은 전혀 없어요. 전 심오한 거 별로 안 좋아하거든요.

어떻게 구성했느냐고요?

시는 누가 뭐래도 정서의 예술이죠. 그래서 전반부에는 감정을 느끼기에 좋은 시들을 선정했습니다. 감정이라면 범주가 너무 막연해 보여서 좀 더 잘게 나눠보기도 했는데요. 1부에선 감정의 꽃인 상실감을 다루는 시들을, 2부에선 현실 앞에 선 시인의 감정을 담은 시들을 묶어봤습니다. 3부에선 1부와 2부에 묶일 수 없는 이런저런 다양한 감정을 담은 시들이 모여 있을 거고요.

시는 또한 표현의 예술이기도 하죠. 그래서 후반부에는 발상적, 표현적, 구성적 묘미를 즐길 수 있는 시들을 배치했습니다. 4부에선 상상력이 독특해서 재미있는 또는 더 슬픈 시들을, 5부에선 표현이 독특해서 재미있는 또는 더 슬픈 시들을, 6부에선 구성이 독특해서 재미있는 또는 더 슬픈 시들을 묶어봤습니다.

더 하고 싶은 말 있느냐고요?

제언 하나요. 순서대로 읽을 필요는 없을 듯합니다. 제목 보고 마음에 드는 시가 있다면 그걸 먼저 읽어보는 것도 좋고, 아니면 각 부의 첫 번째 시들을 먼저 읽고 체계를 좀 느낀 후에 나머지 시들을 읽어보는 것도 좋을 듯합니다.

부탁 하나. 몽테뉴가 『수상록Essais』에서 그랬다죠. "시는 이해하기보다도 짓기가 더 쉽다." 뒤집어 말하면, 시 짓기보다 시 읽기가 더 어렵다는 뜻이 되겠네요. 마음의 준비 단단히 하라는 거냐고요? 아니요, 그런 건 아니고⋯⋯, 조금 느리게 읽었으면 해서요. 책에서 정보 몇 개 얻겠다는 마음으로 덤비지 마시고, 오디오에 CD 얹었다는 기분으로 좀 느긋하게요.

몇 가지 아쉬움. 저작권 문제 때문에 백석의 시들을 싣지 못했습니다. 에고, 그 아름답고도 슬픈 시들을⋯⋯. 그리고 형평성을 생각해서 같은 시인의 시를 2편 이하로 실었고요. 생각 같아선 서정주나 윤동주의 시들은 몇 편씩 싣고 싶은 심정이었습니다만⋯⋯.

고마움과 미안함. 책이 나오는 과정까지 도움을 주신 분들이 있습니다. 고맙습니다. 이 자리에서 구구절절이 이름을 거론하지 않겠습니다. 미안합니다.

2016년 2월
이은직

◢ 차례

3장. 감정들

⟨ 후반전 :   표현 즐기기 ⟩

4장. 발상의 힘

5장. 표현의 힘

< 전반전 :

정서 느끼기 〉

1장

상실의
아픔

너무 늦게

그에게

놀러 간다

나희덕

누게의 반쪽

1966년 충청남도 논산 출생
1989년 중앙문예 '뿌리에게'로 등단
2007년 제22회 소월시문학상 대상
『그곳이 멀지 않다』『어두워진다는 것』등

우리 집에 놀러 와. 목련 그늘이 좋아.
꽃 지기 전에 놀러 와.
봄날 나지막한 목소리로 전화하던 그에게
나는 끝내 놀러 가지 못했다.

해 저문 겨울날
너무 늦게 그에게 놀러 간다.

나 왔어.
문을 열고 들어서면
그는 못 들은 척 나오지 않고
이봐. 어서 나와.
목련이 피려면 아직 멀었잖아.
짐짓 큰소리까지 치면서 문을 두드리면
조등弔燈 하나
꽃이 질 듯 꽃이 질 듯
흔들리고, 그 불빛 아래서
너무 늦게 놀러 온 이들끼리 술잔을 기울이겠지.
밤새 목련 지는 소리를 듣고 있겠지.

너무 늦게 그에게 놀러 간다,
그가 너무 일찍 피워 올린 목련 그늘 아래로.

편히 잘 읽어 내려가다가 '조등弔燈'(장례를 치른다는 것을 알리는 등)에서 좀 놀라셨죠. 가슴이 좀 먹먹해지기도 했을 거고요. 아래에 '조등' 하나 옮겨놨습니다만, 친구 집에 이 물건이 걸려 있는 모습……, 참 상상하기도 싫겠죠.

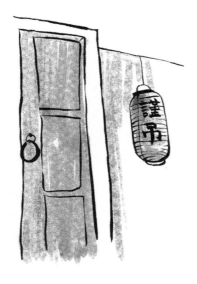

〈1연〉

우리 집에 놀러 와. 목련 그늘이 좋아.
꽃 지기 전에 놀러 와.
봄날 나지막한 목소리로 전화하던 그에게
나는 끝내 놀러 가지 못했다.

'나'는 도시에 살고, '그'는 시골에 사는 친구가 아닐까 싶습니다. 고등학교 동창일까요? 두 사람도 한때는 한 공간에서 살 비비며 가까이 지내던 시절이 있었을 테지만, 먹고사는 일이 바쁘다 보니 지금은 서로 떨어져 지내게 된 듯합니다. 늘 생각나고 늘 보고 싶은 친구지만 이젠 자주 만날 수가 없습니다. 그래도 참 다행인 것은……, '그'의 집엔 멋진 목련 나무가 있고, 목련이 피는 봄날이면 '그'가 약속처럼 '나'를 초대하고, '나'는 약속처럼 '그'의 초대에 응하고, '우리'는 그 목련 그늘에서 술잔을 주고받고, 추억을 풀어내고……. 그렇게 1년에 꼭 한 번은 굳은 약속처럼 서로 만나곤 했던 겁니다.

늘 그랬듯 지난봄에도 '그'에게서 전화가 걸려왔습니다. 1~2행, "우리 집에 놀러 와. 목련 그늘이 좋아. 꽃 지기 전에 놀러 와."는 물론 전화기를 통해 들은 '그'의 말이겠습니다. 근데 지난봄엔 무슨 바쁜 일이 있었던 건지, '나'는 '그'의 초대에 응하지 못했습니다. 에고, 만사를 제쳐두고 그때 놈에게 갔어야 했는데……, 그게 놈을 만날 수 있는 마지막 기회였는데……, 왜 해마다 잘 지키던 그 약속을 하필 지난봄에……. 결국 '그'의 그 어설픈 전화 목소리가 '내'가 들은 그의 마지막 목소리가 되어버린 겁니다.

〈2연〉

해 저문 겨울날
너무 늦게 그에게 놀러 간다.

'놀러 간다'는 표현을 보니, 2연은 시간적으로 현재네요. 지금은 겨울, 화자는 '그'의 부고訃告를 접하고 '그'의 집으로 향해 가고 있습니다. 이동수단은 버스일지 기차일지 자동차일지 모르겠습니다만, 왜 이 이동 시간을 현재로 설정했을지는 대충 느낌이 옵니다. 상가로 출발하기 전까지는 보통 일정 맞추고 출발 준비 하느라 정신없잖아요. 또 막상 상가에 도착하면 오랜만에 만나는 친구들 때문에 정신이 없고. 떠난 친구에게 가장 온전히 몰입하는 시간이 바로 이 이동 시간이 아닐까요. 다시 말해 가장 슬픈 시간이라고 할 수도 있겠네요.

그나저나 시의 제목으로 삼기도 한 2행, '너무 늦게 그에게 놀러 간다'라는 구절이 참 인상적이죠. '그'의 죽음을 부정하고 싶은 화자의 마음, 느껴지나요? '그'가 세상에 없다는 걸 상상도 하기 싫은 겁니다. 난 그저 너무 늦게 놈에게 놀러 가는 것일 뿐이다, 놈은 늦은 나를 타박 없이 받아줄 거다, 늘 그랬듯 놈은 해맑은 미소를 지으며 목련 아래로 술상을 내올 것이다.

〈3연〉

나 왔어.
문을 열고 들어서면
그는 못 들은 척 나오지 않고
이봐, 어서 나와.
목련이 피려면 아직 멀었잖아.
짐짓 큰소리까지 치면서 문을 두드리면
조등弔燈 하나

꽃이 질 듯 꽃이 질 듯
흔들리고, 그 불빛 아래서
너무 늦게 놀러 온 이들끼리 술잔을 기울이겠지.
밤새 목련 지는 소리를 듣고 있겠지.

여긴 상가에 도착해서 벌어질 일에 대한 화자의 상상이네요. 두 토막으로 쪼개서 읽는 게 좋겠습니다. 아래에 전반부만 다시 인용해볼 텐데, 편의상 대화에는 큰따옴표를 쳐보겠습니다.

〈3연〉 전반부

"나 왔어."
문을 열고 들어서면
그는 못 들은 척 나오지 않고
"이봐. 어서 나와.
목련이 피려면 아직 멀었잖아."
짐짓 큰소리까지 치면서 문을 두드리면

처음 3줄은 느낌이 오죠? 맞습니다. 2연에서 단초가 제시되었던, '그'의 죽음을 부정하고 싶은 화자의 마음이 좀 더 강렬히 표현되고 있는 겁니다. '그'의 집에 도착한 화자는 늘 그랬듯 큰소리로 '그'를 부를 겁니다. '그'는 나오질 않습니다. 자식이, 왜 안 나오는 거지? 내 말을 못 들었나?

4~5행은 좀 어떤가요? 여긴 생략 때문에 좀 생뚱맞은 느낌이 들 수도 있겠습니다만……. 다음 두 문장을 합쳐볼까요.

문장 1 놈은 아직 살아 있는 상태다.
문장 2 그리고 놈은 나를 목련이 필 때만 초대했었다.

자, 이제 한번 '그'에게 따져 물어볼까요? "어서, 나와, 인마. 근데 너 목련도 안 폈는데 왜 날 불렀어. 이거 반칙 아냐?" 좀 더 살을 붙여볼까요. "어서 나와, 인마. 근데 너 목련도 안 폈는데 왜 날 불렀어. 이거 반칙 아냐? 자식, 내가 그렇게 보고 싶었던 거야? 그래서 몇 달 일찍 나를 부른 거야? 그래도 인마, 조금만 더 기다리지 그랬어. 이제 목련 피려면 몇 달 안 남았잖아. 아니, 그걸 못 기다리고 이 겨울날에 날 부른 거야? 에이, 이 성급한 놈 그 몇 달을 못 기다리고……. 그 몇 달을 못 기다리고……."

물론 '나'도 반칙을 하나 범했었죠. 지난봄 '그'의 초대에 응하지 못했던 것. 하지만 '그'의 반칙이 더 뼈아프네요. 목련도 피지 않은 겨울에 '나'를 느닷없이 초대한 것. 혹시 화자는 이런 생각을 하고 있는 건 아닐까요. '지난봄 내가 약속을 지켰다면 놈이 나를 이렇게 일찍 부르지 않았을 수도 있었을 텐데.'

〈3연〉 후반부

조등弔燈 하나

꽃이 질 듯 꽃이 질 듯

흔들리고, 그 불빛 아래서

너무 늦게 놀러 온 이들끼리 술잔을 기울이겠지.

밤새 목련 지는 소리를 듣고 있겠지.

두 번째 줄과 마지막 줄을 빼고 읽으면, '조등弔燈 하나 흔들리고, 그 불빛 아래서 너무 늦게 놀러 온 이들끼리 술잔을 기울이겠지.'가 되겠습니다. 이 문장은 별거 없죠. 근데 두 번째 줄과 마지막 줄……, 목련이 지고 있다? 아, 이제 화자는 목련이 피어 있는 양 가정하고 싶은 모양입니다. 다음 두 문장을 다시 합쳐볼까요.

문장 1 놈은 아직 살아 있는 상태다.
문장 2 그리고 놈은 나를 목련이 필 때만 초대했었다.

그러므로…… 놈이 나를 초대한 오늘 역시 목련이 피어 있는 상태인 거다, 됐나요?

근데 그 상상 속의 목련이 바로 지고 있습니다. 이 낙화落花가 친구의 죽음을 상징하는 거 같다고요? 맞습니다. 낙화나 낙엽은 시에서 보편적으로 언급되는 죽음의 이미지들입니다. 결국 '그'는 제멋대로 변칙적으로 목련을 피워 올리고, 그 목련이 지듯 죽음을 맞이한 겁니다. 꽃이 지는 그 자리에서 조등이 흔들리고…….

여기서 잠깐 1연을 다시 읽어보면 좋을 듯합니다. 1연의 '그'의 말이 왠지 좀⋯⋯.

〈1연〉

우리 집에 놀러 와. 목련 그늘이 좋아.
꽃 지기 전에 놀러 와.
봄날 나지막한 목소리로 전화하던 그에게
나는 끝내 놀러 가지 못했다.

다시 읽어보니, "꽃 지기 전에 놀러 와."란 말이 새삼 뼈저리게 다가
오네요. 그때는 그래도 목련이 지기 전까지 얼마간의 여유가 있었던 거
였죠.

그러나 지금은⋯⋯, 피우고 나면 곧바로 지는 그런 목련을, 그래서
아무리 빨리 달려가도 그 핀 모습을 볼 수 없는 목련을, 그 찰나의 목
련을 '그'가 변칙적으로 피워 올린 거고⋯⋯.

〈4연〉

너무 늦게 그에게 놀러 간다,
그가 너무 일찍 피워 올린 목련 그늘 아래로.

시간은 다시 현재. 앞에서 말했던 두 개의 반칙이 정리되듯 다시
언급되고 있군요. '나'의 반칙. 지난봄 '그'의 초대에 응하지 못하고 너
무 늦게 그에게 놀러 가는 것. 하지만 그보다 더 뼈아픈 '그'의 반칙. 목

련도 피지 않은 겨울에 '나'를 느닷없이 초대한 것. 아니, 제멋대로 너무 일찍 목련을 피워 올린 것. 그러고는 그 목련이 지듯 죽음을 맞이한 것, 너무 일찍…….

가을비

도종환

바람이 나를, 너를

1954년 충청북도 청주 출생
1984년 동인지 분단시대 '고두미 마을에서'로 등단
2010년 제5회 윤동주상 문학부문 대상
『담쟁이』『접시꽃 당신』 등

어제 우리가 함께 사랑하던 자리에
오늘 가을비가 내립니다

우리가 서로 사랑하는 동안
함께 서서 바라보던 숲에
잎들이 지고 있습니다

어제 우리 사랑하고
오늘 낙엽 지는 자리에 남아 그리워하다
내일 이 자리를 뜨고 나면
바람만이 불겠지요

바람이 부는 동안
또 많은 사람들이
서로 사랑하고 헤어져 그리워하며
한세상을 살다가 가겠지요

어제 우리가 함께 사랑하던 자리에
피었던 꽃들이 오늘 이울고 있습니다

'어제', '오늘', '내일', 그렇게 3일간의 이야기네요. '어제'는? 우리 두 사람 사랑을 했죠. '오늘'은? 우리 두 사람 이별을 합니다. 그렇다면 '내일'은? '내일 이 자리를 뜨고 나면'? 이게 뭔 소리일까요? '내일'은 화자에게 무슨 일이 생기게 되는 걸까요?

〈1연〉

어제 우리가 함께 사랑하던 자리에

오늘 가을비가 내립니다

'어제'는 과거, '오늘'은 현재로 읽어주는 게 맞겠죠. 물론 3연의 '내일'은 미래일 거고요. 인간의 인생을(물론 인생 전체는 아니겠습니다만) 3일간의 이야기로 축약한 셈입니다. 축약의 의도는 아직은 잘 모르겠습니다만…….

'사랑하던'의 '–던'에 주목해볼까요. 3~4연으로 가면 더 분명히 드러나긴 하지만, 이미 1연만으로도 오늘의 이별을 인정할 수 있어 보입니다. 과잉 해석이라고요? 이렇게 해볼까요. "여기가 내가 공부하던 곳이야." 이 문장, 지금은 공부를 안 한다는 전제잖아요. 됐나요? 그럼 1연을 이렇게 요약해볼까요.

어제(과거) 사랑

오늘(현재) 이별

요약이 너무 건조하다고요? 좀 그렇죠. 근데 요약에 왜 '가을비'는 빠져 있느냐고요? 아, 그러네요. '가을비'는 '이별'의 이미지 또는 '슬픔'의 이미지……. 그냥 '이별'과 등호로 처리할까요. 아래 괜찮죠?

어제(과거) 사랑
오늘(현재) 이별＝가을비

아, 가만, 과거와 현재를 '어제'와 '오늘'로 대체한 건, 혹시 이런 느낌을 담으려고 했던 게 아니었을까요.

"우리 두 사람 이 자리에서 사랑을 나누던 게 <u>어제</u> 일 같은데, <u>오늘</u>은 구슬프게 가을비만 내리고 있습니다."

이거, 괜찮은 거 같죠.

〈2연〉
우리가 서로 사랑하는 동안
함께 서서 바라보던 숲에
잎들이 지고 있습니다

'우리가 서로 사랑하는 동안'은 1연으로 하면 '어제'죠. 그럼 2연은 이렇게 바꿔 읽을 수도 있겠네요.

"어제 함께 서서 바라보던 숲에 잎들이 지고 있습니다."

1연과 대구를 맞춰볼까요.

1연 어제 우리가 함께 사랑하던 자리에 오늘 가을비가 내립니다.

2연 어제 우리가 함께 바라보던 숲에 오늘 잎들이 집니다.

1연의 '자리'와 2연의 '숲'을 다른 공간으로 해석하는 건 쓸데없어 보입니다. 2연을 '숲' 밖에서 '숲'을 본다는 식으로 읽지 말자는 얘기입니다. '숲' 안에서도 얼마든지 '숲'을 볼 수 있잖아요. 우리를 둘러싸고 있는 멋진 숲······.

1연과 2연을 합쳐볼까요.

"어제 우리가 함께 사랑하던 숲에, 오늘은 가을비가 내리고 낙엽이 지고 있습니다."

'어제'의 느낌을 고려해서 조금 바꿔볼까요.

"우리 두 사람 이 숲에서 사랑을 나누던 게 어제 일 같은데, 오늘은 이 숲에 가을비가 내리고 낙엽이 지고 있습니다."

이제 요약할까요.

어제(과거) 사랑

오늘(현재) 이별=가을비, 낙엽

두 사람이 사랑하는 동안 자주 가던 숲이 있었던 모양입니다. 손도 꼭 잡고, 얘기도 나누고, 몰래 뽀뽀도 하고, 뭐 그랬었겠죠. 오늘은 그 사람 없이 화자 혼자 그 숲을 찾아간 겁니다. 아마 헤어지고 한동안은 그 숲에 갈 용기가 안 났을 겁니다. 근데 오늘은 무슨 바람이 불어서 이곳에 오게 된 건지……. 맞잡던 손이 없어서 너무 허전하고, 혹시나 싶어 가끔씩 뒤도 돌아보게 됩니다. 그 사람이 좋아하던 나무 앞에 서면 그의 탄성도 귀에 들리는 듯합니다. 그러던 중……, 추적추적 가을비가 내리기 시작합니다. 그 가을비에 낙엽들이 우수수 떨어집니다. 몸을 피해야 할 정도의 가을비는 아닙니다. 그 비를 계속 맞으며 걷습니다. 그 비에 젖으며 화자의 슬픔이 점점 더 커져갑니다. 비가 하강하고, 낙엽이 하강하고, 화자의 마음도 하강하고…….

〈3연〉

어제 우리 사랑하고

오늘 낙엽 지는 자리에 남아 그리워하다

내일 이 자리를 뜨고 나면

바람만이 불겠지요

‘낙엽 지는 자리'는 ‘숲'으로 바꿔 읽어도 되는 표현이겠죠. 그럼 1~2행은 이렇게 바꿔 읽을 수도 있겠네요.

"어제 우리 사랑하고, 오늘 숲에 남아 그리워하다"

가만, ‘오늘 숲에 남아 그리워하다'의 주어는 물론 ‘우리'가 아니라 ‘나'겠죠. 단어 몇 개 집어넣어서 이렇게 읽어볼까요.

"어제 우리 사랑하고, 오늘 나 홀로 숲에 남아 헤어진 임을 그리워하다"

앞의 1~2연 요약에 한 단어만 추가할까요.

어제(과거) 사랑

오늘(현재) 이별(+그리움)=가을비, 낙엽

　자, 이제 드디어 3행, 문제의 '내일'이 등장합니다. 3행의 '이 자리'
는? 물론 숲이겠죠. '이 자리를 뜨고 나면'의 주어는? 물론 여기도 '나'
겠죠. 그럼 결국 3~4행은 이렇게 읽을 수 있겠죠.

　"내일 내가 숲을 뜨고 나면 바람만이 불겠지요."

　'바람'은 잠시 무시할까요. 대체 내가 이 숲을 뜬다는 게 무슨 의미
일까요? '뜨다'란 동사를 2행에도 적용해볼까요. 화자 홀로 숲에 남았
다는 건, 달리 말하면 임이 숲을 떴다는 얘기가 되겠죠. 그렇다면 이
런 정리가 가능해지는 거죠.

　1행_ 어제(과거) 두 사람이 숲에 있었다.

　2행_ 오늘(현재) 임이 먼저 숲을 떠났다.

　3행_ 내일(미래) 나마저 이 숲을 떠나면…….

　이렇게 정리하고 보니, '숲'은 실제 숲의 의미를 넘어서 의미의 추상
화가 일어나고 있는 듯합니다. 이럴 때 흔히 그 시어가 '상징성을 부여
받았다'란 표현을 쓰기도 합니다만……. 가만, '숲'을 '사랑의 공간' 정도
로 고쳐 읽어볼까요. 1~2행은 이제 무난하게 읽힐 텐데, 3행은 그렇게
읽어도 여전히 어색할 겁니다. 아래 한번 볼까요.

1행_ 어제(과거) 두 사람이 사랑의 공간에 있었다.

2행_ 오늘(현재) 임이 먼저 사랑의 공간을 떠났다.

3행_ 내일(미래) 나마저 사랑의 공간을 떠나면……

나마저 사랑의 공간을 떠난다? 어색하죠. 임이 사랑의 공간을 떠났다는 건 임이 날 버렸다는 의미로 읽어주면 되겠지만, 나마저 사랑의 공간을 떠난다? 버려진 내가 다시 임을 버린다?

'숲'을 집으로 바꿔 읽어볼까요. 이렇게요. "두 사람이 한 집에 살고 있었다. 한 사람이 그 집을 떠났다. 남은 한 사람도 그 집을 떠난다." 이때의 '그 집'이 사랑의 집이다? 확실히 이상하잖아요. '숲'을 사랑의 공간으로 읽는 건 아무래도 충분한 해석이 아닐 듯합니다. 그럼 이를 어쩌죠? 어쩌긴요. 4연 가봐야죠.

〈4연〉

바람이 부는 동안

또 많은 사람들이

서로 사랑하고 헤어져 그리워하며

한세상을 살다가 가겠지요

4연의 3행이 3연의 1~2행의 반복이라는 거 느꼈나요? 못 느꼈다면 한 번만 더 읽어볼까요. 아래에 정리해볼게요.

3연의 1행 사랑   = 4연의 3행 '서로 사랑하고'

3연의 2행 이별(+그리움) = 4연의 3행 '헤어져 그리워하며'

자, 그렇다면 3연의 3행과 대응하는 건……? 물론 4연의 4행이겠죠. 아래에 한번 붙여서 적어볼게요.

3연의 3행 이 자리를 뜨고 나면

4연의 4행 한세상을 살다가 가겠지요

아직 느낌 안 오나요? '자리'의 위치에 '세상'을 넣고 읽어볼까요. 참고로 4연의 4행, '한 세상을 살다가 가겠지요'는 '살다가'가 아니라 '가겠지요'에 방점이 있는 문장입니다. 이렇게 읽어야 분위기가 살 거라는 얘기입니다. '가버리는 거, 한 세상을 살다가 가버리는 거'. 결론, '내일' 벌어지게 될 일은……, 나의 죽음이었던 거네요. 아, 그럼 '오늘'의 사건은……, 임이 이 세상을 떴다? 맞아요. 임의 죽음이었던 겁니다.

아래에 3연과 4연을 다시 인용해볼게요. 남은 문제들 말끔히 해치웁시다.

〈3연〉

어제 우리 사랑하고

오늘 낙엽 지는 자리에 남아 그리워하다

내일 이 자리를 뜨고 나면
바람만이 불겠지요

'바람' 먼저 해치울까요.

"우리 두 사람 사랑을 하고, 오늘은 임이 먼저 이 세상을 떴고, 이제 나마저 이 세상을 뜨고 나면, 이 숲엔 아니 이 세상엔 그저 휭하니 바람만 불겠지."

됐죠? '바람'은 공허, 허무 등의 단어를 떠올려 처리하면 될 듯합니다.

'내일'이란 단어의 느낌은 '어제'의 느낌과 유사하게 처리하는 게 좋겠죠. 나의 죽음은 마치 내일 일처럼 곧, 이제 곧 발생할 일이다……. '어제', '오늘', '내일'의 느낌을 전부 담아 옮겨볼까요.

"우리 두 사람 사랑을 나누던 게 어제 일 같은데, 오늘은 임이 먼저 이 세상을 떠버리고, 내일 일처럼 이제 곧 나마저 이 세상을 뜨고 나면……."

〈4연〉

바람이 부는 동안
또 많은 사람들이
서로 사랑하고 헤어져 그리워하며
한세상을 살다가 가겠지요

　1행은 '나 죽고 나서도' 정도로 옮기면 되겠죠. 결국 4연은 3연의 확장이었네요. 우리 두 사람의 이야기(3연)를 모든 사람들의 이야기(4연)로 확장시킨 겁니다. 살 좀 붙여 읽으면 이 정도 분위기가 되겠습니다.

　"나 죽고 나서도 아무 일 없다는 듯이 또 수많은 사람들이 살아가겠지. 우리처럼 그들도 서로 만나서 사랑을 하게 될 거야. 하지만 아무리 열렬히 사랑해도 이별은 필연인 거지. 둘 중 한 사람이 반드시 먼저 죽을 테니까. 그렇게 한 사람이 먼저 가고 나면 남은 사람은…… 죽을 때까지 슬픔 속에서 먼저 간 사람을 그리워할 테지. 그렇게 죽도록 그리워하다가 곧 그 사람도 끝내 죽음을 맞이할 거고……. 그러고 나면 또 바람만 횡하니 불어올 거고……."

　좀 거칠고 직설적으로 해볼까요.

　"사랑하고, 반드시 한 놈이 먼저 죽고, 남은 놈은 죽은 놈을 죽도록 그리워하고, 그러다가 끝내 그놈도 죽고, 그 뒤로 그저 바람만 횡하니 불고……, 이런 우라질."

　인생무상人生無常이란 단어가 떠오르죠. 맞아요. 시의 핵심은 '사별의 슬픔'보다는 '인생무상'에 맺히는 느낌입니다. 아내의 죽음에 대한 절절한 슬픔을 노래했던, 시인의 문제의 시집 『접시꽃 당신』이 1986년 산이죠. 이 시가 실린 『내가 사랑하는 당신은』이란 시집은 1988년산입니다. 아내가 죽은 지 2년쯤 뒤에 숲을 다시 찾았던 거군요. 그래서 이렇게 쓸쓸한 관조적인 시가 나올 수 있었는지도 모르겠습니다.

　시의 핵심이 '인생무상'에 맺힌다 해도, 이 시가 뛰어난 사랑 노래, 이별 노래라는 점에는 변함이 없습니다. 초점을 사랑과 이별로 옮겨서 이렇게 한 번 더 읽어볼까요.

"인생 뭐 있어? 사랑하는 거지. 이별하는 거고. 그러다 때가 되면 가버리는 거겠지만, 그래도 뭐 어쩌겠어. 사랑해야지…… 이별해야 하는 거고…"

자, 이제 마지막 연, 마저 볼까요.

〈5연〉

어제 우리가 함께 사랑하던 자리에

피었던 꽃들이 오늘 이울고 있습니다

'이울다'는 물론 '시들다'의 의미겠죠. 새로운 이미지, 낙화落花의 등장입니다. 자, 이제 이 시 아래처럼 요약할까요.

어제(과거) 사랑

오늘(현재) 임의 죽음=가을비, 낙엽, 낙화

내일(미래) 나의 죽음

가만, 앞의 「너무 늦게 그에게 놀러 간다」에서도 낙화落花가 친구의 죽음을 상징했었죠. 맞아요. 이 시의 가을비, 낙엽, 낙화 등도 이별의 이미지라기보단 죽음의 이미지인 듯하네요.

비가 내리듯, 잎이 지듯, 꽃이 지듯……, 임은 가고 나는 남고, 때가 되면 나도 가고…….

월훈 月暈

박용래

:제온, 36.5°

1925년 충청남도 논산 출생
1955년 현대문학 '가을의 노래'로 등단
1980년 제7회 한국문학 작가상 수상
『일락서산에 개구리 울음』『강아지풀』 등

첩첩산중에도 없는 마을이 여긴 있습니다. 잎 진 사잇길, 저 모래 둑, 그 너머 강기슭에서도 보이진 않습니다. 허방다리 들어내면 보이는 마을.

갱坑 속 같은 마을. 꼴깍, 해가, 노루꼬리 해가 지면 집집마다 봉당에 불을 켜지요. 콩깍지, 콩깍지처럼 후미진 외딴집, 외딴집에도 불빛은 앉아 이슥토록 창문은 모과木瓜빛입니다.

기인 밤입니다. 외딴집 노인은 홀로 잠이 깨어 출출한 나머지 무를 깎기도 하고 고구마를 깎다, 문득 바람도 없는데 시나브로 풀려 풀려 내리는 짚단, 짚오라기의 설레임을 듣습니다. 귀를 모으고 듣지요. 후루룩후루룩 처마깃에 나래 묻는 이름 모를 새, 새들의 온기溫氣를 생각합니다. 숨을 죽이고 생각하지요.

참 오래오래, 노인의 자리맡에 밭은기침 소리도 없을 양이면 벽 속에서 겨울 귀뚜라미는 울지요. 떼를 지어 웁니다. 벽이 무너지라고 웁니다.

어느덧 밖에는 눈발이라도 치는지, 펄펄 함박눈이라도 흩날리는지, 창호지 문살에 돋는 월훈月暈.

노인의 절절한 외로움이 느껴지나요? 설마 '자연을 벗하는 노인의 한가로움'을 노래하는 시로 읽은 건 아니겠죠?

제목, '월훈月暈'의 의미는 먼저 확인해둘까요. '월훈'은 우리말로 하면 '달무리'죠. '달 언저리에 둥그렇게 생기는 구름 같은 허연 테'인데, 주로 비 오기 전에 나타나는 현상이랍니다.

〈1연〉

첩첩산중에도 없는 마을이 여긴 있습니다. 잎 진 사잇길, 저 모래 둑, 그 너머 강기슭에서도 보이진 않습니다. 허방다리 들어내면 보이는 마을.

일단은 문체의 독특함을 얘기하지 않을 수가 없네요. 화자가 독자에게 이야기를 들려주는 듯한 느낌이죠. 정감 있고 따스한 느낌입니다. 게다가 존댓말이기도 해서 뭔가 존중받는 느낌도 들고요.

첫 문장은 이렇게 읽어주면 될 듯합니다.

"마을이 없을 것 같은 첩첩산중인데 마을 하나가 있습니다."

됐죠? 다음 문장은……, 뭐 결론은, 멀리서는 잘 보이지도 않는 마을이란 얘기겠습니다만, 오히려 마을의 주변을 그려내려는 의도가 더 강해 보이네요. 강기슭 지나고, 모래 둑 지나고, 오솔길 지나야 비로소 나타나는 마을. 마지막 문장의 '허방다리'는 '땅에 구덩이를 파고 그 구덩이를 위장하기 위해 구덩이 위에 얹어놓은 막대기'랍니다. 이렇게 읽어주면 되겠네요. 허방다리를 들어내야 모습을 드러내는 구덩이처럼 마을이 그렇게 깊숙이 숨겨져 있다는……. 결국은 세 문장 다 같은 얘기였네요. 이 정도로 단단히 압축해줄까요. '첩첩산중의 외딴 마을.'

〈2연〉

갱坑 속 같은 마을. 꼴깍, 해가, 노루꼬리 해가 지면 집집마다 봉당에 불을 켜지요. 콩깍지, 콩깍지처럼 후미진 외딴집, 외딴집에도 불빛은 앉아 이슥토록 창문은 모과木瓜빛입니다.

먼저 단어들의 뜻을 확인하고 들어가는 게 좋겠네요.

- **갱坑** 광물을 파내기 위하여 땅속을 파 들어간 굴.
- **봉당** 마루를 놓을 자리에 마루를 놓지 아니하고 흙바닥 그대로 둔 곳.
- **콩깍지** 콩을 털어내고 남은 껍질.
- **이슥하다** 밤이 꽤 깊다.
- **모과** 모과나무의 열매. 모양은 길둥글고 큰 배와 비슷하나 거죽이 좀 울퉁불퉁하다. 처음에는 푸르스름하다가 익으면서 누렇게 되며 맛은 몹시 시고 향기가 있다.

'갱'은 영화 같은 데서 두어 번 보신 적 있을 겁니다. '갱坑 속 같은 마을'이라니, 해가 지면 무척 깜깜해지는 마을인 모양입니다. 하긴 첩첩산중의 마을이라면 그럴 수밖에 없겠죠. 해가 졌으니 집집마다 불이 켜지는 것도 당연하고요. 그 외딴 마을 그중 후미진 외딴집 한 채에도 불이 켜지고 모과 빛깔 같은 노란 불빛이 창으로 새어나오고 있답니다. 2연은 1연의 요약과 짝을 맞춰서 이 정도로 요약하는 게 어떨까요. '외딴 마을의 외딴집.'

근데 '꼴깍, 해가, 노루꼬리 해가 지면'이란 표현, 참 귀엽지 않나요. '꼴깍'이란 의태어도, '노루꼬리'라는 비유도 아주 경쾌한 느낌을 줍니다. 참, '노루꼬리'는 짧은 것의 비유일 겁니다. 4연에 '겨울'이란 단어가 있죠. 겨울은 낮이 짧잖아요. 노루꼬리처럼. 근데 이 구절, '꼴깍'이나 '노루꼬리'만 인상적인 건 아닙니다. '노루꼬리 같은 해가 꼴깍 지면' 정도의 표현과 비교해볼까요. 정보의 순서도 바꾸고, 반복도 하고, 쉼표도 간간이 찍음으로써, '꼴깍'과 '해'와 '노루꼬리'까지 그 구절의 모든 정보가 다 특별하게 부각되는 느낌을 줍니다.

그러고 보니 '콩깍지, 콩깍지처럼 후미진 외딴집, 외딴집에도'란 표현에도 반복이나 쉼표의 사용을 통한, 정보의 부각이 나타나는군요. 사실 이 구절은 전형적인 연쇄법(앞 구절의 끝 어구를 다음 구절의 앞 구절에 이어받아 이미지나 심상을 강조하는 수사법)의 양상입니다. 연쇄법의 대표 격인 다음 동요와 비교해볼까요. '······ 빨개, 빨가면 사과, 사과는······.' 많이 닮았죠. 연쇄법은 흥미의 연속성을 유지하며 표현하고자 하는 내용을 강조하는 효과가 있습니다. 사실 연쇄법은 잘못 사용하면 좀 유치한 느낌을 줍니다만, 이 시의 연쇄법은 참 세련되고 참신합니다.

참고로 다음 연의 '시나브로 풀려 풀려 내리는 짚단, 짚오라기의 설레임을'이나 '후루룩후루룩 처마깃에 나래 묻는 이름 모를 새, 새들의 온기溫氣를'에도 연쇄법이 나타납니다.

〈3연〉

기인 밤입니다. 외딴집 노인은 홀로 잠이 깨어 출출한 나머지 무를 깎기도 하고 고구마를 깎다, 문득 바람도 없는데 시나브로 풀려 풀려 내리는 짚단, 짚오라기의 설레임을 듣습니다. 귀를 모으고 듣지요. 후루룩후루룩 처마깃에 나래 묻는 이름 모를 새, 새들의 온기溫氣를 생각합니다. 숨을 죽이고 생각하지요.

3연은 요약부터 하고 시작할까요. 맞아요, '외딴집의 노인'입니다. 1연에서 3연까지 시상이 연쇄적으로 축소되고 있군요. 드디어 시의 주인공 '외딴집 노인'의 등장입니다.

'시나브로'는 '모르는 사이에 조금씩 조금씩'이라는 뜻의 예쁜 우리말이고, '짚오라기'는 물론 '지푸라기'의 변형일 겁니다. 단어들은 이제 된 거 같죠. 자, 이제 심호흡을 하고 눈도 동그랗게 뜨고 상황에 몰입 좀 해볼까요. 외딴집 노인의 외로움, 잘 좀 느껴봅시다.

외로움의 증거 한번 샅샅이 찾아볼까요. 이미 첫 문장부터 외로움이 느껴진다고요? 오호, 대단한 감각이네요. 겨울밤이니 당연히 길 수밖에 없겠지만, 외로운 밤은 더더욱 길게 느껴지는 법이죠. 그래도 이건 외로움의 증거라고 보기엔 약하지 않느냐고요? 맞아요, 뭐 좀 그런 면이 없지 않습니다.

그렇다면 두 번째 문장의 '홀로'는 어떤가요? 이건 '외로움'과 직결

되는 단어잖아요. 아, 그러고 보니 이 노인, 외딴집에 혼자 사는 노인이니, 혼자 살아가는 노인……, 한 단어로 하면……, '독거노인獨居老人'이네요. 이 독거노인, 당연히 외롭지 않을까요. 특히 한밤엔, 그도 긴 겨울밤엔, 그도 자다 깨서 혼자서 처량히 무를 깎아 먹는 밤엔……. 혹시 독거노인이 되는 상상, 해본 적 없으시죠? 조금만 상상해볼까요.

　밤이고, 겨울인데, 텅 빈 방에……, 늙은 나 혼자. 내 말을 들어주는 이 없고, 아니 방구석 어디에 온기 있는 물건조차도 없고……. 몸뚱이는 여기저기 아프고 저리고 쑤시고……. 자리에 누우면 떠오르는 건 그저 후회, 후회, 이런 젠장할 놈의 후회! 잠은 또 왜 이리 안 오는 건지, 겨우 잠들면 또 왜 이리 쉽게 깨는 건지……. 저녁을 걸러서 출출한 탓일까? 생라면이라도 빠개 먹어야 할까? 아, 이 빌어먹을 놈의 허기!

　이제 세 번째 문장과 다섯 번째 문장을 볼까요. 한밤에 깨어난 이 노인, 귀를 모으고 숨을 죽이고 바깥소리에 귀를 기울입니다. 대체 왜 이러는 걸까요? 혹시 도망자 노인네? 아니겠죠. 혹시 누군가를 기다리는 노인네? 맞는 거 같죠. 이렇게 해볼까요. 철수가 피자를 시켜놓고는, 바깥소리에 열심히 귀를 기울입니다. 이 귀 기울임의 의미는 대체 뭐겠습니까. 물론 피자에 대한 간절한 기다림이겠죠. 바깥에서 부스럭거리는 소리가 들려옵니다. 그 순간 철수는 마음이 마구 설레겠죠. "드디어 왔구나." 근데 좀 더 자세히 들어보니, 옆집 개 짖는 소립니다. "이런 우라질."

　잠시 두 번째 문장으로 다시 가볼까요. '짚오라기의 설레임을 듣습니다'는 지푸라기 흘러내리는 소리를 듣고 노인의 마음이 설렜다는 얘기일 겁니다. 이 노인, 바깥소리에 왜 마음이 설레는 걸까요. 맞아요. 아까 철수와 같은 심리일 겁니다. "드디어 왔구나." 물론 인기척이 아니니, 노인도 철수처럼 실망했겠죠. "이런 우라질." 그렇다면 이 노인은 대체 누구를 기다리고 있는 걸까요. 철수처럼 피자를 시킨 상황은 아니잖아요. 아, 혹시 이웃집 멋쟁이 할머니? 설마…… 아니겠죠. 아무리 봐도 연애시 분위기는 아니잖아요. 맞아요. 방문자가 누구이든 상관없이 그저 반가웠을 테죠. 노인은 지금 사람이, 따스함이 그리운 거겠죠.

네 번째 문장으로 가볼까요. 맞아요. 따스함이, '온기溫氣'가 그리운 겁니다. 그러니 새소리를 듣고도 그 새들의 온기를, 체온을 생각하게 되는 거겠죠.

근데 잠깐, 노인의 가족은 다 어디로 가버린 걸까요. 부인은 아마 몇 해 전 세상을 뜬 거겠지만, 자식들은……. 설마 자식이 없거나 자식들이 먼저 죽어버린 건 아니겠죠. 가만, 이 노인, 막연히 사람을 기다리는 게 아니라, 혹시 자식들을 기다리고 있는 상황 아닐까요. 도시로 돈 벌러 떠난 아들놈, 쌀쌀맞긴 해도 밉지 않은 며느리, 에고 손주놈도 이제 많이 컸을 텐데……, 손주놈의 보드랍고 따스한 손 몇 번은 더 잡아보고 가야 할 텐데……. 계절이 겨울이니까……, 아, 오늘이 혹시 설날 아닐까요. 작년은 그랬다 쳐도, 올해는 그래도 오지 않을까? 갑자기 저 문을 벌컥 열고 들어오지 않을까? 오늘 지나면……, 또 언제……, 그래, 추석이나 돼야 할 텐데……. 뭐 그런 심정으로 하루 종일 목 빠지게 기다리다가 끝내 한밤이 되고, 별수 없이 한숨 몇 번 내쉬며 마음 비우고, 쓸쓸히 잠자리에 들었던 게 아닐까요. 그러다 문득 잠에서 깨고, 한밤의 지푸라기 소리에 바보처럼 또 마음이 마구 설레고, 새소리에 미치겠고······.

〈4연〉

참 오래오래, 노인의 자리맡에 밭은기침 소리도 없을 양이면 벽 속에서 겨울 귀뚜라미는 울지요. 떼를 지어 웁니다. 벽이 무너지라고 웁니다.

'오래오래'가 '밭은기침 소리'와 연결되는 말인지 '울지요'와 연결되는 말인지 모호합니다. 뭐, 그냥 양쪽으로 다 연결해서 읽어줄까요.

일단, '밭은기침 소리'와 연결하면, 노인이 잠자리에 누워 '오래오래' 밭은기침을 했다는 거······. 다시 말해 노인이 '오래오래' 잠을 이루지 못했다는 얘기가 되겠습니다. 뭐, 그랬겠죠, 틀림없이. 참고로 '밭은기침'은 주로 노인들이 습관적으로 하는 기침입니다.

이제, '오래오래'와 '울지요'를 연결하면, 겨울 귀뚜라미가 '오래오래' 울었다는 얘기로도 읽을 수 있겠네요. 근데 이 겨울 귀뚜라미, 노인의 감정과 아무 상관이 없는, 그저 곤충에 불과한 존재일까요? 감정이입 얘기하려는 거냐고요? 맞아요, 그 얘기 안 할 수가 없습니다. 이 겨울 귀뚜라미는 노인의 분신처럼 보입니다. 인정할 수 있겠죠? 그럼 결론은요? 노인도 이불을 뒤집어쓰고 '오래오래' 울었다는 얘기가 되겠네요.

근데 귀뚜라미가 어떻게 '벽 속'에서 울 수 있느냐고요? 아마도 귀뚜라미들이 겨울이 되면 추위를 피하기 위해 벽 틈으로 파고드는 모양입니다. 아니면 바깥의 귀뚜라미 소리가 무척 가깝고 크게 들렸다는 뜻일지도 모르고요. 근데 이 '벽 속'보다 훨씬 더 주목할 만한 표현이 있습니다. 마지막 문장, '벽이 무너지라고 웁니다'란 표현……. 벽이 무너지라고 운다고? 누가?

　이제 이미지를 떠올려볼까요. 노인이 밭은기침을 하며 오래오래 잠을 이루지 못합니다. 그러다가 갑자기 감정이 북받쳤는지 오래오래 통곡을 합니다. 벽이 무너질 정도로 오래오래 통곡을 합니다.

〈5연〉

어느덧 밖에는 눈발이라도 치는지, 펄펄 함박눈이라도 흩날리는지,
창호지 문살에 돋는 월훈月暈.

참 기막히게 절제된 마무리죠.

　울다 지쳐 더는 울음도 안 나올 때쯤 노인이 문득 고개를 들어 창을 봤다는 겁니다. 아마도 방 안의 불은 꺼져 있는 상태였겠죠. 밖에는 눈이라도 흩날리고 있는 것인지……, 창호지를 통해 하늘의 은은한 달무리가 보였답니다. 그 달무리를 바라보는 노인의 심정은……, 독자가 알아서 짐작해보라는 거죠.

　폭풍 같은 슬픔이 그를 휩쓸고 지나간 뒤잖아요. 이런 상상 어떨까요. 거대한 폭풍이 마을을 휩쓸고 갑니다. 폐허가 된 마을엔 먼지바람만 횅하니 불고 있습니다. 노인의 가슴에도 그렇게 쓸쓸한 먼지바람이 횅하니 불고 있을 겁니다. 계절은 겨울, 이제 그 마을엔 눈발이 어지럽게 흩날리기 시작합니다. 시간은 밤, 흐릿한 하늘엔 뿌연 달무리가

떠 있습니다. 노인은, 그 마을의 거리 한복판에서 그런 달무리를 보는 기분이 아니었을까요. 싸늘하고 적막하고 허전하고 외롭고 그리고 냉기……. 차고 단단한 냉기가 살 속을 파고듭니다. 36.4도, 36.3도, 36.2 도……, 서서히 체온마저 떨어지는 기분입니다.

참고로, 달은 고독을 노래하는 시에서 종종 등장하는 소재입니다. 그때의 달은 주로 별 없는 흐린 하늘에 흐릿하게 뜬 달입니다. 하늘에 는 달 하나, 지상에는 나 하나…….

뭐 그런 심정으로 하루 종일
목 빠지게 기다리다가 끝내 한밤이 되고,
별수 없이 한숨 몇 번 내쉬며 마음 비우고,
쓸쓸히 잠자리에 들었던 게 아닐까요.
그러다 문득 잠에서 깨고,
한밤의 지푸라기 소리에 바보처럼
또 마음이 마구 설레고,
새소리에 또 미치겠고······.

서도여운 西道餘韻

─옷과 밥과 자유

김소월

1902년 평안북도 구성 출생
1920년 동인지 〈창조〉 5호를 통해 등단
1981년 금관문화훈장
『진달래꽃』 등

세계의 결편

공중空中에 떠다니는
저기 저 새여
네 몸에는 털 있고 깃이 있지.

밭에는 밭곡식
논에는 물벼
눌하게 익어서 수그러졌네!

초산楚山 지나 적유령狄踰嶺
넘어선다
짐 실은 저 나귀는 너 왜 넘니?

좀 당황하셨죠? 제목과 부제와 시가 제각각 따로 노는 느낌에, 각연들이 제각각 따로 노는 느낌에……, 게다가 마지막 결정타, 나귀에게 던진 뜬금없는 질문까지……. 쩝, 대체 뭔 얘기를 하고 싶은 건지…….

먼저 제목부터 살피는 게 좋겠죠. 제목의 '서도西道'는 '황해도와 평안도를 통틀어 이르는 말'인 그 '서도'고, '여운餘韻'은 '아직 가시지 않고 남아 있는 운치'를 의미하는 그 '여운'입니다. 여기선 그냥 공간적 배경만 챙기는 게 좋겠습니다. 화자의 위치는 서도西道의 어딘가입니다.

이제 부제로 가볼까요. '옷과 밥과 자유'……. 가만, 이렇게 해볼까요. 이 시는 무엇에 대한 시다? 맞아요. '옷과 밥과 자유'에 대한 시겠죠. 제목과 연결해서 이렇게 정리할 수 있겠네요. 이 시는 '서도'에서 쓰인 '옷과 밥과 자유'에 대한 시다.

가만, 시가 총 세 개 연이잖아요. 이거 혹시 부제의 세 개 단어와 시의 세 개 연이 일대일로 대응하는 구조 아닐까요. 그러니까 1연이 '옷' 얘기, 2연이 '밥' 얘기, 3연이 '자유' 얘기……. 에이, 꼭 그럴 필요는 없지 않느냐고요? 맞습니다. 꼭 그럴 필요는 없겠습니다만, 아무래도 그럴 가능성이 높아 보이잖아요. 그렇게 가정하고 읽어볼까요. 읽다가 문제가 생기면 가정을 폐기하더라도…….

〈1연〉

공중空中에 떠다니는

저기 저 새여

네 몸에는 털 있고 깃이 있지.

옷 얘기처럼 보이나요? 물론 '옷'이란 단어는 안 보입니다만……. 이렇게 해볼까요. 1연 뒤엔 한 문장이 생략돼 있습니다. 그 문장엔 '나'와 '옷'이 들어갈 겁니다. 자, 한번 떠올려볼까요. 잘 안 된다고요? 같이 해볼까요. 표현을 조금씩 수정해보겠습니다.

"야, 하늘의 새, 너에게는 털과 깃이 있구나!" 여기에 '나'와 '옷'이 들어가는 한 문장을 추가한다면? 아직 안 떠오르나요? 그럼 이 정도, "뭐냐, 젠장! 하늘의 새에게도 털과 깃이 있는데……." 뒤에 생략된 문장……. 이젠 대충 떠올랐나요? 답해볼까요? 나는 옷이 있다? 없다? 맞아요. '나는 옷이 없다'겠죠. 접속사는 '그러나'가 좋겠죠. 그럼 결론, '그러나 나는 옷이 없다' 정도가 되겠습니다. 물론 '새'는 화자와 대비되는 대상이 되겠고요. 「황조가黃鳥歌」의 '꾀꼬리'처럼 말이죠.

자, 이제 2연 가볼까요. 이제 발동 걸렸으니, 2연은 쉽게 해결되지 않을까 싶습니다만…….

〈2연〉

밭에는 밭곡식
논에는 물벼
눌하게 익어서 수그러졌네!

'눌하게'는 '누렇게'의 뜻인 듯하니, 논밭의 곡식들이 잘 익어서 수

그러졌다는 얘기겠습니다. 여기도 아까처럼 해볼까요. 2연 뒤에도 한 문장이 생략돼 있습니다. 그 문장에는 '나'와 '밥'이 들어갈 거고요. 자, 한번 떠올려볼까요. 잘 안 떠오른다면, 여기도 표현을 조금만 수정해 볼까요.

"아니, 논밭의 곡식들이 저렇게 잘 익어 수그러졌는데……." 뒤에 생략된 문장……. 나는 밥이 있다? 없다? 맞아요. '나는 밥이 없다'겠 죠. 접속사는 역시 '그러나'가 좋겠고요. 그럼 결론은? '그러나 나는 밥 이 없다.' 근데 곡식들이 잘 익었는데 왜 밥이 없느냐고요? 왜긴 왜겠 습니까? 일제의 수탈 때문이겠죠. 1연에서 옷이 없었던 이유도 역시 일제의 수탈 때문이겠고…….

근데 이거 왠지 퀴즈 게임 같은 느낌의 시라고요? 맞아요. 그런 구 석이 좀 있습니다. 혹시 들어보셨는지 모르겠습니다만, 여운시餘韻詩라 는 개념이 있습니다. 그 사전적 의미가 '말의 여운을 남겨서 효과를 노 리는 서정시'입니다만, 그래요, 이 작품, 여운시라는 개념에 딱 어울리 는 시죠. 아, 가만, 제목!!! 그래요, 제목의 '여운'은 '아직 가시지 않고 남아 있는 운치'의 의미보다는, '말의 여운을 남겨서 효과를 노리는 서 정시'의 의미로 옮기는 게 시의 특징과 훨씬 잘 어울리겠네요. 그렇다 면 시의 제목은, '서도를 배경으로 한 여운시' 정도가 되겠습니다.

자, 이제 남아 있는 3연 가볼까요.

〈3연〉

초산楚山 지나 적유령狄踰嶺

넘어선다
짐 실은 저 나귀는 너 왜 넘니?

혹시 초등학생 때 우리나라 산맥들 이름 외웠던 거 기억나시나요? 마천령산맥, 함경산맥, 낭림산맥, 강남산맥, 적유령산맥, 묘향산맥, 언진산맥, 멸악산맥, 마식령산맥, 광주산맥, 태백산맥, 차령산맥, 소백산맥, 노령산맥……. 맞아요. 1행의 '적유령狄踰嶺'은 그 적유령산맥의 적유령입니다. 인터넷을 뒤져보니 해발 952미터 높이의 고개랍니다. 상당한 높이네요. '초산楚山'은 물론 적유령 근처의 지명이겠습니다만, 김소월의 고향이 평안북도 구성龜城으로 알려져 있죠. 거기서 그리 멀지 않은 곳이라고 합니다. 근데…….

근데 짐 실은 나귀가 초산을 지나 적유령을 넘고 있답니다. 이 나귀의 정체, 방만하게 고민하지 말고 '자유'와 연관시켜봅시다. 3연은 '자유' 노래잖아요. 그렇다면 나귀는 자유 있는 존재? 자유 없는 존재? 물론 자유 없는 존재겠죠. 왜냐고요? 짐을 싣고 가고 있으니, 끌려가는 나귀잖아요. 자기 가고 싶은 곳으로 멋대로 갈 수 있는 야생 나귀가 아닌 겁니다.

'너 왜 넘니?'라는 특이한 질문은 잠시 무시하고 아까 1연과 2연에서처럼 뒤에 생략된 문장 먼저 연상해볼까요. 여기 생략된 문장은 '나는 자유가 있다'일까요, 아니면 '나는 자유가 없다'일까요? 전자라면 접속사는 여전히 '그러나'가 좋겠죠. 하지만 후자라면 '너처럼' 정도가 어울릴 듯합니다. 둘 중 뭐가 좋을까요. '그러나 나는 자유가 있다'를 택한다면 접속사 '그러나'의 일관성은 유지되지만 서술어의 일관성이 깨지겠죠. '너처럼 나도 자유가 없다'를 택하면 서술어 '없다'의 일관성은 유지되지만 접속사의 일관성이 깨지고……. 갈등이 좀 되죠?

제 보기엔 후자가 나은 듯합니다. 전자라면 이 시의 진행이 이렇게 좀 유치해지잖아요. "나는 옷과 밥은 없지만, 그래서 춥고 배고프지만, 그래도 자유는 있는 인간, 만세!!!" 일제강점기라는 시대 상황을 고려해본다면, 게다가 김소월이 주로 한恨의 정서를 노래했다는 사실을 고려해본다면, 더더욱 후자를 택하는 게 자연스러워 보입니다.

이 순간 부제를 다시 읽어보는 게 좋겠습니다. 결국 부제, '옷과 밥과 자유'는 화자에게 결핍된 것들의 나열인 셈이네요. 화자를 식민지 백성들로 확장해서 읽어준다면 이 정도의 메시지가 되겠습니다. "옷도 밥도 자유도 없는 우리 백성……, 젠장."

남아 있는 문제의 구절, '너 왜 넘니?'로 가기 전에, 하나만 더 고민해보고 갈까요. 저는 이 순간 의식주衣食住란 단어가 떠오르면서 한 가지 잡생각이 들거든요. 왜 시인은 옷과 밥과 집으로 진행하지 않고, 옷과 밥과 자유로 진행했던 걸까요? 집보다 자유가 더 중요해서? 헐벗고 굶주린 식민지 백성들에게 집보다 자유가 더 중요하다? 이건 좀 설득력이 떨어지는 얘기 아닌가요? 그런 게 아니라면……, 그저 뻔한 진행을 피해보고자 하는 의도였을까요? 뭐, 그럴 수도 있겠습니다. 시인들은 원래 좀 튀는 거 좋아하잖아요. 근데 과연 그게 다였을까요?

혹시 이런 거 아닐까요? 3연은 '집' 얘기인 동시에 '자유' 얘기? 이런 상상 어떨까요. 일제강점기에 집과 고향을 등지고 타지를 떠돌던 유랑민이 많았다는 이야기 들어보셨을 겁니다. 사실 김소월의 많은 시들이 집을 잃고 떠도는 자들의 슬픔을 노래하고 있기도 합니다. 이 시의 화자도 역시 고향을 등진 채 유랑을 떠나는 상황이 아닐까요. 나귀 한 마리에 짐을 싣고서 낯선 만주 땅으로……. 정든 집에서 살 권리도 빼앗긴 채……. 정든 고향에서 살 자유도 빼앗긴 채…….

'너 왜 넘니?'란 질문은 화자가 자신에게 던진 질문이 아닐까요. 어차피 '나귀'와 화자는 동일시되는 관계이니, 그렇게 읽는 거 아무 문제 없잖아요. 그럼 일단 이렇게 읽을 수 있겠죠. "나는 이 고개를 왜 넘고 있는 걸까……?" 슬픔, 비탄, 한 등등……, 느껴지나요. 느껴질 때까지 몇 번만 몰입해서 읽어줄까요. 아니면 좀 더 길고 세게 바꿔 읽어볼까요. "나는 정든 고향을 등지고 이 높은 고개를 넘어서 낯선 만주 땅으로 가고 있다. 아니, 대체 왜? 대체 왜 내가 집도 절도 없이 떠돌아야 하는데? 대체 내가 무슨 벌 받을 만한 짓을 했다고!"

그러고 보니 "왜?"라는 질문, 가끔은 아주 슬프게 들리잖아요. 이를테면…… 자식이 몹쓸 병에 걸렸을 때, 부모가 하늘을 보고 땅을 치며 하는 질문이잖아요. 때론 거칠게……, 때론 기운 없이……, "왜? 대체 왜?"

빈집

기형도

사랑을 잃고 나는 쓰네

1960년 인천 출생
1985년 동아일보 신춘문예 '안개'로 등단
1982년 윤동주문학상
『정거장에서의 충고』 『사랑을 잃고 나는 쓰네』 등

사랑을 잃고 나는 쓰네

잘 있거라, 짧았던 밤들아
창밖을 떠돌던 겨울 안개들아
아무것도 모르던 촛불들아, 잘 있거라
공포를 기다리던 흰 종이들아
망설임을 대신하던 눈물들아
잘 있거라, 더 이상 내 것이 아닌 열망들아

장님처럼 나 이제 더듬거리며 문을 잠그네
가엾은 내 사랑 빈집에 갇혔네

기형도를 전설로 만든 문제의 시죠. 분위기만으로 억장이 무너질 듯합니다. 그렇게 분위기만 잘 느껴도 그만일 것 같은 이 시를 파헤치고자 하는 이유는, 사실은 몇 가지 오독誤讀을 피하고 제대로 슬퍼하고 싶어섭니다. 질문 하나 던지고 시작할까요? 빈집에 갇힌 건 누구입니까? 당연히 화자 아니냐고요?

〈1연〉

사랑을 잃고 나는 쓰네

제목을 읽고 살짝 방심한 사이에 첫 문장이 카운터펀치처럼 날아옵니다. 피할 겨를도 없이……, 머리가 멍해지고 가슴이 싸해지고 손끝이 저려옵니다. 「임의 침묵」의 '임은 갔습니다', 「수난 이대」의 '진수가 살아서 돌아온다'에 필적할 만한 단도직입單刀直入의 극치…….

발레리가 이런 말을 했다죠. '시의 첫줄은 신에게서 온다.' 그 말이 참 실감나는 순간입니다. 시인도 이 문장은, 악상처럼 떠올려 지면에 옮겨 적고 그걸로 그냥 끝이었을 겁니다. 다른 구절들은 아마 여러 번 고쳐 썼을 듯합니다만, 이 구절은 아니었을 겁니다. 설마…… '사랑하는 이와 이별하고 나는 이 시를 쓰고 있네' 정도의 문장을 갈고닦아 이 문장이 얻어진 건 아닐 거 같다는 얘깁니다.

〈2연〉

잘 있거라, (A)짧았던 밤들아

(B) 창밖을 떠돌던 겨울 안개들아

(C) 아무것도 모르던 촛불들아, 잘 있거라

(D) 공포를 기다리던 흰 종이들아

(E) 망설임을 대신하던 눈물들아

잘 있거라, (F) 더 이상 내 것이 아닌 열망들아

편의상 기호를 붙여봤습니다. 편하게 말하면, A~F에 대한 이별 통보가 되겠습니다. 특이한 건, '잘 가거라'가 아니라, '잘 있거라'라는 겁니다. 화자가 이곳에 남고 A~F들을 떠나보내는 것이 아니라, A~F들을 이곳에 두고 화자가 어디론가 떠나겠다는 겁니다. 아니 대체 어디로? 혹시…… 사랑을 잃고 상심한 화자가, 모든 것을 다 버리고 그곳으로? 이 시가 시인의 마지막 작품? 아니겠죠, 그건 아닌 듯한데, 대체 화자는 '무엇'을 버리고 '어디'로 가겠다는 걸까요. '어디' 얘기는 잠시 뒤로 미루고 '무엇' 먼저 파고들어볼까요.

A~E에 사용된 '-던'이란 어미로 시작하는 게 좋겠습니다. 화자는 현재가 아닌 과거의 것들과 헤어지겠다는 겁니다. 과거라면……, 아마도 그 사람과 사랑을 나누던 시절이겠죠. 아마도 그럴 겁니다.

A~F를 제각각 떼서 읽으면 너무 여러 갈래 길에서 방황하게 될 듯합니다. 밤, 겨울 안개, 촛불, 흰 종이, 눈물, 열망. 이중 세 개만 남겨볼까요. 밤, 촛불, 흰 종이……. 혹시 뭔가 연상되는 장면 없나요? 맞아요, 밤에 촛불을 밝히고 흰 종이에 무언가를 적고 있는 상황이겠죠. 앞 단락의 결론과 합쳐볼까요. 사랑을 나누던 시절, '밤'에 '촛불'을

밝히고 '흰 종이'에 무언가를 적곤 했다면? 이거, 연애편지나 연애시 정도가 아닐까 싶습니다만……. 아마도 그렇겠죠?

자, 이제 A~F를 몽땅 연결해서 이렇게 읽어볼까요. 사랑에 빠져 있던 시절에 '나'는, 창밖에 겨울 안개가 떠돌던(=B) 매일 밤마다(=A), 촛불을 밝혀놓고(=C), 열정적인 사랑에 사로잡혀(=F), 그 사람에 대한 그리움으로 눈물도 흘려가며(=E), 흰 종이에(=D), 연애편지를 또는 연애시를 쓰곤 했었다. 그랬던 밤들과…… 이젠 안녕…….

나머지 디테일들은 이렇게 해결해줍시다.

- **A** 그 밤들이 짧게만 느껴졌던 이유는? 글을 쓰고 지우고 하다 보니 어느새 날이 밝곤 했다는 얘기일 겁니다.

- **B** 겨울 안개들이 '창밖'을 떠도는 걸 보니 화자의 위치는? 당연히 '창 안'입니다. 그러니 겨울 안개 속을 임과 함께, 또는 나 홀로 걸었다는 식의 상상은 하지 맙시다.

- **C** '아무것도 모르던'? '내 마음을 알지 못하는' 정도로 옮기면 될 듯 합니다. 고전시가에선 흔히 이럴 때, '무심한' 정도의 단어가 애용 되죠.

- **D** 흰 종이들이 왜 공포를 느꼈을까? 이건 이렇게 상상해볼까요. 종 이 입장에서 가장 두려운 순간은……, 맞아요, 구겨지거나 찢어지 는 순간이겠죠. 그 밤들에 화자는, 쓰고 맘에 안 들어 구겨버리고 또 쓰고 찢어버리고를 반복했다는 겁니다. 새벽이 돼서 화자가 잠 이 들면 생존자 종이들은 안도의 한숨을 내쉬었을 테죠. 그러다

또 밤이 다가오면 다시 공포에 떨어야 했을 테고…….

- E 눈물이 그리움의 눈물이라는 건 인정하겠지만, 그렇다면 망설임의 정체는? 이건 또 이렇게 해볼까요. 연애편지에 이런 구절을 적어넣는다고 상상해봅시다. "내 사랑, 내 천사, 내 요정……, 당신 없으면 난 괴로워요, 아파요, 죽어요." 어떤가요. 읽기조차 부담스럽죠. 이런 구절을 적어넣으려면, 다소 용기가 필요하지 않겠습니까. 그러고 보니, 그리움이 망설임을 제압하지 못한다면, 사랑 고백이라는 건 불가능하다고 할 수도 있겠네요.

- A~F '—들'이란 복수의 표현을 사용한 이유는? 물론 그런 밤들이 무수히 많았다는 얘기겠습니다.

자, 이제 화자가 안녕을 고하려는 '무엇'의 정체는 정리가 다 된 듯합니다. 근데 화자가 가려고 하는 곳이 '어디'인지는 아직 실마리가 안 잡힌 상태죠. 이거 어쩌죠? 어쩌긴요. 3연 가봐야죠.

〈3연〉

장님처럼 나 이제 더듬거리며 문을 잠그네
가엾은 내 사랑 빈집에 갇혔네

'문을 잠그네'라는 표현에 주목해볼까요. 혹시 화자가 집 안에 있고, 누군가의 방문을 막기 위해 문을 잠그고, 한동안 두문불출杜門不出하기로 한다? 그렇게 읽으셨나요? 3연만 떼서 읽는다면 가능한 해석일지 모르겠습니다만, 2~3연을 연결해서 읽는 게 더 좋은 접근이겠죠.

2연을 잠시 다시 압축하고 3연의 첫 문장과 바로 연결해볼까요.

- **2연** 잘 있거라, 이런저런 것들아.
- **3연** 나 이제 문을 잠그네.

느낌 오나요? 얘들아 잘 있어, 하고 문을 잠갔다는 거잖아요. 그렇다면 화자의 위치는? 물론 집 밖이겠죠. 이런저런 것들을 집 안에 두고 집 밖에서 문을 잠근 상황인 겁니다. 다음 행의 '빈집'을 연결해볼까요? 그러고 보니, '빈집'은 '사람이 살지 않는 집'이잖아요. 맞아요. 얘들아 '빈집'에 잘 있어라, 난 더 이상 이곳에서 살고 싶은 생각이 없다. 그렇게 말하곤 '빈집'의 문을 잠근 겁니다.

마지막 줄 다시 볼까요. 맞아요. '빈집'에 갇힌 건, 화자가 아니라 '가엾은 내 사랑'입니다. 사랑의 감정과 사랑의 시간과 사랑의 추억과 사랑의 부속품들을 '빈집'에 두고 그 집의 문을 잠가버린 겁니다. 이렇게 말할 수도 있겠네요. 그 여자와 이별하고, 안녕 내 사랑……, 자기 감정과도 이별을 하겠다는 겁니다, 안녕 내 사랑…….

그러고 보니, 화자가 가려는 곳이 '어디'인지는 의미 없는 고민이었네요. 화자가 어디로 가려 하는지는 전혀 중요하지 않습니다. 아니, 사실은 화자가 어딘가로 가려고 하는 상황도 아닌 겁니다. 하긴 이별의 충격에 '장님처럼' 방향감각을 상실한 자가, 가긴 대체 어딜 갈 수 있겠습니까. 그저 하고 싶은 말은……, 이 집에 절대 다시는 발을 들이지 않겠다는 거…….

'빈집'은 물론 화자의 마음속 집들 중의 하나겠다고요? 맞아요, 그럴 겁니다. 그게 실제 집이라면, 화자가 살던 집을 버리고 다른 집을 구해 이사를 떠났다는 얘기가 될 테니까 말이죠. 근데 마음속 집이라고만 해버리면 시의 생생한 이미지가 많이 죽어버리는 건 사실입니다. 이렇게 할까요. 이 집은 실제 집인 동시에 상상의 집인 겁니다. 이미지를 떠올려봅시다. 사랑의 집이 있습니다. 화자는 그 안에 거주 중입니다. 그 안엔 사랑의 감정과 밤·겨울 안개 등등의 사랑의 가재도구들이 있습니다. 화자는 그것들 모두를 집 안에 남겨두고 혼자 그 집을 빠져나옵니다. 그리고 집의 문을 닫습니다. 이제 그 사랑의 집은 사람이 살지 않는 빈집이 되어버린 겁니다. 화자는 그 집으로 돌아갈 마음이 없습니다. 속으로 이렇게 외치는 듯합니다.

"이제 난 사랑 따윈 다시 안 해!"

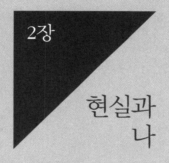

2장

현실과
나

명 상 冥想

한용운

한용운

1879년 충청남도 홍성 출생
1926년 시집 『님의 침묵』 출간
1962년 건국훈장 대한민국장
『님의 침묵』 등

아득한 명상의 작은 배는 가이없이 출렁거리는 달빛의 물결에 표류되어 멀고 먼 별나라를 넘고 또 넘어서 이름도 모르는 나라에 이르렀습니다.

이 나라에는 어린 아기의 미소와 봄 아침과 바다 소리가 합하여 사랑이 되었습니다.

이 나라 사람은 옥새의 귀한 줄도 모르고 황금을 밟고 다니고 미인의 청춘을 사랑할 줄도 모릅니다.

이 나라 사람은 웃음을 좋아하고 푸른 하늘을 좋아합니다.

명상의 배를 이 나라의 궁전에 매었더니 이 나라 사람들은 나의 손을 잡고 같이 살자고 합니다.

그러나 나는 님이 오시면 그의 가슴에 천국을 꾸미려고 돌아왔습니다.

달빛의 물결은 흰 구슬을 머리에 이고 춤추는 어린 풀의 장단을 맞추어 넘실거립니다.

결론은 임 때문에 천국을 버렸다는 거죠. 이날 밤 한용운에겐 대체 무슨 일이 있었던 걸까요? 첫 문장부터 바로 치고 들어가볼까요.

〈문장 1〉
아득한 명상의 작은 배는 가이없이 출렁거리는 달빛의 물결에 표류되어 멀고 먼 별나라를 넘고 또 넘어서 이름도 모르는 나라에 이르렀습니다.

너무 길죠. 군더더기 빼고 핵심만 간추려볼까요. 일단 '가이없이 출렁거리는 달빛의 물결에 표류되어 멀고먼 별나라를 넘고 또 넘어서'를 빼고 읽으면 이렇게 되겠죠.
"아득한 명상의 작은 배는 이름도 모르는 나라에 이르렀습니다."
수식어도 몇 개 더 버리고 조사도 하나 바꿔볼까요. 그러면 이렇게 됩니다.
"명상의 배가 이름도 모르는 나라에 이르렀습니다."
'이름도 모르는 나라'는 뒤쪽에 언급된 다른 시어로 살짝 대체해볼까요. 가서 한번 찾아보세요. 2연에 어떤 나라 하나가 있었잖아요. 맞아요, '천국'. 그럼…….
"명상의 배가 천국에 이르렀습니다."
아하, 이거 편하게 바꾸면 결국 이런 얘기가 되겠네요.
"천국에 대해 명상했다."
이제 〈문장 1〉 전체를 한 번 다시 읽어볼까요. 아까 빼고 읽었던

'가이없이 출렁거리는 달빛의 물결에 표류되어 멀고먼 별나라를 넘고 또 넘어서'는 별거 없어 보인다고요? 그래요, 달빛이나 별나라에 부여된 특별한 의미는 없어 보입니다. 천국天國은 하늘나라니, 그곳에 가려면 달이나 별 정도는 지나쳐 가야 하지 않겠습니까? 아, 화자가 명상에 잠긴 게 어느 밤 시간이고, 그날 밤 달과 별이 밝았다는 건 인정을 해야겠네요. 그럼 〈문장 1〉은 결론적으로 이 정도로 옮기는 게 좋겠습니다.

"나는 달과 별이 빛나는 어느 밤 천국에 대한 명상에 잠겨봤다."

참, '가이없이'는 '끝이 없이'라는 뜻의 '가없이'의 예스러운 표현입니다. 이미 알고 있다고요? 뭐, 그랬다 치죠.

다음으로 넘어가기 전에 기대를 좀 하고 가볼까요. 한용운이 생각했던 천국은 어떤 나라였을지 여러분은 궁금하지 않나요? 전 꽤나 궁금합니다. 개인적으로 한용운을 상당히 좋아하거든요. 게다가 『불교대전佛教大典』, 『불교유신론佛教維新論』 등의 위대한 저작을 남긴 불교학의 석학 한용운 아닙니까? 그가 상상한 천국이 대체 얼마나 심오하고 환상적인 세계일까요? 자, 진도 나가볼까요.

〈문장 2, 3, 4〉

이 나라에는 어린 아기의 미소와 봄 아침과 바다 소리가 합하여 사랑이 되었습니다.
이 나라 사람은 옥새의 귀한 줄도 모르고 황금을 밟고 다니고 미인의 청춘을 사랑할 줄도 모릅니다.
이 나라 사람은 웃음을 좋아하고 푸른 하늘을 좋아합니다.

〈문장 2〉를 보니, 천국은 사랑의 세계인 모양입니다. 그리고 그 사랑의 주재료가 '어린 아기의 미소'와 '봄 아침'과 '바다 소리'라는군요. 〈문장 4〉를 보니, 또 그 나라 사람들은 '웃음'과 '푸른 하늘'을 좋아한답니다. '어린 아기의 미소'와 '봄 아침'과 '바다 소리'에 '웃음'과 '푸른 하늘'까지, 뭐 특별히 해석이 필요한 단어들은 아닌 것 같습니다. 그냥 천국의 이미지들……. 평화롭고 화창하고 희망찬……, 뭐 그런…… 이 정도로 정리해둘까요. 천국은 평화롭고 화창하고 희망찬, 사랑의 세계……. 근데 이거 좀 상투적인 느낌 아니냐고요? 맞습니다. 좀 그런 느낌이 없지 않네요.

〈문장 3〉에서는 그 나라 사람들이 멀리하는 것들이 나열되고 있군요. '옥새玉璽'(임금의 인장)는 권력을 상징하겠고, '황금'은 경제적인 부를 상징할 거 같다고요? 네, 뭐, 그럴 거 같습니다. 이것들은 그 나라 사람들이 당연히 멀리할 줄 알았다고요? 뭐, 저도 그럴 줄 알았습니다. 근데 '미인의 청춘'을 싫어한다니, 이건 좀 뜻밖이군요. 한번 뒤집어볼까요. '미인'의 반대는? '추녀.' '청춘'의 반대는? '노년.' 그렇다면 '추녀의 노년', 이거 편하게 말하면 '못생긴 할머니'쯤 되겠군요. 가만, 이거 원……. 젊고 예쁜 여인이 싫고 못생긴 할머니가 좋다니…….

뒤집어서 별로 얻은 게 없으니 이제 쪼개기 한번 해볼까요. '미'를 두 종류로 나눈다면? 맞아요, 육체적인 미와 정신적인 미, 그 얘기하자는 겁니다. 그렇다면 '미인의 청춘'에서 '미'는 어느 쪽일까요? 그렇죠, 당연히 육체적인 미겠습니다. 그럼 그 나라 사람들은 육체적인 미를 무가치하게 여긴다는 얘기가 되겠네요. 이 해석은 무난해 보이죠.

결국 종합하면, 그 나라 사람들은 권력과 돈과 예쁜 여자를 싫어한다는 얘기가 되겠습니다만……, 이거 현실의 사람들이 가장 좋아하는 세 가지를 나열하고 있는 셈이네요. 하긴 천국은 현실의 반대말이니, 뭐 그럴 수밖에 없겠다 싶긴 한데, 이도 좀 상투적인 느낌……, 지울 길이 없습니다.

혹시 지금 저만 실망하고 있는 건가요? 한용운의 천국, 이거 너무 평범하고 뻔한 세계 아닌가요? 기대가 너무 컸던 걸까요? 몇 문장 더 남았으니, 아직 실망하기엔 이른 걸까요? 하여튼 정리는 해두고 갑시다. 한용운이 그날 밤 생각한 천국은, '외적·물질적 가치를 멀리하고 내적·정신적 가치를 동경하는, 사랑의 세계' 정도가 되겠습니다.

〈문장 5, 6〉

명상의 배를 이 나라의 궁전에 매었더니 이 나라 사람들은 나의 손을 잡고 같이 살자고 합니다.
그러나 나는 님이 오시면 그의 가슴에 천국을 꾸미려고 돌아왔습니다.

아, 이거 참 기똥찬 반전이 아닐 수 없습니다.
화자가 천국의 손길을 뿌리치고 현실로 복귀하겠다는군요.
그 이유는?
임 때문이랍니다.
그렇다면 임이 천국보다 소중하다?
아, 이거 아주 발칙한 연애시였던 거군요.

앞에서 천국을 그려냈던 건 결국은 임에 대한 사랑을 부각하려는 의도가 더 컸던 거고……

위에서 실망 운운했던 게 좀 부끄러워지는 기분입니다만…….

근데…… 근데…… 이 시 과연 연애시 맞는 걸까요?

물론 연애시로 읽어도 아무 문제는 없습니다. 난 천국보다 영희가 더 좋아, 하고 씩씩하게 외치는 철수, 매력 있잖아요. 세부적으로 몇 가지 더 챙겨볼까요. 〈문장 6〉을 보니, 임은 복귀를 전제로 잠시 화자 곁을 떠난 모양입니다. 화자는 그가 돌아오면 그의 가슴에 천국 같은 행복을 안겨주고 싶은 모양입니다. 자신이 천국에 들어가는 것보다 임에게 천국을 선물하는 게 더 소중하다고 믿는……, 아 이런 숭고한 사랑이 있나.

근데 여기서 시인이 스님이라는 사실을 고려하지 않을 수가 없습니다. 여자 때문에 파계했던 멋쟁이 스님도 많지 않느냐고요? 맞습니다. 제 주변에도 몇 있습니다만, 시인 한용운의 삶을 생각해볼 때……, 좀 다른 해석을 해보는 것도 좋지 않을까 싶습니다만……. 가만, 한용운 시의 임을 애인이 아니라 부처나 조국으로 옮기는 해석도 있다는 얘기, 어디서 들어보신 적 있지 않나요? 그렇죠, 기억나시죠. 그 해석들 한번 적용해볼까요.

근데 이 시의 임을 부처로 옮기는 건 좀 어려워 보입니다. 왜냐고요? 천국이라는 게 불교적으로 말하면 결국 부처들의 나라가 아닙니까? 부처들의 나라를 버리고 부처를 택했다? 여러 명의 부처를 버리고 한 명의 부처를 택했다? 이건 뭔가 좀 앞뒤가 맞질 않잖아요.

임을 조국으로 옮기는 건 어떨까요? 천국을 포기하고 조국을 선택했다……! 가만, 이건 좀 말이 되는 거 같지 않나요? 그가 실천적인 독립운동가였다는 사실을 고려한다면 이거 상당히 근사한 해석이 아닐 수 없습니다. 그런데 '님이 오시면'? 대체 조국이 어디 외유 중이라는 걸까요? 아, 이건 국권을 빼앗긴 상황을 의미할 수 있겠네요. 그렇다면 〈문장 6〉은 이렇게 읽을 수 있겠습니다. "나는 잃어버린 국권을 되찾고 해방된 조국에 천국을 건설하려고 현실로 복귀했다." 다음과 같은 비교의 표현으로 정리할 수도 있겠습니다. "내가 진정으로 가치 있게 여기는 것은, 나 홀로 천국에 들어가는 것이 아니라, 이 나라에 천국을 건설하는 것이다."

위의 해석, 조금만 더 밀어붙여볼까요. 홀로 천국에 들어간다는 건 불교적으로 말하면? 깨달음을 얻고 부처가 되는 것, 곧 해탈이겠죠. 그리고 이 나라에 천국을 건설하려면 우선 국권을 되찾아야 하고, 국권을 되찾으려면 일제와 맞서 싸워야 할 테니, 이 나라에 천국을 건설한다는 건 곧 저항의 삶을 의미하겠죠. 그렇다면 그날 밤 시인은 해탈을 버리고 저항을 선택한 거라고 해도 되겠네요. 불경과 목탁을 집어던지고 총과 칼을 집어든 거라고 해도 되겠네요. 한용운도 머리 깎고 중이 됐을 땐 목표가 해탈이었을 테니, 해탈과 저항을 둘러싼 이 갈등, 작은 갈등은 아니었을 거라 충분히 짐작은 됩니다만……. 결국은 그날 밤의 이 선택 때문에 한용운은 우리에게 숭고한 거인으로 기억되는 게 아닐까요.

여기서 잠깐 〈문장 5〉를 다시 읽고 싶어집니다. 왜 또 읽느냐고요? 아니, 한 번만 다시 가봅시다.

〈문장 5〉

명상의 배를 이 나라의 궁전에 매었더니 이 나라 사람들은 나의 손을 잡고 같이 살자고 합니다.

다시 읽어보니 이 문장, 왠지 좀 세 보입니다. 화자는 그 나라를 그냥 둘러보고 온 게 아닙니다. 그 나라 사람들이 자신의 손을 잡고 같이 살자고 했다는 겁니다. 생각해보세요. 꿈에 가서 놀다가 왔다는 것과 꿈 사람들이 같이 살자고 했다는 건 느낌이 다르잖아요.

가만……, 혹시…… 그날 밤 한용운은 해탈의 목전까지 갔던 게 아닐까요? '아, 이게 불경에서 말하는, 스승들이 말하던 해탈이라는 거로구나. 난 이제 오케이만 외치면 바로 부처가 되는 거로구나' 하는 순간까지 갔던 게 아닐까요? 바로 그 순간에 한용운은 "안 돼!"를 외쳤던 게 아닐까요? '안 돼! 온 백성이 이렇게 도탄에 빠져 있는 현실을 놔두고 나 혼자 성불한다는 건 의미가 없지'라는 생각으로 해탈의 손길을 과감히 뿌리쳤던 게 아닐까요?

〈문장 7〉

달빛의 물결은 흰 구슬을 머리에 이고 춤추는 어린 풀의 장단을 맞추어 넘실거립니다.

하고 싶은 얘기 다 하지 않았나 싶었는데 한 문장이 더 나오네요. 이 문장은 또 정체가 뭘까요. '흰 구슬'은 달빛에 반짝이는 이슬처럼 보입니다만, 그거 무시하고 줄이면 이렇게 됩니다. "달빛이 바람에 흔들리는 어린 풀 위를 풍성히 비추고 있다." 이거 그냥 예쁜 풍경 묘사 하나로 운치 있게 시를 마무리하고 싶었던 걸까요. 〈문장 6〉까지는 내용이 워낙 심각하고 무거웠잖아요.

이런 해석은 어떨까요. 〈문장 7〉은 평화로운 자연의 풍경이다, 동의하시나요? 동의하신 거라 믿겠습니다. 그렇다면 화자의 내면은 지금 어떤 상태인가요? 너무 뜬금없는 질문이라고요? 글쎄요, 뭐 이러자는 겁니다. 우울한 풍경을 그려내고 있는 화자의 내면은? 고독한 풍경을 그려내고 있는 화자의 내면은? 심란한 풍경을 그려내고 있는 화자의 내면은? 아시겠죠. 평화로운 자연의 풍경을 그려내고 있는 화자의 내면은? 물론 평화로운 내면이겠죠. 그렇다면 〈문장 7〉의 풍경은 화자의 마음 밖 풍경이기도 하지만 화자의 마음 안 풍경이기도 하겠습니다.

근데 화자의 내면이 대체 왜 평화로운 거냐고요? 아니 왜긴 왜겠습니까. 갈등이 해소됐잖아요. 해탈을 포기하고 저항을 결심하지 않았습니까. 결심을 하고 나니 마음이 고요히 가라앉습니다. 순백의 달빛 아래 더는 마음의 흔들림이 없습니다. 그가 그날 밤 20년쯤 뒤로 유예했던 그의 해탈의 날, 1944년 6월 29일까지는……

참회록 懺悔錄

윤동주

:미리 쓰는 참회록

1917년 연변 용정 출생
1939년 〈소년〉을 통해 등단
1990년 건국훈장 독립장
「하늘과 바람과 별과 시」 등

파란 녹이 낀 구리거울 속에
내 얼굴이 남아 있는 것은
어느 왕조의 유물이기에
이다지도 욕될까.

나는 나의 참회의 글을 한 줄에 줄이자.
— 만 이십사 년 일 개월을
무슨 기쁨을 바라 살아왔던가.

내일이나 모레나 그 어느 즐거운 날에
나는 또 한 줄의 참회록을 써야 한다.
— 그때 그 젊은 나이에
왜 그런 부끄런 고백을 했던가.

밤이면 밤마다 나의 거울을
손바닥으로 발바닥으로 닦아 보자.

그러면 어느 운석 밑으로 홀로 걸어가는
슬픈 사람의 뒷모양이
거울 속에 나타나 온다.

어렵죠? 특히 5연이 어렵습니다. 질문 하나 던져볼까요. 5연의 '슬픈 사람'은 과연 누구일까요? 물론 화자 자신이라고요? 맞습니다. 그럴 겁니다. 그럼 어떤 화자일까요? 질문이 막연하죠. 그럼 이렇게 질문해볼까요? 과거의 화자, 현재의 화자, 미래의 화자, 이중 뭘까요? 미래의 화자 같다고요? 맞습니다. 그럴 거 같습니다. 그렇다면 마지막 질문. 미래의 어떤 화자일까요? 미래의 더러운 나, 아니면 미래의 깨끗한 나……. 이 질문은 좀 어렵죠? 아닌가요?

천천히 읽어가 볼까요. 먼저 제목부터 보고 들어가죠. 제목의 '참회'는 '자기의 잘못에 대하여 깨닫고 깊이 뉘우침'의 의미죠. 다분히 좀 성찰적인 느낌의 시가 될 듯합니다. 자, 이제 1연…….

〈1연〉

파란 녹이 낀 구리거울 속에
내 얼굴이 남아 있는 것은
어느 왕조의 유물이기에
이다지도 욕될까.

두 문장으로 쪼개면 이 정도가 되겠습니다. "파란 녹이 낀 구리거울에 내 얼굴이 남아 있다. 이거 어느 왕조의 유물인지 모르겠다만, 참 욕된 거울이로구나." 첫 문장과 두 번째 문장 사이가 너무 빈 느낌이죠. 그 빈틈을 상상으로 좀 채워넣어야 할 듯합니다.

일단 1행의 '파란 녹이 낀 구리거울'을 '더러운 거울'로 줄여 읽어줍시다. 2행을 보니, 그 '더러운 거울'에 자신의 얼굴이 남아 있답니다. 그냥 편하게, '더러운 거울'에 자신의 얼굴이 비치고 있다는 얘기로 읽어줍시다. 가만, '더러운 거울'에 비친 화자의 모습은? 물론 더러운 모습이었을 겁니다.

'더러운 거울에 비친 더러운 내 모습……', '거울이 더러워서 그런지 거기 비친 내 모습도 무지하게 더럽다.' 맞습니다. 화자가 정작 문제 삼고 싶은 건 거울의 더러움이 아니라 자신의 더러움이었을 겁니다. 그런데 이 더러움은 화자의 외면의 더러움? 아니겠죠. 화자의 내면의 더러움일 겁니다.

3~4행 가볼까요. 거기선 욕된 거울이라고 거울을 비난하고 있습니다만, 물론 사실은 욕된 인간이라고 자신을 비난하는 것이겠죠. 그것이 '어느 왕조의 유물'인지보다 더 중요한 건, 바로 이 화자의 내면의 더러움, 그리고 그와 연관한 화자의 부끄러움입니다.

'어느 왕조의 유물'인지까지 따져서, 이제 이 정도로 풍성한 상상을 해줄 수도 있겠습니다. 시인이 어느 날 우연히 다락쯤에서 구리거울을 발견합니다. 아마도 조선 왕조의 유물쯤 되어 보이는 그 구리거울은 오랫동안 방치된 탓에 파란 녹이 끼어 있는 상태입니다. 시인은 잠시, 방치된 채 퇴락한 구리거울과 힘없이 몰락한 조선 왕조의 신세가 제법 닮았다는 생각을 하면서 마음이 무거워집니다. 그러던 시인이 이제 장난처럼 그 거울에 자신의 얼굴을 비춰봅니다. 얼룩덜룩하고 더러운 거울에 비친 자신의 모습이, 더럽고 일그러져 보입니다. 문득 시인은 그것이 자신의 더러운 내면의 반영이 아닐까 하여 마음이 더욱 참담해집니다. 그러곤 생각합니다. "아, 이 욕된 역사의 유물, 거기 비친 욕된 내 모습." 이거 너무 길게 푼 거 아니냐고요? 뭐, 그럼 이제 왕창 줄여볼까요.

1연을 압축하면 이 정도쯤 되겠습니다. "더러운 거울과 거기 비친 더러운 내 모습." 근데 이 문제적 상황은 그 해결책이 과연 뭘까요? '더러운 거울', 이거 어찌해야 하겠느냐고요. 이미 짐작들 하고 있겠죠? 2~3연 건너뛰고 잠시 4연 가볼까요?

〈4연〉

밤이면 밤마다 나의 거울을
손바닥으로 발바닥으로 닦아 보자.

예상하던 대로죠? 화자가 '거울 청소'를 하고 있네요. 이 행동의 의미? 자신의 내면을 깨끗이 하고 싶다, 또는 내면이 깨끗해진 자신의 모습을 보고 싶다, 정도가 되겠죠. 최소한으로 줄이면, 1연은 '거울 오염', 4연은 '거울 청소'가 되겠습니다. 이 4연 조금 있다 한 번 더 읽기로 하고, 이제 2연으로 가볼까요.

〈2연〉

나는 나의 참회의 글을 한 줄에 줄이자.
── 만 이십사 년 일 개월을
무슨 기쁨을 바라 살아왔던가.

1연에서 자신의 더러움을 확인하고 부끄러움을 느낀 화자가 이제 참회의 글을 쓰기로 합니다. 2~3행이 '참회의 글'이 되겠습니다만, 근데 이거 아무리 뜯어봐도, "나는 지금까지 별다른 목표도 성취도 없이 살아왔구나" 정도로밖에 안 읽히는 문장입니다. 25세가량의 젊은 이의 참회라고 하기엔, 이거 참 비리비리한 푸념이 아닐 수가 없습니다만⋯⋯.

3연과의 혼란을 막기 위해서 이렇게 정리해두고 넘어가는 게 좋겠습니다. 2연에서 화자는, 현재 시점에서 과거의 삶을 참회하는 중입니다. 이걸 편의상 '1차 참회'라고 해봅시다. 3연 가볼까요.

〈3연〉

내일이나 모레나 그 어느 즐거운 날에
나는 또 한 줄의 참회록을 써야 한다.
— 그때 그 젊은 나이에
왜 그런 부끄런 고백을 했던가.

여기는, 미래의 어느 시점에서 현재의 '1차 참회'를 참회하는 글을 써야 할 거 같다는 겁니다. 즉 '1차 참회'가 참 패기 없는 글이었다는 '2차 참회'인 셈입니다. 물론 이 '2차 참회'가 가능해지려면 미래의 나는 현재의 나보다 훨씬 더 정신적으로 성숙해져야 할 겁니다.

'그 어느 즐거운 날'이 조국 광복의 날을 의미하는 거 같다고요? 뭐 당연히 그럴 것 같습니다. 그렇다면 1행에는 이런 소망이 담겨 있다고 볼 수도 있겠습니다. '그 어느 즐거운 날'이 '내일이나 모레'쯤 되는 빠른 시기였으면 좋겠다……. 자, 이제 4연을 한 번만 다시 볼까요.

⟨4연⟩

밤이면 밤마다 나의 거울을
손바닥으로 발바닥으로 닦아 보자.

1연과의 연관성은 앞에서 이미 살폈죠. 매일 밤 열심히 거울을 닦아보겠다는 이 행동은……, 깨끗한 자신으로 거듭나려는 '자기 내면의 정화 과정'이겠습니다. 근데 왜 하필 '밤'이냐고요? 아마도 밤이 성찰하기에 좋은 시간이라서 그런 거 아닐까요.

이제 3연과도 연결 지어보겠습니다. '2차 참회'의 주체는 '현재의 나보다 정신적으로 더 성숙한 미래의 나'일 거라는 설명, 기억나시죠. 그렇다면 아직은 더러운, 현재의 내가 미래에 그런 성숙한 존재가 될 수 있으려면? 물론 '자기 내면의 정화 과정'이 필요하겠습니다. 결국 '거울의 정화=자기 정화'는, '2차 참회'를 가능하게 하려는 화자의 노력이기도 한 셈입니다. 자, 이제 문제의 5연이 남았네요. 심호흡 좀 하고 들어갈까요.

⟨5연⟩

그러면 어느 운석 밑으로 홀로 걸어가는
슬픈 사람의 뒷모양이

거울 속에 나타나 온다.

주의합시다. '슬픈 사람'의 '슬픈'에만 주목해서 엉뚱한 상상에 빠져들면 안 됩니다. 출발을 제대로 합시다. 5연의 출발점은 '그러면'입니다. '그러면'은 앞 내용을 받는 말일 테니, 풀어 말하면 '매일 밤 열심히 거울을 닦아보면' 정도가 됩니다. 근데 매일 밤 열심히 거울을 닦으면 그 거울은 어떻게 될까요? 물론 깨끗해지겠죠. 그렇다면 '그러면'은 '거울이 깨끗해지면' 정도가 되겠네요. 합쳐서 이렇게 읽어볼까요.

"매일 밤 열심히 거울을 닦아서 그 거울이 깨끗해지면."

이제 이런 짓을 한번 해볼까요. '어느 운석 밑으로 홀로 걸어가는 / 슬픈 사람의 뒷모양'을 빈칸으로 바꾸고 연상 게임을 해보는 겁니다.

"거울이 깨끗해지면 (   )가 거울 속에 나타나 온다."

자, 괄호 안에는 어떤 내용이 들어가야 할까요? 맞아요. '깨끗해진 거울에 나타난 (   )'이니, 당연히 '깨끗해진 나'일 겁니다. 물론 이 존재는 현재의 나가 아닌, 미래의 내 모습일 테고요.

근데 그 존재, '깨끗해진 나'가 대체 왜 '슬픈 사람'인 걸까요? 그 이유는 '어느 운석 밑으로 홀로 걸어가는'에 있습니다. 이렇게 순서를 밟아가봅시다. 일제강점기의 한 깨끗한 지식인이 깨끗한 삶을 고집한다면? 물론 그의 삶은 매우 힘들고 피곤할 수밖에 없을 테고, 운이 없으면 일제의 손에 죽음을 맞이할 수도 있을 겁니다. 이제 '어느 운석 밑으로 홀로 걸어가는'을 다시 볼까요. 운석(지구상에 떨어진 별똥)에 깔리면? 죽는 거죠. 맞아요. 이 표현, 한 깨끗한 지식인이 깨끗한 삶을 고집하다가 죽음을 맞이하는 모습인 겁니다. 결국 화자는 미래의 죽음을 예감하고 슬퍼했던 겁니다. 그런 고귀한 죽음을 왜 슬퍼하느냐고요? 아니, 그 어떤 이유로 죽음을 맞이하건 자신의 죽음을 앞두고 신나는 사람이 어디 있겠습니까? 심지어 예수도 십자가에 매달려 눈물을 흘렸다지 않습니까?

조금 더 생생하게 이렇게 상상해볼까요. 시인은 자신의 미래, 깨끗한 존재로 거듭날 미래의 자기 모습이 보고 싶어서 열심히 거울을 닦아봅니다. 그런데 아뿔싸, 거울에 비친 자신의 미래는, 슬프게 죽어가는 자신의 모습이었던 겁니다. 윤동주의 죽음에 대해 아는 분이라면 이 시가 좀 더 절절하게 가슴에 와닿을 수도 있겠습니다. 윤동주는 자신의 슬픈 예감대로, 일제의 끔찍한 생체 고문 끝에 감옥에서 비참하게 생을 마감하게 됩니다.

하여튼……, 5연이 자신의 죽음에 대한 시인의 예언이라면, 3연을 다시 읽지 않을 수가 없습니다. 한 번만 다시 봅시다.

〈3연〉

내일이나 모레나 그 어느 즐거운 날에

나는 또 한 줄의 참회록을 써야 한다.

— 그때 그 젊은 나이에

왜 그런 부끄런 고백을 했던가.

5연에서 시인이 했던 자신의 죽음에 대한 예언이 실현된다고 가정해봅시다. 그러면 '또 한 줄의 참회록'은 쓰일 수가……, 없는 겁니다. 화자는 '그 어느 즐거운 날'을 맞이할 수도 없는 겁니다. '그 어느 즐거운 날'에 '또 한 줄의 참회록'을 쓰기도 전에 죽음을 맞이할 테니……. 3~5연이 이렇게 묘하게 연결됩니다.

"나는 언젠가 '또 한 줄의 참회록'을 써야 한다. 그러려면 나는 깨끗한 존재로 거듭나야 한다. 하지만 깨끗한 존재가 되면 나는 죽음을 맞이하게 될 수밖에 없다. 그러면 나는 결국 '또 한 줄의 참회록'을 쓸 수 없게 된다." 어허, 이거 참…….

윤동주가 감옥에서 죽음을 맞이한 때는 조국 광복을 6개월 앞둔 쌀쌀한 초봄이었습니다. 그는 자신의 예감대로 '또 한 줄의 참회록'을 끝내 쓰지 못하고 죽음을 맞이했던 거죠. 아마도 이 시를 쓰던 밤에 윤동주는 이미, '또 한 줄의 참회록'을 끝내 쓰지 못하고 죽게 될 것임을 예감했던 게 아닐까요. 그렇다면……, 뭐 미리 써두는 수밖에……. 끝내 쓸 수 없게 될, 또는 끝내 쓸 수 없어야 할 '또 한 줄의 참회록'을…….

"그때 그 젊은 나이에 왜 그런 부끄런 고백을 했던가."

교목 喬木

이육사

죽음을 명령하는 자

1904년 경상북도 안동 출생
1930년 조선일보 '말'로 등단
1990년 건국훈장 애국장
『광야』 등

푸른 하늘에 닿을 듯이
세월에 불타고 우뚝 남아 서서
차라리 봄도 꽃피진 말아라

낡은 거미집 휘두르고
끝없는 꿈길에 혼자 설레이는
마음은 아예 뉘우침 아니라

검은 그림자 쓸쓸하면
마침내 호수 속 깊이 거꾸러져
차마 바람도 흔들진 못해라

어렵죠? 제목부터 어렵습니다. 참고로 교목喬木은 '줄기가 곧고 굵으며 높이가 8미터를 넘는 나무'로, 순우리말로는 '큰키나무'에 해당하는 단어랍니다. 다시 말해 하늘을 향해 곧게, 굵게, 높이 자라는 나무입니다. 근데 이육사는 그런 '교목'을 보고 대체 무슨 생각을 했던 걸까요? 1연의 3행을 보니, 이 시는 '교목'에게 내리는 명령처럼 보입니다. 과연 이육사는 '교목'에게 무엇을 명령하고 있는 걸까요? 1연, 바로 들어가볼까요.

〈1연〉

푸른 하늘에 닿을 듯이
세월에 불타고 우뚝 남아 서서
차라리 봄도 꽃피진 말아라

3행을 먼저 볼까요. 일단 한 번 더 인정하고 가죠. 3행을 보니, 1연은 확실히 '교목'에게 내리는 명령입니다. 그런데 그 명령의 내용이 매우 독특합니다. 나무더러 '봄도 꽃피진 말'라는 게, 이게 대체 무슨 의미일까요. 이렇게 짐작해봅시다. 봄에 꽃이 안 피는 나무라면, 이건 대체 어떤 상태의 나무인 걸까요? 봄에 꽃이 안 피는 나무, 봄에 꽃이 안 피는 나무……, 그래요, 이거 뭔가 문제가 생긴 나무겠습니다. 정상적인 생명 활동에 문제가 생긴 겁니다. 한 마디로 줄이면……, 맞아요, 이거 죽은 나무일 가능성이 매우 높죠. 죽은 게 아니라면 병든 나무겠습니다만, 일단 좀 세게 가볼까요. 그냥 한번 죽음으로 읽어봅시다. 그렇다면 화자는 '교목'에게 무엇을 명령한다? 맞습니다. 죽음을 명령하고 있는 겁니다. 황당하다고요? 뭐 좀 그렇습니다만……. 여기서 잠깐 3연을 조금만 보고 돌아올까요.

〈3연〉

검은 그림자 쓸쓸하면

마침내 호수 속 깊이 거꾸러져

차마 바람도 흔들진 못해라

3연도 '교목'에게 내리는 명령처럼 보이나요? 아니라고요? 마지막 행을 조금만 수정해보죠. 마지막 행, '차마 바람도 흔들진 못해라'는 '차마 바람도 너를 흔들진 못하는구나' 또는 '차마 바람도 너를 흔들지 못하게 해라' 정도일 텐데, 후자로 옮겨볼까요. 그럼 3연 역시 1연처럼 '교목'에게 내리는 명령으로 볼 수 있겠죠. 그럼 이제 문제의 2행으로 거슬러 가볼까요. '마침내 호수 속 깊이 거꾸러져'? 가만, 이거 결국은 나무더러 호수 속에 처박히라는 명령 아닙니까? 나무가 호수 속에 처박히면? 맞아요, 살 수가 없죠. 물속에 처박힌 나무가 어찌 생명 활동이 가능하겠습니까.

여기서 잠시 중간 결론을 내려볼까요. 1연과 3연에서 화자는 나무에게 반복적으로 죽음을 명령한 겁니다. 대체 왜? 대체 화자는 왜 '교목'의 죽음을 희망하고 있는 걸까요? '교목'이 미워서? 아무래도 그건 아닐 텐데……. 자, 이제 1연으로 돌아가볼까요.

〈1연〉

푸른 하늘에 닿을 듯이
세월에 불타고 우뚝 남아 서서
차라리 봄도 꽃피진 말아라

　　이젠 1행부터 천천히 살펴보죠. 아까 앞에서 교목은 하늘을 향해
곧게, 굵게, 높이 자라는 나무라고 정리했었죠. 1행은 그런 '교목'에 대
한 사실적인 서술이기도 하겠습니다만, '푸른 하늘'을 좀 폼 나게 이상,
희망, 정의, 양심 등등으로 옮겨보는 건 어떨까요. 동의하신 거죠? 그
럼 1행은 이 정도로 읽을 수 있겠죠. '정의를 추구하면서'. 왜 이상, 희
망, 정의, 양심 중에 정의를 골랐느냐고요? 제가 생각하기엔 그 단어
가 시와 가장 잘 어울리는 느낌이라서 그랬습니다만, 이상, 희망, 양
심 등도 나쁠 건 전혀 없습니다. 가만, 조금만 더 인정하고 갈까요. 시
대적 배경을 고려하기로 하죠. 이육사가 살았던 시대라면, 일제강점기
아닙니까? 그 시대에 정의를 추구하는 존재라면? 맞아요, 항일투사.
'교목'은 항일투사의 이미지인 겁니다.

　　자, 이제 2행으로 가볼까요. '세월'도 시대적 배경을 고려해서 그
냥 시원스럽게 일제의 탄압으로 읽어줄까요. '불타고'라는 표현을 보
니, '교목'을 불태우는 존재가 아닙니까. '교목'이 항일투사라면, '세월'
은 일제의 탄압, 괜찮겠죠. 자, 이제 '우뚝 남아 서서'를 주목해봅시다.
불길에 우뚝 남아 서라는 겁니다. 즉 탄압에 우뚝 남아 서라는 겁니
다. 이거……, 다시 말하면……, 도망치지 말라는 거죠. 힘들다고 도망

치지 마라, 살기 위해 도망치지 마라, 버텨라, 우뚝 남아 서라, 그러다가…… 그러다가…… 3행, 죽어버려라. 아, 봄에 꽃피우겠다고 불길을 피하려 하지 마라, 즉 살아남기 위해서 탄압을 회피할 생각일랑은 하지 마라, 다시 말해 죽는 한이 있어도 탄압에 굴복하지 마라, 짧게 말해 탄압에 맞서다 죽어라!!! 아, 죽음을 명령한 이유가 이거였던 겁니다. 탄압에 맞서다 죽어라!!! 이쯤 되니, 이 명령……, 시인이 자신에게 하는 말처럼 들리기도 합니다. "야, 이육사! 너 절대 탄압에 굴복하면 안 돼. 반드시 맞서다가 죽어야 돼." 어서 3연으로 서둘러 다시 가볼까요.

〈3연〉

검은 그림자 쓸쓸하면
마침내 호수 속 깊이 거꾸러져
차마 바람도 흔들진 못해라.

1행부터 봅시다. 왜 교목의 그림자가 검은 그림자일까요? 그림자는 늘 검은색 아니냐고요? 그래요, 뭐 그렇긴 합니다만, 1연과 연결 지어 생각한다면, 이런 상상도 가능하지 않을까요. 불길에 맞서다가 이미 검게 불타버린 나무라면……. 맞아요, 그런 나무의 그림자라서 검은 그림자라고 한 게 아닐까요? 아, 그렇다면 화자는 들길을 걷다가 호숫가에서 불타 죽은 나무 하나를 발견했던 게 아닐까요? 그 나무를 보고는 불길(=탄압)에 맞서다가 죽은 존재라 생각하고는, 한 번 더 명령하기로 한 거죠. 여기서부터 살짝 대화로 풀어볼까요.

화자 야, 불타 죽은 나무! 너 쓸쓸하게 서 있지 말고 그냥 호수 속에 깊이
　　　 거꾸러지는 건 어때?

교목 호수 속으로 거꾸러지면 대체 무슨 좋은 일이 생기는데?

화자 호수 속에 처박히면 바람이 너를 흔들 수 없을 거 아냐?

교목 바람에 흔들리지 않을 거라고? 그렇긴 하겠지. 호수 속에 처박힌 나
　　　 무를 그 어떤 바람이 흔들 수 있겠어.

'바람'의 의미를 '유혹'으로 옮겨볼까요. 왜냐고요? 나무를 흔드는
존재잖아요. 나무가 화자 자신이라면, 화자를 흔들리게 하는 바람, 맞
죠, 유혹, 이거 괜찮은 해석이죠. 그럼 결론적으로 이렇게 읽을 수 있
겠네요. 죽으면 유혹도 끝나겠지. 죽은 자를 어느 누가 유혹할 수 있겠
어. 그래 죽자, 그냥 확 죽어버리면 그 어느 누구도 나를 유혹할 순 없
을 테니까. 1연과 연결 지으면 이 정도 정리가 가능하겠습니다. 1연이
탄압에 굴복하느니 차라리 죽겠다는 거라면, 3연은 유혹에 굴복하느
니 차라리 죽겠다는 겁니다. 1연과 3연을 합치면? 굴복하느니 차라리
죽음을!

　시인 이육사의 삶이 어떠했는지는 좀 들어보셨을 겁니다. 아마도
이런 비타협적인 정신 때문에 시인의 삶이 그렇게 올곧고 강직했던 거
아닐까요. 가만, 2연까지 마저 읽어야겠죠. 2연 가봅시다.

〈2연〉

낡은 거미집 휘두르고

끝없는 꿈길에 혼자 설레이는

마음은 아예 뉘우침 아니라

2행의 '꿈'에서 시작해볼까요. 이 '꿈'이 자면서 꾸는 그 꿈은 아니겠죠. 이 꿈, '희망'이나 '이상' 정도로 읽어봅시다. 이것도 그냥 선명하게 구체화할까요. 화자의 '꿈'은 물론? 조국 광복이겠죠. 그렇다면 '꿈길'은? 꿈을 추구하는 길, 조국 광복을 추구하는 길, 즉 일제와 맞서는 투쟁의 길이 되겠습니다. 그 길을 끝없이 걸어가겠다는 거죠. 그 길이 끝날 때까지, 혼자서라도, 광복의 그날을 생각하며 마음 설레면서.

이제 1행으로 거슬러 가볼까요. '낡은 거미집'의 정체는 대체 뭘까요? 아, 항일투사의 모습을 하나 떠올려보는 게 좋겠네요. 세수는? 안 했겠죠. 이발이나 면도는? 안 했겠죠. 그럼 옷은? 속옷은? 신발은? 양말은? 그만 할까요. 한마디로 거지 몰골이었겠죠. 그런 꾀죄죄하고 더럽고 초라하고 누추한 모습……, 그런 모습을 '낡은 거미집'으로 표현한 게 아닐까 싶습니다. 그렇다면 '휘두르고'는 '칼이나 주먹 따위를 이리저리 마구 내두르고'의 의미로 읽는 것보단 '휘감고' 정도의 의미로 옮겨주는 게 좋겠습니다. 가만, 나무와 연결해야 제대로 된 상상이 되겠죠. 1연의 불타 죽은 나무를 다시 떠올립시다. 그 나무 여기저기에 낡은 거미집이 쳐져 있었던 거겠죠. 그런 나무의 모습이 곧 자신의 모습, 항일투사의 모습과 다를 바 없이 느껴졌던 걸 테고…….

자, 이제 3행 한 줄 남았네요. 이건 질문으로 처리해볼까요. 3행의 '뉘우침'은 '반성'의 의미일까요, 아니면 '후회'의 의미일까요? 아무래도 후자가 나아 보이죠. '뉘우침 아니라'를 '후회 없으리' 정도로 바꿔 읽어 볼까요. 1~2행과 연결하면 이 정도가 되겠네요.

　　1행, 힘든 삶이긴 하지만

　　2행, 혼자서라도 마음 설레며 투쟁의 길을 걷고 있는 나의 삶에 대해서

　　3행, 나 아무런 후회 없다.

　　누군가가 시인에게 충고라도 한마디 했던 게 아닐까요. "야, 이육사! 너 그렇게 살다가 나중에 분명히 후회할 거다." "야, 이육사! 너도 그냥 편하게 하고 싶은 일 하면서 살아." "야, 이육사! 너, 부모나 가족은 안 챙길 거냐?" "야, 이육사! 너 그러다가 끝내 비참하게 죽게 될 거야." 이런 애정 어린 충고에 쐐기를 박듯 시인이 한마디 하는 느낌입니다.

　　"아냐! 나, 이 선택, 아무런 후회 없어!"

아, 봄에 꽃피우겠다고 불길을 피하려 하지 마라,
즉 살아남기 위해서 탄압을
회피할 생각일랑은 하지 마라,
다시 말해 죽는 한이 있어도 탄압에 굴복하지 마라,
짧게 말해 탄압에 맞서다 죽어라!!!

왕십리 往十里

김소월

전국 각지에 비

비가 온다
오누나
오는 비는
올지라도 한 닷새 왔으면 좋지.

여드레 스무날엔
온다고 하고
초하루 삭망朔望이면 간다고 했지.
가도 가도 왕십리往十里 비가 오네.

웬걸, 저 새야
울려거든
왕십리 건너가서 울어나 다오,
비 맞아 나른해서 벌새가 운다.

천안天安에 삼거리 실버들도
촉촉히 젖어서 늘어졌다네.
비가 와도 한 닷새 왔으면 좋지.
구름도 산마루에 걸려서 운다.

서울 왕십리역 광장에 가면 이 시의 비가 서 있답니다.

역 광장에 시비로 서 있기엔 대중성(?)이 좀 떨어지는 시가 아닌가 싶습니다만…….

맞아요. 이 시 좀 어렵습니다.

비가 내려 좋다는 건지, 싫다는 건지조차도 분명치가 않잖아요. 아닌가요?

1연 바로 가볼까요.

〈1연〉

비가 온다

오누나

오는 비는

올지라도 한 닷새 왔으면 좋지.

비가 한 닷새 왔으면 좋겠다? 이게 대체, 비가 많이 내렸으면 좋겠다는 걸까요, 아니면 비가 적게 내렸으면 좋겠다는 걸까요. 닷새라면……, 당연히 많이 내리길 바라는 거 아니냐고요? 글쎄요, 상황에 따라 다를 수 있지 않을까요. 이렇게 생각해볼까요. 평상시라면……, 비가 닷새 내리라는 건 분명 많이 내리라는 거겠죠. 하지만 장마철이라면, 심한 장마로 한 열흘째 비가 쏟아지고 있는 상황이라면……, "젠장, 한 닷새만 오지", 어떤가요? 이런 상황이라면, 비가 그만 내렸으면 좋겠다는 의미로 읽을 수 있겠죠. 1연을 다시 한 번 천천히 읽어볼까요. 어떤가요? 전자인지 후자인지, 이젠 좀 헷갈리지 않나요.

제 생각엔, 왠지 후자 같습니다. 뒤로 이어지는 2~3연 때문에 그런 거냐고요? 아니요. 1연만 가지고도 왠지 후자일 가능성이 높아 보입니다. '오다'가 네 번이나 반복되고 있잖아요. '비가 온다, 오누나, 오는 비는, 올지라도.' 거기에다 잦은 행 가름 때문에 더더욱 비 내림이 강조되는 느낌이고요.

비가 온다

오누나

오는 비는

올지라도…….

어떤가요? 이미 비가 꽤나 많이 내리고 있다는 느낌이 들지 않나요? 이 정도로는 인정 못 하겠다고요? 맞아요. 그럴 수 있습니다. 그럼 그냥 두 가지 해석의 가능성을 다 열어놓고 2연으로 가는 건 어떨까요? 그게 좋겠죠. 선명하게 기호라도 붙여놓고 갈까요.

- **A** 비가 내려 신난다.
- **B** 비가 내려 화난다.

〈2연〉

여드레 스무날엔

온다고 하고

초하루 삭망朔望이면 간다고 했지.

가도 가도 왕십리往十里 비가 오네.

삭망은 '음력 초하룻날과 보름날을 아울러 이르는 말'입니다. 그럼 '초하루 삭망이면'은 '초하루 보름이면'으로 썼어야 맞는 표현이었겠네요. 시인에게 무슨 깊은 뜻이 있었는지는 모르겠지만요. 하여튼 1~3행은 편하게 바꾸면 이 정도가 되겠습니다.

"음력 8일·20일엔 온다고 하고, 음력 1일·15일엔 간다고 했지."

황당하시죠. 이건 또 무슨······.

당황하지 말고 천천히 정리해 가볼까요.

일단 주어가 없는 게 문제죠. 빠진 주어는 뭘까요. 사람이라면······, '임' 정도가 무난할 것 같습니다만······. 근데 '임'이라면, 좀 뜬금없지 않나요? 나머지 연들에 '임'에 대한 언급이 전혀 없잖아요. 설령 임을 주어로 본다고 해도, 임이 8일·20일에 오고 1일·15일에 간다는 게 도무지······. 아무래도 주어는 비가 맞는 거 같죠. 이 시, 전체적으로 비에 관한 얘기잖아요.

아니, '임'을 조금만 더 고집해볼까요. 임은, 주기적으로 나를 찾는 존재인 겁니다. 뭐, 그럴 수 있잖아요. 8일에 왔다가 15일에 떠나고 20일에 왔다가 1일에 떠나는 임. 1연의 A·B와 연결하면 어떻게 되냐고요? 이러죠, 뭐. 임이 오려고 하는 때 비가 내려 임이 못 오고 있는 상황이라면, B. 반대로, 임이 떠나려 하는 때 비가 내려 임의 출발이 지연되고 있는 상황이라면, A.

너무 조잡한 해석이라고요? 네, 좀 그렇죠. 시인이 정말 그런 사연을 쓰고 싶었던 거라면, 그럼 해결되지 않는 궁금증이 너무 많아집니다. 임의 직업은 과연 무엇인지……. 임이 오고 가는 날짜가 왜 하필 8일·20일, 1일·15일인지……. 굳이 그 날짜들을 구체적으로 밝혀 적을 필요가 있었던 건지……. 그러고는 또 정작 지금이 8일·20일경인지, 아니면 1일·15일경인지는 밝히지 않았잖아요. 지금이 8일·20일경이라면 B가 될 테고, 1일·15일경이라면 A가 될 텐데 말이죠. 오고 가는 날짜는 구체적으로 밝혀 적고 지금이 그중 어느 때인지는 일러주지 않는다? 그래서 비에 대한 자신의 감정을 짐작할 수 없게 한다? 이거 너무 비상식적이잖아요. '임'은 그만 고집하고, '비'로 넘어가볼까요.

"음력 8일·20일엔 비가 온다고 하고, 음력 1일·15일엔 비가 갠다고 했지." 이도 물론 만만치가 않습니다. 도대체 무슨 놈의 비가 8일·20일마다 내리고 1일·15일마다 갠답니까. 날짜 얘기 더 파고들기 전에 1연의 A·B와 먼저 연결 지어놓을까요. 만약 A라면, 1~3행은 비의 기특함에 관한 얘기여야겠죠. 내려야 할 때 내리고 그쳐야 할 때 그치는 기특한 비. B라면, 망할 놈의 비에 관한 얘기가 되겠죠. 그쳐야 할 땐 내리고 내려야 할 땐 그치는 망할 놈의 비. 물론 뭐 A·B와 연관이 없는 비의 독특한 개성에 관한 얘기일 수도 있겠습니다만, 그런 가능성들까지 모두 타진하면 논의가 너무 산만해지지 않을까 싶습니다.

자, 이제 날짜 문제를 좀 더 들여다볼까요. 일단은 편하게, 8일과 20일, 1일과 15일이라는 날짜가 별 의미가 없을 가능성이 있습니다. 그냥 이런저런 날들에 비가 내리고 또 이런저런 날들에 비가 그친다더라 하는 정도로 읽어주는 거죠. 거 너무 뭉개는 느낌 아니냐고요? 맞아요. 좀 그렇죠. "1일에 온다고 하고 15일에 간다고 했지" 또는 "10일에 온다고 하고 20일에 간다고 했지" 정도의 표현이었다면 단순히 대표적인 날짜들로 비가 오고 가는 느낌만 부각했다고 볼 수도 있겠습니다만……. 8일·20일, 1일·15일이라면, 이거 그렇게 보기엔 너무나 구체적으로 특정된 숫자잖아요. 게다가 그렇게 읽으면 A·B와의 연관성 역시 너무 뭉개져버린다는 문제도 생겨나고요.

아, 가만, 이거 혹시 장날 같은 거 아닐까요. 장날 정도라면 날짜를 특정해서 말하는 게 특별히 이상할 게 없잖아요. 그럼 A·B랑은 어떻게 연결할 거냐고요? 이럼 되잖아요. 8일·20일이 장이 열리는 날인 겁니다. 그때 비가 내리면 다들 우울할 거 아녜요. 그럼 B. 아니면 1일·15일이 장 열리는 날. 그때 비가 개면 다들 신이 나겠죠. 그럼 A. 근데…… 장이 한 달에 두 번 열린다는 게 말이 안 된다고요? 맞아요. 말이 안 되죠. 그럼 좀 넓혀서 이렇게 생각해보는 건 어떨까요. 장날을 일해야 하는 때 정도로 넓게 읽어주는 겁니다. 일해야 하는 때 비가 내려 일을 망쳤다, 또는 일해야 하는 때 비가 개서 신나게 일했다. 그래서 B 또는 A.

너무 복잡하다고요? 그만하고 3연 갈까요. 아, 그래도 4행은 한번 읽고 넘어가야겠죠. 조금만 바꿔 읽으면, "걸어도 걸어도 왕십리에 비가 내리네" 정도. 이거 또 4행은 비가 좀 그만 내렸으면 하는 느낌이 강하지 않나요? "걸어도 걸어도 비가……." 아닌가요? 그래요, 그냥 3연 가보죠.

〈3연〉

웬걸, 저 새야

울려거든

왕십리 건너가서 울어나 다오,

비 맞아 나른해서 벌새가 운다.

새가 왕십리를 벗어나지 못하고 비 맞아 울고 있답니다.

아, 이제 결판이 난 거 같네요. 비, 이놈의 정체.

3연의 비는? 새를 울게 하는 존재.

새와 화자의 관계는? 동일시되는 관계.

그렇다면 비는 결국? 화자를 울게 하는 존재.

그렇다면 비는 한 단어로? 시련.

'나른해서' 때문에 비를 시련으로 옮기는 게 좀 과한 해석 같다고요? 글쎄요. '나른하다'의 사전적 의미는, '맥이 풀리거나 고단하여 기운이 없다'입니다. 비＝시련, 큰 문제 없어 보이죠?

이제, 1연 다시 가볼까요.

〈1연〉

비가 온다

오누나

오는 비는

올지라도 한 닷새 왔으면 좋지.

장마철인 모양입니다. 심한 장마로 너무 오래 비가 쏟아지고 있는 상황이었던 겁니다. "망할 놈의 비, 그냥 한 닷새만 내리지."

이제 네 번의 반복과 잦은 행 가름, 비가 오래 내렸음을 보여주려는 시인의 의도적인 수법이라는 거, 인정할 수 있겠죠?

〈2연〉

여드레 스무날엔
온다고 하고
초하루 삭망朔望이면 간다고 했지.
가도 가도 왕십리往十里 비가 오네.

"음력 8일·20일엔 비가 온다고 하고, 음력 1일·15일엔 비가 갠다고 했지." 이 역시, '망할 놈의 비' 분위기로 읽어줘야겠죠. 아까 2연에서 내렸던 결론에 살을 좀 붙여서 이렇게 읽어줄까요. "일해야 하는 때엔 비가 내려서 일을 망치고, 일 없이 쉬는 때엔 또 날이 화창하게 개서 더욱 사람 열 받게 하고……." 결국 비에 대한 불만의 감정을 담은 누군가의 발언처럼 보입니다. 왜 화자의 발언이 아니라 누군가의 발언이냐고요? 1~3행은 남의 말을 인용하는 듯한 표현을 쓰고 있어서요. 혹시 어린 시절에 이런 속설 하나쯤 없었나요? "소풍날엔 꼭 비가 온다더라." "운동회 날엔 꼭 비가 온다더라." 없었다고요? 그럼 이런 속설은 어떤가요. "세차하면 꼭 비가 온다더라." "우산 챙기면 꼭 비가 안 온다더라." 이것들 다 비에 대한 야속한 감정을 담은 속설들이죠. 워낙

비라는 놈이 반가울 때가 많지 않아서 생겨난…….

또 한 번 날짜 얘기요. 8일·20일, 1일·15일을 장날같이 인위적으로 합의한 날로 볼 게 아니라, 자연 현상과 연관시켜본다면 어떨까요. 8일·20일, 1일·15일은 달의 주기니까, 달의 주기라면…… 이거 혹시 바다의 조금(조수 간만의 차가 가장 작을 때)과 사리(조수 간만의 차가 가장 클 때) 얘기 아닐까요. 조금이 7~8일과 22~23일, 사리가 1일과 15일이잖아요. 그렇다면 이 구절, 어민들의 입에서 시작된 속설일 가능성이 높아 보입니다. 조금은 일해야 하는 때, 사리는 일손을 놓고 쉬는 때. 구체적으로 어민들의 어떤 노동이냐고요? 참고로, 조금은 갯벌 작업하기가 좋은 때랍니다. 그때 비가 내리면 갯벌 작업을 망치게 되겠죠. 사리는 갯벌 작업이 불가능한 때랍니다. 그래서 그땐 비가 내려도 아무 상관이 없고…….

따라서 가장 편하게 바꿔 4행과 연결하면 이 정도가 될 듯합니다. "어민들을 괴롭히는 얄미운 비처럼, 꼭 그 모양으로 나를 괴롭히면서 왕십리에서 비가 내리네."

어민들 이야기가 왕십리까지 전해져서 화자의 입에서 진술되는 게 이상하다고요? 글쎄요. 뭐 그게 그렇게 특이한 일은 아니죠. 광부들의 입에서 시작해서 전국화된 "삼겹살을 먹으면 폐 속 먼지가 씻겨나간다"나, 택시 기사들의 입에서 시작해서 전국화된 "첫손님이 여자면 재수가 없다"나, 노름꾼들의 입에서 시작해서 전국화된 "첫끗발이 개끗발이다" 등등처럼요.

1~3행의 빠진 주어를 비로 보는 게 끝내 안 내킨다고요? 뭐 그럴 수도 있습니다. 주어를 비로 보더라도, 노동 또는 어민들의 노동과 연관된 속설로는 보고 싶지 않다고요? 네, 뭐 그도 그럴 수 있겠습니다. 근데 다 인정해도 인정 못 할 게 하나 있습니다. 1~3행을 비에 대한 긍정적인 인식을 드러내는 구절로 해석하는 건……, 그건 안 될 일입니다. 왜냐고요? 쩝, 유감이네요. 앞에서 충분히 설득한 줄 알았는데……. 부족하면 아래의 4연 설명까지 참고해볼까요.

〈4연〉

천안天安에 삼거리 실버들도
촉촉히 젖어서 늘어졌다데.
비가 와도 한 닷새 왔으면 좋지.
구름도 산마루에 걸려서 운다.

3~4행을 먼저 해치울까요. 3행은 뭐, 1연의 반복이니 더 읽을 필요 없겠죠. 4행의 구름은 그냥, 3연의 새처럼 화자와 동일시되는 존재로 보면 될 듯합니다. 구름도 새처럼 울고 있으니까요.

자, 이제 1~2행, 또 하나의 난적이 등장했네요. '천안天安에 삼거리 실버들'이라……. 2연과 3연을 보면, 화자의 위치는 분명히 왕십리잖아요. 근데 왜 난데없이 천안 삼거리의 실버들이 언급되는 걸까요. 일단 조사 '도'를 먼저 볼까요. 앞에도 비에 젖어 늘어진 게 하나 더 있다는 전제잖아요. 물론 그 존재는 '나=새'겠죠. 그렇다면 실버들 역시 화자와 동일시되는 관계로 판단하면 될 듯합니다만, 근데 왕십리에서 비를 맞고 있는 자가 왜 군이 천안 삼거리의 실버들을 떠올려서 자신과 동일시하고 있는 걸까요. 물론 이런 연상이긴 했을 겁니다. 비에 젖어 늘어진 자신의 모습을 봅니다. 그 순간 갑자기 「흥타령」이 떠오릅니다. "천안 삼거리 흥, 능수야 버들은 흥, 제멋에 겨워서 흥, 휘늘어졌구나 흥." 맞겠죠. 천안 삼거리 실버들은 '늘어짐'의 대명사니까……. 물론 시작은 그랬을 겁니다. 근데 아무래도 그 이상이 있어 보입니다. 아래는 '그 이상'에 대한 가장 무거운 해석이라고 생각하고 읽어보면 될 듯합니다.

이 시의 핵심은 어쨌든 비잖아요. 실버들을 빼고 비를 집어넣으면 어떤 문장이 될까요. 아래처럼 되겠죠.

"천안에도 비가 내린다더라."

천안을 왕십리 아닌 곳의 대표 선수로 읽어주면, 천안을 빼고 왕십리를 넣어 진술하는 것도 가능하지 않을까요. 아래처럼요.

"왕십리에만 비가 내리는 건 아니다."

이 정도 해놓고 이 시의 한 문장 압축 버전인 아래 문장과 비교해보세요.

"왕십리에 비가 내려 내가 힘들다."

두 문장을 이어서 읽어볼까요.

"왕십리에 비가 내려 내가 힘들다. 하지만 이곳 왕십리에만 비가 내리는 건 아니다."

문득 이렇게 읽고 싶어지지 않나요.

"온 나라에 비가 내리고 있다."

또는,

"온 나라에 비가 내려, 온 백성이 비 때문에 고생하고 있다."

이쯤 하고 보니, 이 작품, 뭔가 시대적인 아픔을 노래하는 시처럼 느껴지는군요. 시인 개인의 아픔을 노래하는 시라기보단⋯⋯.

시 전체를 이렇게 정리해볼까요.

나를 울리고, 어민도 울리고, 새도 울리고, 천안의 실버들도 울리고, 구름도 울리고⋯⋯.

아, 이 망할 놈의 비.

혹시 어린 시절에 이런 속설 하나쯤 없었나요?
"소풍날엔 꼭 비가 온다더라."
"운동회 날엔 꼭 비가 온다더라."
없었다고요? 그럼 이런 속설은 어떤가요.
"세차하면 꼭 비가 온다더라."
"우산 챙기면 꼭 비가 안 온다더라."

사랑의 끝판

우리 맛이

네 네 가요. 지금 곧 가요.

에그 등불을 켜려다가 초를 거꾸로 꽂았습니다그려. 저를 어쩌나, 저 사람들이 흉보겠네.

님이여, 나는 이렇게 바쁩니다. 님은 나를 게으르다고 꾸짖습니다. 에그 저것 좀 보아. '바쁜 것이 게으른 것이다.' 하시네.

내가 님의 꾸지람을 듣기로 무엇이 싫겠습니까. 다만 님의 거문고 줄이 완급緩急을 잃을까 저어합니다.

님이여, 하늘도 없는 바다를 거쳐서, 느릅나무 그늘을 지어 버리는 것은 달빛이 아니라 새는 빛입니다.

홰를 탄 닭은 날개를 움직입니다.

마구에 매인 말은 굽을 칩니다.

네 네 가요. 이제 곧 가요.

1926년에 출간한 한용운의 시집 『임의 침묵』에는 총 88편의 시가 실려 있었다고 하죠. 그 시집의 첫 편이 바로 「임의 침묵」이고, 마지막 편이 이 「사랑의 끝판」이랍니다.

'사랑의 끝판'이라면, 사랑의 완성 정도로 읽어줘야 할 듯한 제목인데……, 가만, 임과 이별한 상태라면 사랑의 완성은 불가능한 거잖아요. 그렇다면 혹시……. 드디어 꿈에 그리던 임이……?

〈1연〉

네 네 가요. 지금 곧 가요.

에그 등불을 켜려다가 초를 거꾸로 꽂았습니다그려. 저를 어쩌나, 저 사람들이 흉보겠네.

님이여, 나는 이렇게 바쁩니다. 님은 나를 게으르다고 꾸짖습니다. 에그 저것 좀 보아. '바쁜 것이 게으른 것이다.' 하시네.

내가 님의 꾸지람을 듣기로 무엇이 싫겠습니까. 다만 님의 거문고 줄이 완급緩急을 잃을까 저어합니다.

「임의 침묵」에서, '님은 갔지마는 나는 님을 보내지 아니 하였'다고 외치던 그에게,

「당신을 보았습니다」에선, '당신이 가신 후로 나는 당신을 잊을 수가 없'다고 말하던 그에게,

「복종」에선, '당신에게는 복종만 하고 싶'다던 그에게,

「찬송」에선, '님이여, 당신은 백 번이나 단련한 금결'이라고 임을 예

찬하던 그에게,

「명상」에선, '님이 오시면 그의 가슴에 천국天國을 꾸미'겠다고 다짐하던 그에게,

그렇게 한결같이 임과의 재회를 간절히 꿈꿔오던 그에게,

드디어 임이 돌아온 모양입니다.

시인이 시집의 말미에, 뜻밖에도 이런 감격적인 순간을 마련하고 있었군요.

1행은 화자의 말이겠죠. 임이 돌아오셔서 화자를 찾고 있는 상황인 듯합니다. 화자는 서둘러 임에게 달려가고 있습니다. "네 네 가요. 지금 곧 가요." 2행을 보니, 시간은 밤이네요. 화자 마음이 어찌나 급했는지 초를 거꾸로 꽂았답니다. '이를 어쩌나, 주변 사람들이 흉을 보겠네.'

잠깐, 이거 어째 예상했던 분위기와는 좀 다르지 않나요? 임이 낭만적으로 내 앞에 짜잔 하고 나타나서, 둘이서 감격의 포옹을 하는 상황……, 혹시 그런 상황 기대하지 않았나요? 임은 또다시 나를, 향기로운 말소리로 귀멀게 하고, 꽃다운 얼굴로 눈멀게 하고……. 그러곤 끝내 날카로운 첫 키스의 추억을 재현해줘야 하는 거 아니었나요?

근데 낭만적인 포옹은커녕……. 화자는 최대한 서둘러 임에게 가는 중인 듯한데, 임은 그저 화자가 게으르다고 꾸짖고 있습니다. 이런, 야속한지고. 사랑한다는 말도, 그동안 고생 많았지 하는 위로의 말도 없이, 게으르다는 꾸짖음이라니…….

근데 임의 꾸짖음이 묘하게 역설적이죠. 상식적으로 보면 바쁜 게 아니라 오히려 한가로운 게 게으른 거잖아요. 아니, 이거…… 어찌 보면 당연히 맞는 말일 수도 있겠네요. 출근 시간에 바쁘게 움직이고 있다면, 그 사람 분명히 게으름을 피웠던 게 아닌가요. 맞아요. 그게 어떤 종류의 일이건, 미리미리 준비를 했더라면 정작 일이 닥치더라도 바쁠 게 없을 거잖아요. 결국 화자는, 임이 돌아왔으면 하는 기대만 줄곧 해왔을 뿐, 임을 맞을 준비는 미처 못 하고 있었던 겁니다. 또다시 역설로 나를 꾸짖고 깨우치는 얄궂고도 고마운 임.

화자는 임의 꾸짖음에 "니가 갑자기 밤에 온 거잖아!" 하고 투덜거릴 마음이 없는 듯합니다. "임의 말이 맞지. 내가 준비성이 없었던 거야. 다만……" 임의 거문고 줄이 완급을 잃는다는 건, 임이 거문고 연주를 제대로 하지 못한다는 의미겠죠. 아, 밤이라서, 너무 어두워서, 거문고를 연주하기 힘들지도 모르겠다는 얘기겠습니다. 그래서 화자가 서둘러 등불을 가지고 가는 상황인 듯하고요. 결국 화자는 이렇게 걱정하고 있는 거겠네요. "내가 등불을 늦게 가져가는 탓에, 임의 연주가 흐트러질까 봐 두려울 뿐……"

그나저나 이 시 이거, 예상에서 더더욱 빛나가는 느낌이죠? 임은 이미 도착해서 느긋하게 거문고 연주를 시작한 상태였던 겁니다. 화자는 등불을 들고 임에게 서둘러 달려가고 있고, 임은 그런 화자를 게으르다고 꾸짖고……

여기서 잠깐, 기대했던 내용 말끔히 다 지우고 1연 전체를 천천히 다시 한 번 읽어볼까요? 아래에 다시 인용해볼게요.

〈1연〉

네 네 가요. 지금 곧 가요.

에그 등불을 켜려다가 초를 거꾸로 꽂았습니다그려. 저를 어쩌나, 저 사람들이 흉보겠네.

님이여, 나는 이렇게 바쁩니다. 님은 나를 게으르다고 꾸짖습니다. 에 그 저것 좀 보아. '바쁜 것이 게으른 것이다.' 하시네.

내가 님의 꾸지람을 듣기로 무엇이 싫겠습니까. 다만 님의 거문고 줄 이 완급緩急을 잃을까 저어합니다.

아, 찬찬히 다시 보니, 시인은 임과 재회하는 기쁨을 노래하기 위 해 이 시를 쓴 게 아니었던 거네요. 임의 꾸짖음을 독자들에게 교훈으 로 들려주고 싶었던 듯합니다. 에이, 그럼 너무 뻔한 도덕적인 시가 되 는 거 아니냐고요?

「명상」에서 했던 작업, 이 시에서도 한번 해볼까요. 거 왜 임을 '조 국'으로 옮겨봤던 그 작업이요.

임이 조국이라면……,

임과의 이별은? 국권 상실.

임과의 재회는? 국권 회복.

그렇다면 임의 꾸짖음은?

조국 광복을 바라기만 할 뿐 정작 새 세상을 맞이할 준비는 채 못 하고 있다는 질책.

「명상」 식으로 말하면?

임과의 재회를 꿈꾸고 있을 뿐 임의 가슴에 천국을 꾸밀 준비는 못 하고 있다는 질책.

좀 더 살을 붙여 상상해본다면 이런 생각이 아니었을까요.

"모두들 조국 광복의 날을 꿈꾸고 있다. 몇몇은 투쟁의 전선에서 싸우고 있고, 몇몇은 양심적인 글들로 맞서고 있고, 몇몇은 물밑에서 그들을 경제적으로 돕고 있고, 몇몇은 마음으로나마 그들을 응원하고 있다. 하지만 조국 광복 자체가 우리 역사의 목표는 아닐 것이다. 국권만 되찾는다고 무슨 문제가 해결되겠는가? 밝은 세상, 자유로운 세상, 약자 없는 세상, 슬픔 없는 세상을 만들어야 하지 않겠는가? 조국 광복은 그 광대한 목표를 이루기 위한 하나의 전제에 불과하다. 많은 사람들의 꿈대로 조만간 조국 광복의 그날이 우리에게 찾아올 것이다. 우린 이제 이런 질문도 던져봐야 하지 않을까. 과연 우리는 조국 광복의 날을 맞이할 준비가 충분히 되어 있는가? 준비하지 않은 채 그날을 맞이하면 우리 민족에게 또 다른 종류의 시련이 닥칠지도 모른다. 아니, 또 다른 외세에게 곧바로 다시 휘둘리게 될지도 모른다. 이렇게 생각해보라. 임을 행복하게 해줄 준비가 채 안 된 상황이라면, 임과의 재회를 마냥 기뻐할 수만 있겠는가?"

근데 가만, 대체 왜 임은 밤에 돌아오신 걸까요? 이거 저만 궁금한 건가요? 2연 가볼까요.

〈2연〉

님이여, 하늘도 없는 바다를 거쳐서, 느릅나무 그늘을 지어 버리는 것은 달빛이 아니라 새는 빛입니다.
홰를 탄 닭은 날개를 움직입니다.
마구에 매인 말은 굽을 칩니다.
네 네 가요: 이제 곧 가요.

'하늘도 없는 바다'는 '하늘도 보이지 않는 칠흑같이 어두운 바다'
로, '그늘을 지어 버리는'은 '그늘을 만들어내는'으로 읽으면 될 듯합니
다. '새는'은 날이 밝아온다는 뜻의 '새는'일 테고요. 그럼 1행은 이 정
도가 되겠습니다. "칠흑 같은 어둠이 지나고, 이제 느릅나무 아래 그림
자가 생겨났다. 달빛 때문에 생긴 그림자가 아니다. 동이 터오고 있는
거다."

2행의, 홰(닭장 속에 닭이 올라앉게 가로질러놓은 나무 막대) 위에서
날갯짓하는 닭의 모습……, 3행의, 마구(말을 타거나 부리는 데 쓰는 기
구)에 매인 채 발굽을 치는 말의 모습……, 편하게 합치면 온 짐승들이
기지개를 켜고 활개를 펴고 있다는……. 그럼 2~3행도 역시 1행처럼
날이 밝아오고 있다는 얘기가 되겠네요.

아하, 그럼 임은 결국, 밤에 오신 게 아니라 동 트기 직전에 오셨
던 거네요. 나와 함께 새 아침을 맞이하려고……. 칠흑 같은 어둠을 뿌
리치고 밝은 새 세상을 맞이하려고……. 제목을 연결하면 이런 결론이
나올 수도 있겠네요. 사랑의 완성은 임과 재회하는 것? 아니, 사랑의
완성은 임과 함께 새 아침을 맞이하는 것!!!

자, 이제 임을 만나기 3초 전.

어서 가야 합니다. 임이 빨리 보고 싶어요.

이제 2초 전.

어서 그에게 등불을 전해줘야 합니다. 아침을 맞이하는 그의 거문고 연주에 흐트러짐이 있어선 안 됩니다.

1초 전.

"네 네 가요. 이제 곧 가요."

아까 1연을 너무 무겁게 읽었던 게 아닐까요? 2연을 읽고 나니, 1연을 왠지 가볍게 읽고 싶어지네요. 이렇게요.

"이제 조국 광복이 그리 머지않았다. 어서 마음의 준비들 해라."

임이 낭만적으로 내 앞에 짜잔 하고 나타나서,
둘이서 감격의 포옹을 하는 상황……,
혹시 그런 상황 기대하지 않았나요?
임은 또다시 나를, 향기로운 말소리로 귀멀게 하고,
꽃다운 얼굴로 눈멀게 하고…….
그러곤 끝내 날카로운 첫 키스의 추억을
재현해줘야 하는 거 아니었나요?

3장

감정들

추억追憶에서

박재삼

- -

슬픈 박재삼의

1933년 일본 출생
1955년 현대문학 '섭리' '정숙'로 등단
1987년 제2회 평화문학상
『울음이 타는 가을강』『사랑만리』등

진주晉州 장터 생어물전生魚物廛에는
바닷밑이 깔리는 해 다 진 어스름을,

울 엄매의 장사 끝에 남은 고기 몇 마리의
빛 발發하는 눈깔들이 속절없이
은전銀錢만큼 손 안 닿는 한恨이던가
울 엄매야 울 엄매,

별 밭은 또 그리 멀리
우리 오누이의 머리 맞댄 골방 안 되어
손 시리게 떨던가 손 시리게 떨던가,

진주晉州 남강南江 맑다 해도
오명 가명
신새벽이나 밤빛에 보는 것을,
울 엄매의 마음은 어떠했을꼬,
달빛 받은 옹기전의 옹기들같이
말없이 글썽이고 반짝이던 것인가.

첫 행을 보니 어린 시절 화자가 살았던 곳은 진주 근처였던 모양
입니다. 자료를 찾아보니 시인 박재삼은 일본 도쿄에서 출생하고 진주
옆의 사천에서 어린 시절을 보냈다고 합니다. 사천이라면, 옛 지명이
삼천포죠. "잘 나가다 삼천포로 빠진다"로 유명한 그 삼천포지만. 남
해의 아름다운 항구 마을이기도 합니다.

사천에서 진주까지라면 적게 잡아도 한두 시간은 걸어야 하는 거
리랍니다. 어머니의 하루가 대충 그려지는군요. 새벽같이 일어나 항구
로 나가서 생선을 받기, 생선을 머리에 이고 진주 장터까지 걸어가기,
아침 무렵 장터에 도착해서 좌판을 벌이기, 하루 종일 손님과 씨름하
기, 저녁 무렵 남은 생선을 이고 집으로 돌아오기, 밤늦게 집에 도착해
아이들 토닥여 재우기, 다음 날 장사를 위해 이런저런 정리나 준비를
하기, 피곤한 몸으로 자리에 눕기……. 가만, 하나를 빠뜨렸네요. 아이
들 세 끼는 차려놓고 나가야 하잖아요. 잠들기 전의 늦은 밤, 또는 일
나가기 전의 이른 새벽에 아이들 밥을 준비하는 시간도 있어야 하겠
네요.

그럼 대체 어머니는 몇 시간을 주무실 수 있었던 걸까요. 낮에 삼
시 세끼는 잘 챙겨 드셨을까요. 장사가 잘 안 돼서 생선이 많이 남은
날에는 어머니 기분이 어떠셨을까요.

그나저나 오누이는 엄마를 보는 시간이 하루에 얼마 정도였던 걸
까요. 새벽 잠결에 엄마가 부스럭거리는 소리를 들을 수 있었거나 없었
겠죠. 아침에 깨어보면 그저 밥상만 덩그러니 놓여 있었을 거고, 엄마
없는 긴 하루를 오누이 둘이서 재미있거나 재미없게 놀았을 거고, 놀

다가 문득 엄마 생각이 나면 눈물을 찔끔 흘리기도 했을 거고, 놀다가 다치기라도 한 날엔 허공에다 엄마를 부르면서 엉엉 울기도 했을 거고, 저녁이 다가올 때면 늘 '오늘은 엄마가 조금만이라도 일찍 들어오셨으면……' 하고 바랐을 거고, 그런 바람과 달리 밤늦게 돌아온 엄마는 너무 피곤해 보였을 거고, 그래도 엄마랑 놀아보겠다고 달려들지만 오누이의 눈꺼풀은 무겁게 감겼을 거고…….

그런데 가끔씩은 생선이 너무 안 팔려서 어머니의 귀가가 특별히 늦어지는 밤도 있었겠죠. 이 시, 그런 어떤 밤의 이야기인 듯합니다. 그런 어떤 겨울밤의…….

〈1연〉

진주晉州 장터 생어물전生魚物廛에는
바닷밑이 깔리는 해 다 진 어스름을,

'어스름'은 '조금 어둑한 상태'를 뜻하는 예쁜 우리말이죠. 1연은 왕창 줄이면, 이 정도가 되겠습니다. '장터에서 저녁에.'

'바닷밑'의 정체가 불편하죠. 이렇게 해볼까요. '바닷밑'을 빈칸으로 놓고 연상 게임을 해보는 겁니다. '(   )이/가 깔리는 밤'에서 괄호 안에 들어가기에 적절한 단어는? 물론 '어둠'이 좋겠죠. 그렇다면 '바닷밑'은 '어둠'의 보조관념이 되겠습니다만, 왜 하필 '어둠'을 '바닷밑'에 비유했을까요. 맞아요. 햇빛이 안 닿는 깊은 바닷속, 아주 어둡잖아요. 항구 마을의 소년이니, '어둠' 하면 곧 '바닷밑', 뭐 그런 거 아니었을까요. 체험에서 나온 듯한 이런 생생한 비유, 전 만날 때마다 기분이 좋아집니다만…….

가만, 서술어가 없어서 좀 불편한 문장이기도 하죠. 조사 몇 개 바꿔서 이렇게 읽어줄까요. "진주 장터 생어물전에서 어둠이 깔리는 해 다 진 어스름에". 그래요, 결국 1연은 시공간적 배경이 언급되는 시의 도입부라 보면 되겠습니다. 자, 이제 2연 가볼까요.

〈2연〉

울 엄매의 장사 끝에 남은 고기 몇 마리의
빛 발發하는 눈깔들이 속절없이
은전銀錢만큼 손 안 닿는 한恨이던가
울 엄매야 울 엄매,

주어 찾기 해볼까요. 맞아요, '눈깔들'이죠. 그럼 그와 연결되는 서술어는? 그래요, '한恨'입니다. 그럼 2연은 왕창 줄이면, '생선 눈깔은 한이다'가 되겠습니다. 가만, 생선 눈깔이 한이다? 혹시 있나요? 생선 눈깔을 보고 한을 느껴본 기억…….

일단 다소 불편한 3행부터 손 좀 봐놓을까요. '만큼'을 '이'로 바꿔 읽는 건 어떨까요. '은전銀錢이 손에 안 닿는 한恨'. 괜찮은 거 같죠. 조금 더 편한 표현으로 하면, '가난 때문에 생겨난 한' 정도가 되겠네요.

자, 이제 이렇게 해볼까요. 이미지를 떠올려보는 거예요. 겨울, 늦은 저녁, 장터, 아직 자리를 뜨지 못한 어머니가 남은 생선 몇 마리를 물끄러미 바라보고 있습니다. 오늘 따라 장사가 잘 안 됐던 모양입니다. 가만, 1연에 '생어물전生魚物廛'이란 단어가 나오죠. '생어물전生魚物廛'……, 그래요, 하루 지나면 생선들이 살아 있다는 보장이 없잖아요. 남은 생선들은 재고在庫가 아니라 쓰레기가 될 수도 있는 상황입니다. 그러니 오늘 안에 한 마리라도 더 팔아야 하는 거고……. 혹시나 하고 조금만 더 자리를 지켜보려는 거겠습니다.

근데 그놈의 생선 눈깔이, 불빛에 또는 달빛에 예쁘게 반짝거립니다. 어떤 기분이었을까요. 물론 그게 마냥 예뻐 보이지만은 않았겠죠. 벌어서 애들 먹이자고 하는 짓인데, 빚만 늘지도 모르는 상황이잖아요. 하루 종일 고생은 고생대로 다 하고……. 무리하게 가격을 깎던 그 여자한테 못 이기는 척 팔 걸 그랬나? 점심때 좀 나른하다고 잠깐 눈을 붙였던 게 문제였을까? 막내가 요즘 노래 부르는 운동화는 앞으로도 며칠은 사주기 힘들겠구나, 뭐 그런 생각들을 하면서 어머니 눈에는 순식간에 눈물이 고이지 않았을까요. 불쌍한 '울 엄매야, 울 엄매.'

자, 이제 이렇게 정리해보는 건 어떨까요. "남은 생선의 마릿수에 비례해서 어머니 마음속에 한이 쌓였을 거다." 표현 좀 바꿔서 이렇게 말하면 노골적일까요. "남은 생선의 눈깔 개수만큼 어머니 마음속에 한이 쌓였을 거다." 크게 나쁠 거 없어 보이죠. 그럼 이런 문장도 가능하겠네요. "남은 생선의 눈깔 개수가 어머니 마음의 한의 개수다." 이젠 생생하게 인정해줄까요. '생선 눈깔들=어머니의 한.'

〈3연〉

별 밭은 또 그리 멀리

우리 오누이의 머리 맞댄 골방 안 되어

손 시리게 떨던가 손 시리게 떨던가.

여긴 엄마를 기다리는 오누이의 모습이죠. 시의 초점이 어머니에서 자식들로 옮겨진 겁니다. 오누이가 추운 방 안에서 머리를 맞대고, 올 시간이 지났는데도 오지 않는 엄마를 기다리고 있습니다. 어둠, 냉기, 오누이의 표정, 다 잘 연상되죠.

1~2행이 상당히 불편합니다. 특히 '안 되어'라는 표현이 매우 모호해서 다양한 해석의 여지가 있어 보입니다만, 아래에선 하나의 해석만 제공해보렵니다. 일단 '별 밭'은 그 가족이 꿈꾸는 상태를 상징하는 단어처럼 보입니다. 구체적으로 말하면 이런 상태겠죠. 춥지 않고, 배고프지 않고, 무엇보다도 엄마랑 하루 종일 같이 지낼 수 있는……. 그렇다면, '별 밭' 이거, 경제적 풍요 정도로 옮겨도 좋겠습니다. 좀 건조한 요약이라고요? 뭐, 좀 그렇긴 합니다만…….

이제 2행. '골방 안 되어'의 주어는? 문장 구조상 1행의 '별 밭'이 맞겠죠. 군더더기 걷어내고 연결하면, '별 밭이 골방이 안 되어'가 되겠습니다. 뭔 소린지 느낌 좀 오나요? '멀리'까지 추가해서 이렇게 읽어볼까요. '별 밭은 골방에서 너무 멀어서, 골방은 별 밭이 되지 못해서, 골방은 별 밭과 너무 달라서.' 이쯤 하고 3행을 바로 연결해 읽어볼까요. 그래요, 연결이 제법 자연스러운 느낌입니다. 아, 혹시 손 시리게 떠는 주체를 '별 밭'이라고 생각하고 있는 건 아니겠죠? 오누이로 보는 게 당연히 더 자연스러워 보입니다.

이제 '별 밭'을 2연의 어떤 단어와 연결 지어 정리를 해봅시다. '별 밭'과 꼭 닮은 단어, 2연 가서 한번 찾아볼까요. 맞아요. '은전銀錢'과 많이 닮았습니다. 그러고 보니 두 놈 다 반짝이는 게 공통점이네요. 근데 이것들은 멀리서 반짝이는 놈들이죠. '안 닿'고, '안 되'는 두 개의 반짝임. 가만, 2연에 반짝이는 놈, 하나 더 보이네요. 맞아요. '눈깔들'입니다. 요놈은 '은전·별 밭'과 달리 가까이에서 반짝이는 놈입니다만⋯⋯.

〈4연〉

진주晉州 남강南江 맑다 해도

오명 가명

신새벽이나 밤빛에 보는 것을,

울 엄매의 마음은 어떠했을꼬,

달빛 받은 옹기전의 옹기들같이

말없이 글썽이고 반짝이던 것인가.

시의 초점이 다시 어머니로 옮겨갔습니다. 전체적으로 질문(1~4행)과 대답(5~6행)의 구조로 되어 있네요. 무엇에 대해 묻고 무어라 답하는지 확인해볼까요. 아, 참고로 '오명 가명'은 '오면서 가면서'의 방언이랍니다. '오면서 가면서'보다 훨씬 더 리듬감이 있죠? 아닌가요?

질문의 화제는 물론 '울 엄매의 마음'입니다. 타지 사람들은 시간 내서 구경을 오기도 하는 아름다운 진주 남강, 그 강을 늘 지나치면서도 한 번도 제대로 구경한 적이 없는 울 엄매, 그 시절 '울 엄매의 마음'은 어땠을까?

그에 대한 대답은? '말없이 글썽이고 반짝이던 것'. 이거 한 단어로 줄이면? 물론 눈물이겠죠. 결국 질문과 대답을 연결하면 이런 문장이 되겠네요. "그 시절 울엄매의 마음은 한 마디로 눈물이었을 거다." 좀 어색하다면, 눈물을 슬픔으로 바꿔볼까요. "그 시절 울엄매의 마음은 한 마디로 슬픔이었을 거다." 2연에 이미 등장했던 어떤 단어 하나도 연결해볼까요. 그럼 이런 결론이 나올 수 있겠네요. '울 엄매의 마음=눈물=한.'

근데 '말없이 글썽이고 반짝이던 것', 즉 '눈물'에 보조관념이 하나 붙어 있습니다. 맞아요. '옹기들'! 가만, 2연의 결론 기억나시나요. '생선 눈깔들=어머니의 한.' 이제 이것들 몽땅 끌어모아 정리해볼까요.

'어머니의 한스러운 마음=눈깔들=옹기들=눈물.'

세 개의 반짝임……. 생어물전에선 눈깔들이 반짝이고, 옹기전에선 옹기들이 반짝이고, 어머니 눈에선 눈물이 반짝이고…….

아래처럼 단순화하면 너무 건조하다고 툴툴대시겠지만…….

- **부富의 이미지** 은전, 별 밭 – 두 개의 먼 반짝임
- **한恨의 이미지** 눈깔, 옹기, 눈물 – 세 개의 가까운 반짝임

근데, 이쯤에서 혹시 이런 생각 안 드시나요? 왜 뜬금없이 옹기들일까? 눈물을 옹기에 비유하는 시 혹시 보신 적 있나요? 그러고 보니 참 해괴하죠. 이상한 구석이 하나 더 있습니다. 이 옹기들이 우리 집이나 우리 마을의 어떤 집의 옹기들이 아니라, '옹기전의 옹기들'이랍니다. 옹기전이라면 이 역시 생어물전처럼 진주 장터의 옹기전일 텐데, 그렇다면 이 '옹기전의 옹기들'은 화자가 본 장면일까요, 아니면 화자가 상상한 장면일까요. 아무래도 전자겠죠. 자신이 본 적도 없는 '옹기전의 옹기들'에 어머니의 눈물을 비유한다는 건, 이건 인간의 머리로는 쉽지 않아 보입니다.

그렇다면 이렇게 생각해야 하는 걸까요. 화자는 어머니를 따라 진주 장터를 가본 적이 있다. 그때 보았던 옹기들의 반짝임이 인상적으로 화자의 뇌리에 박혔다. 기억 속의 그 이미지를 어머니의 반짝이는 눈물과 연결 짓는다. 뭔가 이상하다고요? 맞아요. 이거 매우 수상한 결론이 아닐 수 없습니다. 화자가 달빛에 반짝이는 옹기들을 실제로 본 적이 있다면, 때는 밤이었을 거잖아요. 화자가 어느 밤에 어머니를 따라 진주 장터를 가본 적이 있다? 에이, 말도 안 되는 상상이죠. 어머니는 새벽에 일을 나가 밤늦게 집에 돌아오시는데, 어떻게 밤에 아들을 데리고 장터를 갈 수 있겠어요.

그럼, 그날 밤, 대체, 무슨 일이 있었던 걸까요. 아마도 그날 밤 이런 일이 있었던 거 아닐까요.

오누이는 냉방에서 엄마를 기다리고 있었다. 올 시간이 다 되도록 엄마는 오지 않는다. 기다리다 못 해 오누이는 집을 나선다. 엄마가 오고 가는 그 길로 엄마를 마중 나간다. 낮에는 그리도 예쁘던 진주 남강이 어둠 속에 어슴푸레하게 묻혀 있을 뿐이다. 아, 엄마는 이 예쁜 남강을 제대로 보신 적이 한 번도 없었겠구나. 엄마가 나타날 때까지 추운 밤길을 누나와 손을 꼭 붙잡고 걷는다. 걸어도 걸어도 엄마가 나타나지 않는다. 하늘을 보니 별들이 멀리서 반짝인다, 우리 손에 닿지 않는 은전들처럼. 걷다가 걷다가 오누이는 끝내 진주 장터에 다다른다. 옹기전의 옹기들이 달빛에 반짝이는 모습이 참 예쁘다. 드디어 생어물전. 멀리서 그리운, 그리운 엄마의 모습이 보인다. 달려간다. 어느 정도 가까워지자 생선 눈깔들이 달빛에 반짝이는 모습이 보인다. 그 반짝임이 방금 전에 본 옹기들의 반짝임과 닮았다. 엄마의 모습이 이제 제법 뚜렷하게 보인다. 엄마는 아직도 우리들의 등장을 알아채지 못하고 있다. 엄마! 하고 외치기 직전, 문득 엄마의 두 눈에서 무언가가 반짝이는 것이 보인다. 옹기들처럼, 눈깔들처럼……. 울 엄매야, 울 엄매.

아침에 깨어보면
그저 밥상만 덩그러니 놓여 있었을 거고,
엄마 없는 긴 하루를 오누이 둘이서
재미있거나 재미없게 놀았을 거고,
놀다가 문득 엄마 생각이 나면 눈물을
찔끔 흘리기도 했을 거고,
놀다가 다치기라도 한 날엔 허공에다 엄마를
부르면서 엉엉 울기도 했을 거고,

생명의 서書

유치환

: 나를 찾아서

1908년 경상남도 통영 출생
1931년 문예월간 '정적'으로 등단
제7회 대한민국예술원상 수상
『생명의 서』『쫓겨난 아담』 등

나의 지식이 독한 회의를 구하지 못하고
내 또한 삶의 애증愛憎을 다 짐 지지 못하여
병든 나무처럼 생명이 부대낄 때
저 머나먼 아라비아의 사막으로 나는 가자.

거기는 한 번 뜬 백일白日이 불사신같이 작열하고
일체가 모래 속에 사멸한 영겁의 허적虛寂에
오직 알라의 신만이
밤마다 고민하고 방황하는 열사의 끝.

그 열렬한 고독 가운데
옷자락을 나부끼고 호올로 서면
운명처럼 반드시 나와 대면케 될지니.
하여 나란 나의 생명이란
그 원시의 본연한 자태를 다시 배우지 못하거든
차라리 나는 어느 사구砂丘에 회한 없는 백골을 쪼이리라.

아라비아의 사막으로 가겠다? 아, 2연에 등장하는 그 알라신을 만나기 위해서? 그렇다면 화자는 이슬람교도고, 사막 방문은 성지 순례? 설마……. 그렇다면……, 아하, 두바이! 특급 호텔에서 푹 자고 일어나서 조식 배불리 먹고, 사륜구동 자동차 타고 사막 사파리? 끝내고 호텔로 돌아와서 사우나 한판 하고, 슬리퍼 끌고 레스토랑 들어가서 와인 마시며 「아라비안 나이트」?

「생명의 서書」는 1938년에 쓰인 작품입니다. 두바이에서 유전이 터진 건 1966년이고, 불과 30년 전만 해도 두바이는 허름한 어촌 마을에 불과했다고 합니다. 쩝, 그럼 대체 화자는 왜 아라비아의 사막으로 가려고 하는 걸까요? 거기에 뭐가 있다고? 거기에서 무얼 얻겠다고? 자, 2연부터 읽고 이슬람교와 두바이는 한 번만 더 부정해볼까요.

〈2연〉

거기는 한 번 뜬 백일白日이 불사신같이 작열하고
일체가 모래 속에 사멸한 영겁의 허적虛寂에
오직 알라의 신만이
밤마다 고민하고 방황하는 열사의 끝.

자, 단어들부터 낱낱이 확인해볼까요.

- **백일白日** 구름이 끼지 않아 밝게 빛나는 해
- **작열灼熱** 불 따위가 이글이글 뜨겁게 타오름

- **일체**一切 모든 것
- **사멸**死滅 죽어 없어짐
- **영겁**永劫 영원한 세월
- **허적**虛寂 텅 비어 적적함
- **알라** 이슬람교의 유일·절대·전능의 신
- **열사**熱砂 햇볕 때문에 뜨거워진 모래

위 단어들의 뜻을 고려해서 2연을 천천히 다시 한 번 읽어봅시다. 일단 1~2행은 이 정도죠. "아라비아의 사막은, 태양이 뜨겁게 불타오르는, 모든 것들이 죽어 없어진 영원한 적막의 공간." 쉽게 말하면, 생명체가 살 수 없는 죽음의 공간, 극한의 공간입니다. 3~4행의 알라의 신이 뭔가 신비로운 분위기라고요? 뭐, 좀 그렇긴 합니다만, 우선은 이렇게 읽어주는 게 어떨까요. 아라비아의 사막은 신만이 살 수 있는 곳. 뒤집어 말하면, 인간은 살 수 없는 곳. 사실은 신조차 낮의 뜨거움을 견디기 힘들어서 밤에만 활동하는 곳이네요. 뭐, 하여튼 이렇게 읽어준다면, 2연을 몽땅 묶어서 아라비아의 사막은 생명체가 살 수 없는 극한의 공간이라고 요약할 수 있겠네요. 확실히 두바이 분위기는 전혀 아닌 겁니다.

이제 2연을 더 붙잡고 있어봐야 더는 소득이 없을 거 같죠? 화자가 어떤 존재고 어떤 상태인지를 알면 왜 이런 곳에 가려는 건지 매듭이 좀 풀리지 않을까요. 위기에 몰린 정치 지도자? 그래서 망명? 차라리 그곳으로라도 도망치고 싶다? 뭐, 그런 걸까요? 1연으로 올라가볼까요.

〈1연〉

나의 지식이 독한 회의를 구하지 못하고
내 또한 삶의 애증愛憎을 다 짐 지지 못하여
병든 나무처럼 생명이 부대낄 때
저 머나먼 아라비아의 사막으로 나는 가자.

1~2행은 좀 어렵죠. 잠시 건너뛸까요? 3행은 명쾌하니 3행을 먼저 봅시다. '부대끼다'는 '사람이나 일에 시달려 크게 괴로움을 겪다'라는 뜻이죠. 생명이 부대낀다? 이렇게 옮겨볼까요. '이러다 죽겠다 싶을 만큼 사는 게 너무 힘들 때.' 1행은 좀 더 뒤로 미루고 2행까지 살핍시다. 대충 느낌이 오죠? 좀 넓은 느낌으로 이렇게 읽어줄까요. '삶의 무게를 다 감당하지 못하여' 정도. 그럼 1행과 2행은, 그래요, 거의 같은 의미가 되겠습니다. 자, 이제 4행, 결국 화자는 이렇게 외친 거죠. "죽어가고 있다고 느낄 때, 아라비아의 사막으로 가자!"

2연과 연결 짓기 전에 한 가지 인정하고 갈까요. 스트리트 파이터 같은 격투기 게임을 해보거나 구경해본 적 있나요? 보통 화면 상단이나 하단에 생명 막대가 있죠. 게임 시작할 때 노란색으로 꽉 차 있다가 상대에게 두들겨 맞을 때마다 조금씩 줄어들고 바닥 상태가 되면 붉은색으로 변해서 친절하게 경고음을 내주기도 하는……. 1연과 연결해볼까요. 화자는 지금 삶이라는 적에게 하도 두들겨 맞아서 에너지가

고갈된 플레이어인 겁니다. 이럴 때 과연 해결책은 뭘까요? 이대로 계속 싸우다간 한 대만 더 맞아도 죽습니다. 더 싸우면 안 되죠. 이럴 때 지혜로운 유저들은 바로 싸움을 포기하고 어딘가로 가서 생명력을 충전하고 옵니다. 그 어딘가가 어디냐고요? 글쎄요. 게임마다 조금씩 다르긴 하겠지만, 이름하여, 생명력 충전소. 그렇다면 다시 4행, 아라비아의 사막이 곧 화자의 생명력 충전소가 되는 셈이겠죠. 그런데⋯⋯.

이 순간 이 시의 특별함을 인정하지 않을 수가 없습니다. 별로 특별할 게 없다고요? 이렇게 해볼까요. 여러분은 이런 상황이라면 어디를 좀 다녀오고 싶겠어요? 이러다 죽겠다 싶을 만큼 사는 게 너무 힘들 때 열흘쯤 휴가가 주어진다면? 어디를 다녀와야 생명력이 충전될까요? 잠시 환상에 잠길 시간 좀 드릴까요? 지금 괌이나 몰디브 같은 휴양지를 떠올리고 있지 않나요? 그래요, 그쯤 다녀오면 생명력이 충전될 것도 같은데, 그런데 화자는 이 순간 죽음의 공간을 떠올린 겁니다. 죽음의 공간에서 생명력을 충전하겠다? 뭔가 역설적이라고요? 맞습니다, 이거 좀 역설적이죠.

근데 또 어찌 보면, 역설이라고 하기 민망할 정도로 상식적인 구석도 있습니다. 뭔 소리냐고요? 혹시 주변에서 이런 친구 보신 적 없나요? "나 이번 휴가 때 암벽 등반 다녀올 거야." "난 산악 행군!" "넌 오지 체험?" 맞아요. 좀 있잖아요. 이 친구들 대체 왜 이런 선택을 하는 거죠? 그런 곳에서 대체 무슨 생명력을 충전하겠다고? 아마도 이런 마음 아닐까요. 그 힘든 곳에서 극한의 시련을 이겨내고 일상으로 복귀한다면⋯⋯, 그 뒤로 겪게 되는 일상에서의 시련은⋯⋯? 맞아요, 일상

의 시련은 장난처럼 느껴질 겁니다. 잘 안 풀리는 일? 무서운 직장 상
사? 잔소리하는 배우자? 신경 쓰이는 경쟁자? 다 장난인 거죠. 그렇다
면, 맞아요, 또 한 번 삶이라는 적과 힘차게 맞설 수 있는 에너지가 내
안에 생겨난 거죠. 개그맨 김병만을 보세요. 정글을 다녀온 김병만의
이글거리는 눈빛, 웬만한 적들은 피하고 싶겠죠.

　　잠시 휴양지와도 대비시켜볼까요. 사실 우리 다 한 번씩은 생명력
충전하겠다고 휴양지 다녀온 적 있잖아요. 정말 생명력이 충전되던가
요? 그렇게 느끼고 일상으로 돌아왔지만, 오자마자 다시 제로로 떨어
지지 않던가요? 그냥 다시 그곳으로만 돌아가고 싶고……. 이렇게 보면
화자의 선택이 뭐 특별할 것도 없고, 한편 지혜로워 보이기도 하고 그
렇습니다. 아, 암벽 등반, 산악 행군, 오지 체험, 아라비아 사막 등등,
이런 선택들을 묶어서 칭하는 단어가 있죠. 이름하여……, 극한 체험.
자, 이제 3연으로 가볼까요.

〈3연〉

그 열렬한 고독 가운데
옷자락을 나부끼고 호올로 서면
운명처럼 반드시 나와 대면케 될지니
하여 (A)나란, (B)나의 생명이란
(C)그 원시의 본연한 자태를 다시 배우지 못하거든
차라리 나는 어느 사구沙됴에 회한 없는 백골을 쪼이리라.

드디어 아라비아의 사막입니다. 1~2행을 보니, 사막 한가운데 홀로 우뚝 선 한 남자의 모습이 연상됩니다. 폼 나게 바람에 옷자락도 나부끼고 있습니다. 근데 3행을 보니, '나'와 대면한다? 가만, 생명력을 충전하러 사막에 가기로 했던 거잖아요. 대체 웬 난데없는 '나'랍니까? 조금만 더 가볼까요. 4~5행을 봅시다. 편의상 기호를 붙여봤습니다. 4~5행의 A, B, C는 문장 구조상 동격의 관계……, 맞죠? 이렇게 결합해 읽어볼까요? A와 B를 합치면, '생명력 넘치는 나' 정도. 거기에 C를 합치면, '생명력 넘치던 본래의 내 모습' 정도. 괜찮아 보이죠. 아까 게임 비유로 하면? 그래요, 게임 시작할 때……, 그때의 싱싱했던 나. 고급스러운 단어 하나 연결한다면……, 초심初心 정도의 단어도 어울리겠습니다.

자, 이제 남은 이야기는 딱 하나죠. 만약 '생명력 넘치던 본래의 내 모습'을 되찾지 못한다면……. 마지막 행을 볼까요. 참고로 사구砂丘는 '모래언덕'을 말하고, 회한悔恨의 뜻은 '뉘우치고 한탄함'입니다. 큰 느낌은 바로 오죠. 그 '생명력 넘치던 본래의 내 모습'을 되찾지 못한다면……, 그 아라비아의 사막에서 차라리 죽어버리고 말겠다는 거죠. 근데 누가 백골을 쪼는 거죠? 독수리? 햇볕? 2연에서 아라비아의 사막은 생명체가 살 수 없는 곳이라 했으니, 아무래도 독수리보다는 햇볕이 낫겠죠. 그럼 이렇게 풀어 읽으면 되겠습니다. "차라리 나는 어느 모래언덕에서 후회 없는 백골이 되어 햇볕을 쪼이리라."

여기서 문득 이런 생각이 들 수도 있습니다. "에이, 뭘 또 거기서 죽어. 하여튼 시인들은 과장 참 좋아해." 사실 뭐 좀 그런 구석이 없진 않습니다만, 이렇게 생각하는 것도 가능하겠습니다. 1연을 잠시 떠올려볼까요. 화자는 출국 전에 이미 죽음을 목전에 둔 생명력 제로의 존재였었죠. 생명력을 얻지 못하고 귀국한다면? 그래요, 그 경우에도 결론은 그냥 죽음인 거잖아요. 그러니 비행기 표 아깝게 귀국할 필요가 뭐가 있겠습니까? 그냥 거기서 죽어버리는 거지. 게임 비유로 할까요? 더 싸워봐야 죽는 상황이잖아요. 생명력 충전소에서 생명력을 채우지 못한다면, 거기서 그냥 게임 끝내는 거, 그래요, 그게 옳은 겁니다.

아 참, 1연의 1행을 건너뛰었죠. 그거 마저 읽고 마무리 지을까요. 1연으로 다시 돌아가봅시다.

〈1연〉

나의 지식이 독한 회의를 구하지 못하고
내 또한 삶의 애증愛憎을 다 짐 지지 못하여
병든 나무처럼 생명이 부대낄 때
저 머나먼 아라비아의 사막으로 나는 가자.

1행, 참 애매합니다. '구하지'를 '구救하지(=구원하지)'로 읽느냐, 또는 '구求하지(=얻지)'로 읽느냐에 따라 해석이 달라질 수 있는 문장입니다. 귀찮다고요? 그 심정 이해는 됩니다만, 조금만 더 가볼까요.

전자로 읽는다면, '나의 지식이 지독한 회의에 빠진 나를 구원하지 못하고' 정도가 자연스럽습니다. 물론 이때의 '회의'는 산다는 것에 대한 회의가 되겠죠. 최대한 편하게 바꿔 읽으면 이 정도가 되겠습니다.

'아무리 공부해봐도 왜 사는 건지 잘 모르겠고' 정도.

후자로 읽는다면, '나의 지식이 철저하게 회의하는 태도를 갖추지 못하고' 정도가 자연스럽습니다. 이때의 '회의'는 기존의 지식을 의심하는 엄격한 학문적 자세가 되겠습니다. 여기서 데카르트 운운하면 화내실 거죠. 안 하렵니다. 최대한 편하게 바꿔 읽으면 이 정도가 되겠습니다. '요즘 통 공부가 잘 안 되고' 정도.

당연히 전자가 자연스러운 거 아니냐고요? 글쎄요, 뭐, 그런 거 같긴 합니다만, 유치환이 철학에 관심이 많았고 조예가 깊었다는 사실이 후자의 해석에 미련을 갖게 하기도 합니다. 뭐 어찌 읽어도 대세에 지장이 없지 않느냐고요? 맞습니다. 대세에는 별다른 지장이 없습니다.

겨울 바다

김남조

1927년 대구 출생
1950년 연합신문사 '성숙' '잔상'으로 등단
2007년 제11회 만해대상 문학부문
『영혼과 가슴』『밤이다 우리는 빛이 되어야 한다』 등

겨울 바다에 가 보았지.
미지未知의 새
보고 싶던 새들은 죽고 없었네

그대 생각을 했건만도
매운 해풍에
그 진실마저 눈물져 얼어버리고
허무의 불 물이랑 위에
불붙어 있었네

나를 가르치는 건
언제나 시간
끄덕이며 끄덕이며 겨울 바다에 섰었네

남은 날은 적지만
기도를 끝낸 다음 더욱 뜨거운
기도의 문이 열리는
그런 영혼을 갖게 하소서

겨울 바다에 가 보았지
인고忍苦의 물이
수심 속에 기둥을 이루고 있었네

워낙에 유명한 시라서 종종 보신 적이 있을 겁니다. 근데 다시 봐도 뭔가 개운치가 않다고요? 맞아요. 미지의 새, 허무의 불, 시간, 끄덕임, 인고의 물, 수심 속의 기둥……, 이거 뭔가 다 개운치가 않습니다. 화자가 겨울 바다에서 무언가를 깨달았다는 거 같긴 한데, 대체 무얼 보고 무얼 깨달았다는 건지, 원…….

이 시는 다른 시들의 경우와 달리 진행해볼까 합니다. 일단은 시의 큰 흐름을 간략히 정리해보고, 그러고 나서 세부적인 내용은 대화 형식으로 풀어가볼까 하는데……, 한번 시작해볼까요.

큰 흐름의 매듭은 3연에서부터 푸는 게 좋을 듯합니다. 3연 먼저 볼까요. 화자가 고개를 끄덕이고 있네요. 맞아요, 거기가 깨달음의 순간입니다. 그렇다면 3연을 기점으로 화자의 정서가 전환되겠네요. 왜냐고요? 에이, 깨닫기 전과 깨달은 후의 정서가 같을 순 없잖아요. 깨닫고도 변한 게 없다면 그건 깨달은 게 아니겠죠. 그럼 이제 깨닫기 전의 정서와 깨달은 후의 정서, 확인해볼까요.

1~2연의 핵심어는 아무래도 '허무'겠죠. 허무에 약간의 살을 붙여서 1~2연을 요 정도로 읽어둘까요. 화자는 '허무'한 심정에 겨울 바다에 왔다. 하지만 와서 보니 기대했던 공간이 아니다. 그저 날은 춥기만 하고 '허무'가 더 증폭될 뿐이다. 뭐, 하여튼 '깨달음' 이전의 화자의 정서는 한마디로 '허무'입니다.

4~5연의 핵심어는 아무래도 '인고'겠죠. '인고'에 약간의 살을 붙여서 4~5연은 요 정도로 읽어둘까요. "나에게 주어진 많지 않은 인생

을, 기도가 이루어질 때까지 참고 기다리는 인고의 자세로 살고 싶다."
그러니까 '깨달음' 이후의 화자의 정서는 한마디로 '인고'입니다.

근데 가만, 깨닫기 전과 깨달은 후는 보통 반대인 게 정상이잖아
요. 이를테면 맹하던 아이가 깨달으면 또릿또릿해지고, 게으른 학생이
깨달으면 부지런해지고, 바쁘게 살던 가장이 깨달으면 느리게 살게 되
고, 금연을 하던 사람이 깨달으면 흡연을 하게 되고…… 그렇다면 이
시의 경우엔 '허무'와 '인고'가 서로 반대되는 삶의 태도여야 말이 되겠
네요. 허무와 인고가 반대다? 동의할 만한가요? 이렇게 해볼까요. 시
련이라는 놈을 결합시켜보는 겁니다. '허무'는 시련을 경험하고 좌절한
사람의 심리 상태잖아요. "젠장, 살아 뭐해" 하는 심리요. 그에 비해
'인고'는 시련을 참고 견뎌내는 모습이죠. "언젠가 끝날 거다. 언젠가
좋은 날이 올 거다" 하는 심리.

자, 이제 세부적인 내용을 살피기 전에 큰 흐름을 한 문장으로 압
축하고 갈까요. "화자는 허무한 마음으로 겨울 바다에 왔지만, 그곳에
서 뭔가 깨달음을 얻고, 앞으로는 인고의 삶을 살고자 한다."

철수	선생님, 1연부터 그냥 숨이 막혀요. 도대체 뭔 소리예요?
선생	철수야, 편하게 드라마의 한 장면을 연상해봐. 드라마에선 보통 어떤 사람들이 겨울 바다에 가지?
철수	애인에게 차인 여자들이요.
선생	그래, 맞아. 근데 더 넓게 말하면?
철수	……

선생 뭐, 사업에 실패한 아저씨, 시험에 떨어진 학생, 아이를 잃은 엄마…….

철수 아! 아픔을 겪은 사람들이요.

선생 그래, 기특하다. 근데 그런 사람들이 왜 겨울 바다에 가는 거지?

철수 글쎄요……. 음…… 자살하려고……?

선생 그럴 수도 있겠다만, 근데 거기서 아픔을 이겨내고 오는 사람들이 더 많지 않나?

철수 그건 그렇죠.

선생 그럼 거기엔 뭔가가 있는 거야, 그치?

철수 뭔가라뇨?

선생 아니, 그냥 무언가, 인간의 아픔을 한 방에 치료해주는 무언가가 있는 거잖아.

철수 에이, 그런 게 어딨어요?

선생 됐다. 이제 거의 다 됐어.

철수 되긴 뭐가 다 돼요?

선생 1연을 다시 한 번 읽어봐라.

철수 …… 아, 그 무언가가 '미지의 새'고, 겨울 바다에 와봤더니 그런 건 없더라, 그거예요?

선생 기특한 놈. 그래 그거다. 화자는 아픔을 치료해줄 무언가를 찾아서 겨울 바다에 왔지만, 와서 보니 그런 건 전혀 없더라, 그거다. 이제 2연의 1~3행을 읽어봐라.

철수	그런 게 없는 건 고사하고, 젠장 춥기만 하더라, 뭐 그런 건가요?
선생	맞다. 대충 그런 느낌이다. 근데 철수야, 2연의 '그대'는 뭘 의미하는 거 같으냐?
철수	아무래도 화자는 실연당한 여자 같아요. '그대'는 화자의 애인일 거 같은데요.
선생	맞다. 나도 그럴 거 같다. '진실'을 '생각'과 대충 동일시해서 읽어주면, 2연의 1~3행은 이 정도가 될 것 같다. '화자는 울면서 임과의 추억을 떠올렸지만, 그 생각마저 얼어붙을 정도로 겨울 바다는 추운 공간이었다.'
철수	이제 뭔가 말이 되는 거 같은데요.
선생	좋아, 1~3행까진 됐고, 그럼 4~5행은?
철수	…… 물결 위에 붙어 있는 '불'은…… 불타는 유조선……?
선생	뭐라고?
철수	웃기려고 그런 거예요. '불'은 아마 노을이겠죠. 근데 노을을 왜……, '허무의 불'이라 그런 거죠?
선생	'허무의 불'은 은유의 표현이겠지. 직유로 하면 '불같은 허무', 곧 '노을 같은 허무.'
철수	아, 그럼 자신의 내면의 아픔을 바다에서 불타는 노을과 동일시한 거네요.
선생	오호! 대단하다, 철수야!
철수	왜 이래요, 선생님. 슬픔을 노을에 비유하는 시 제법 있잖

아요.

선생　이야, 너 선생 해도 되겠다.

철수　……근데, 선생님. 3연에서 화자는 왜 갑자기 깨달음을 얻는 거죠? 그냥 바다에서 불타는 노을을 봤을 뿐이잖아요?

선생　'시간'이라는 단어에 주목해봐. 내가 보기에 그건 추상적인 시간이 아니라 구체적인 시간 같아. 아마 한 10분 정도.

철수　10분 정도요? 뭔 소린지 모르겠어요.

선생　'노을'과 '시간'을 연결 지어 생각해봐.

철수　아, 노을이 지는 데 걸리는 시간! ……에이, 그렇다고 그게 깨달음하고 무슨 상관이 있어요?

선생　2연을 고려해봐. '노을'은 곧 화자의 '아픔, 허무'였잖아. '노을'은 10분 만에 불타 없어지는 일시적인 거고. 그렇다면?

철수　……

선생　삼단논법이야. 봐. 대전제: 노을=허무, 소전제: 노을=일시적인 것. 그럼 결론은?

철수　아, 허무=일시적인 것. 노을이 10분 만에 불타 없어지듯이 인간의 아픔도 때가 되면 자연히 사라지는 것이다. 뭐, 그런 거네요.

선생　그치, 그런 거지.

철수　선생님, '시간'을 이렇게 조금 넓혀서 읽어주는 것도 가능할 거 같아요.

선생　어떻게?

철수   인간이 깨달을 땐 늘 시간이 필요하다, 정도요.

선생   그래, 3연엔 그런 생각도 은근히 담겨 있는 거 같긴 하다. 그 럼 여기까진 얼추 된 거 같고……. 어때, 4연은 대충 이해가 되지?

철수   '기도를 끝낸 다음 더욱 뜨거운 / 기도의 문이 열'린다는 건, 기도하고 이루어지지 않으면 또 기도하고 또 이루어지지 않 으면 또 또 기도한다는……, 뭐 그런 뜻인가요?

선생   그래, 그렇게 읽어도 좋고, 아니면 늘 기도하는 겸허한 삶의 자세로 살고 싶다는 느낌으로 옮겨도 좋고.

철수   그럼 자신에게 주어진 길지 않은 인생을, '기도가 이루어질 때까지 참고 기다리는 겸허한 자세'로 살고 싶다, 정도로 읽 으면 되겠네요?

선생   오호, 그거 괜찮아 보인다.

철수   3연에서 허무의 일시성을 깨닫고 4연에선 앞으로의 삶의 자 세를 신에게 말하는 기도문의 형식으로 진술하고 있는 거 네요.

선생   ……

철수   5연은 바로 그런 '참고 기다리는 겸허한 자세'를 '인고'라는 단어로 압축해준 거고요.

선생   도대체 누가 선생인지 모르겠다.

철수   어허, 청출어람靑出於藍 모르세요?

선생   ……

철수   근데 선생님. 왜 5연에선 '인고'와 '물'이 동일시되고 있는 거죠? 2연의 '허무'='불'과도 연관이 있는 거겠죠?

선생   '불'과 '물'의 대비, 이런 대비. '불'은 일시적인 것, '물'은 지속적인 것.

철수   아니, 왜 '물'이 지속적인 거예요?

선생   에이, 바닷물이잖아? 노을은 금방 불타 없어져도 바닷물은 언제나 그대로잖아. 게다가 물이야말로 바다의 진정한 본질이고.

철수   아, 그럼 '인고'의 자세야말로 오래 지속되어야 하는 진정한 삶의 본질이다, 뭐, 그런 거네요.

선생   그렇지.

철수   선생님, 이제 딱 하나만 더요.

선생   '기둥' 질문하려는 거지?

철수   족집게시네요?

선생   그거밖에 남은 게 없잖냐? …… 이렇게 해보자. '물'은 좀 연약한 이미지, 맞지?

철수   예.

선생   그럼 '인고'는?

철수   ……아, '물'의 연약한 느낌과 '인고'의 단단한 느낌이 좀 안 어울린다!

선생·철수   그래서 단단한 느낌의 '기둥'과 '물'을 결합시켜 물의 연약한 느낌을 제거하려고 한다.

글쎄요……. 음…… 자살하려고……?

그럴 수도 있겠다만, 근데 거기서 아픔을 이겨내고
오는 사람들이 더 많지 않나?

그건 그렇죠.

그럼 거기엔 뭔가가 있는 거야, 그치?

산

김광섭

1905년 함경북도 경성 출생
1927년 시 '모기장' 발표
1970년 제2회 대한민국문화예술
대상 문학부문
『성북동 비둘기』
『겨울날』 등

이상하게도 내가 사는 데서는
새벽녘이면 산들이
학처럼 날개를 쭉 펴고 날아와서는
종일토록 먹도 않고 말도 않고 엎뎄다가는
해 질 무렵이면 기러기처럼 날아서
틀만 남겨 놓고 먼 산 속으로 간다.

산은 날아도 새둥이나 꽃잎 하나 다치지 않고
짐승들의 굴 속에서도
흙 한 줌 돌 한 개 들성거리지 않는다.
새나 벌레나 짐승들이 놀랄까 봐
지구처럼 부동의 자세로 떠간다.
그럴 때면 새나 짐승들은
기분 좋게 엎데서
사람처럼 날아가는 꿈을 꾼다.

산이 날 것을 미리 알고 사람들이 달아나면
언제나 사람보다 앞서 가다가도

고달프면 쉬란 듯이 정답게 서서
사람이 오기를 기다려 같이 간다.

산은 양지바른 쪽에 사람을 묻고
높은 꼭대기에 신을 뫼신다.

산은 사람들과 친하고 싶어서
기슭을 끌고 마을에 들어오다가도
사람 사는 꼴이 어수선하면
달팽이처럼 대가리를 들고 슬슬 기어서
도로 험한 봉우리로 올라간다.

산은 나무를 기르는 법으로
벼랑에 오르지 못하는 법으로
사람을 다스린다.

산은 울적하면 솟아서 봉우리가 되고
물소리를 듣고 싶으면 내려와 깊은 계곡이 된다.

산은 한 번 신경질을 되게 내야만
고산高山도 되고 명산名山도 된다.

산은 언제나 기슭에 봄이 먼저 오지만
조금만 올라가면 여름이 머물고 있어서
한 기슭인데 두 계절을
사이좋게 지니고 산다.

이 시 꽤나 신비롭죠. 불편한 구석도 좀 있습니다만, 분명한 사실 하나. 김광섭 시인은 산을 참 좋아했던 사람이구나.

〈1연〉

이상하게도 내가 사는 데서는

새벽녘이면 산들이

학처럼 날개를 쭉 펴고 날아와서는

종일토록 먹도 않고 말도 않고 엎뎄다가는

해 질 무렵이면 기러기처럼 날아서

틀만 남겨 놓고 먼 산 속으로 간다.

재밌는 시작이죠. 시인도 1연이 좀 이상하다는 거 인정하는 분위기네요.

산들이, 새벽녘에 학처럼 날아왔다가 하루 종일 조용히 엎드려 있다가 해질녘에 기러기처럼 날아간다? 이거 원······. 화자가 사는 곳은, 해리 포터나 호빗들의 세상인 걸까요. 그건 아니겠죠.

이렇게 해볼까요.

"우리는 낮에는 산을 볼 수 있고 밤에는 산을 볼 수 없다."

이 문장을 산을 주어로 바꾸어 진술하면,

"산은 낮에는 자신을 드러내고 밤에는 자신의 모습을 감춘다."

여기에 의인법을 좀 세게 가미하면,

"산이 낮에는 사람들 곁에 머물러 있다가 밤에는 어디론가 사라진다."

여기에 살짝 판타지적인 요소를 가미해볼까요.

"산은, 새벽녘에 사람들 곁으로 날아와서 낮 시간 동안 조용히 머물러 있다가 해질녘이면 어디론가 날아가버린다."

그런데 왜 산들이 학처럼 날아오느냐고요? 나지막이 펼쳐진 산세山勢의 모습에서 학의 날개를 연상한 게 아닐까요. 그럼 왜 기러기처럼 날아가느냐고요? 산'들'이잖아요. 그 부분에선 산들이 떼를 지어 날아가는 모습을 상상했나 봐요. 그럼 틀을 놓고 간다는 건? 산의 정신과 육체를 구분하고 싶은 마음이 시인에게 있었던 모양이네요. 아니면 누군가, 밤에도 가까이 다가가면 산이 같은 자리에 있다는 걸 알 수 있지, 라고 근엄하게 툴툴댈까 봐 걱정한 것인지도……

가만, 이것저것 따지는 것보다 더 중요한 건 이미지……. 새벽 어스름에 산들이 착지하는 모습, 저녁 어스름에 산들이 떼 지어 날아가는 모습, 상상해보세요. 생각만 해도 기분이 좋아지지 않습니까?

〈2연〉

산은 날아도 새둥이나 꽃잎 하나 다치지 않고
짐승들의 굴 속에서도
흙 한 줌 돌 한 개 들성거리지 않는다.
새나 벌레나 짐승들이 놀랄까 봐
지구처럼 부동의 자세로 떠간다.
그럴 때면 새나 짐승들은

기분 좋게 엎데서
사람처럼 날아가는 꿈을 꾼다.

'새둥이'는 '새둥지'겠죠. '들성거리지'는 '들썩거리지'로 읽으면 될 듯하고요.

여긴 어렵게 읽을 필요 없어 보입니다. 1연에 꼬리를 문 판타지의 연쇄죠. 시인은 문득 이런 게 궁금했던 겁니다. 산이 새벽에 날아오고 저녁에 날아갈 때, 산에 사는 새나 짐승들은 어떻게 되는 거지? 답은 아마도 바로 나왔을 겁니다. 어떻게 되긴 뭘 어떻게 돼. 신나게 비행을 즐기겠지. 산은 최대한 조용히 비행할 거고……

1연에 이어 이미지를 떠올려볼까요. 산들이 학처럼 내려앉고 기러기처럼 날아갈 때, 날갯짓을 하지는 않는 모양입니다. 최대한 부동의 자세로 움직인다는 겁니다. 그때 산들의 표정을 떠올려보세요. 꽃잎 하나라도 다칠까 봐, 흙 한 톨이라도 흘릴까 봐 조심조심하는……. 잠든 아내가 깰까 봐 조심조심 발걸음을 옮기는, 새벽에 귀가한 취객 남편의 표정과 닮았을까요?

하여튼 시인은 산에 대한 이런 믿음을 가지고 있는 모양입니다. '산은, 산에 사는 모든 생명을 사랑하고 배려한다.'

마지막 3줄 천천히 한 번만 다시 읽어볼까요. 새나 짐승들, 참 행복해 보이지 않나요? 잠시 이런 생각도 해보게 되네요.

사람들이 가끔씩 나는 꿈을 꾸듯이 새나 짐승도 나는 꿈을 꾼다고? 그 이유는 산이 날기 때문이라고? 그렇다면 사람들이 가끔씩 나는 꿈을 꾸는 이유는 뭘까? 아, 마을도 날기 때문인 걸까? 그럼 아파트도?

〈3연〉

산이 날 것을 미리 알고 사람들이 달아나면
언제나 사람보다 앞서 가다가도
고달프면 쉬란 듯이 정답게 서서
사람이 오기를 기다려 같이 간다.

산행을 좀 해보신 분들은 이해가 빠를 수도 있겠네요. 산에선 뜻밖에 어둠이 빨리 찾아오기도 하죠. 1행, '산이 날 것을 미리 알고 사람들이 달아나면'은 해가 질 것을 걱정해서 서둘러 하산하는 사람들의 모습인 듯합니다. 2행, '언제나 사람보다 앞서 가다가도'는 예상보다 빨리 찾아온 밤에 관한 얘기겠고요.

그래도 3~4행. 산은 사람들을 아예 저버리진 않는 모양이네요. 힘들면 쉴 수 있는 여유를 사람들에게 주는 모양입니다. 2연에서는 산에 사는 생명들을 배려하더니, 3연에서는 사람까지 배려하는……, 뭐 한마디로 인간미 넘치는 산의 모습입니다. 가만, 산의 인간미人間美? 이거 왠지 어색하네요. 요즘 인간들이 워낙 인간미가 없어서……. 그렇다고 산의 산미山美라고 할 수도 없는 노릇이고…….

가만, 여기도 이미지. 3~4행에선 사람 하나를 떠올리면 좋을 듯하네요. 한 사람과 길을 걷습니다. 그는 가끔 나보다 앞서 가기도 합니다. 그래도 그 사람, 언제나 뒤를 돌아보며 정답게 서서 나를 기다려줍니다. 그래서 늘 그이와 길을 걷는 게 좋습니다. 자, 여러분은 누구를 떠올리셨나요? 아버지? 친구? 애인? 누구든 상관없습니다. 이젠 그 사람과 산을 포개면 되겠습니다. 1~2연의 산의 표정에도 그 사람의 표정을 겹치게 해보는 겁니다. 물론 나는 2연의 '새나 짐승'쯤이 돼보는 게 좋겠죠. 그 사람이 밤마다 나를 안고 내가 깰까 봐 조용히 하늘을 납니다. 어떤가요? 이 시, 참 신나지 않나요?

〈4연〉
산은 양지바른 쪽에 사람을 묻고
높은 꼭대기에 신을 뫼신다.

이렇게 해야 정상적인 서술이겠죠. "사람들은 산의 양지바른 쪽에 죽은 사람을 묻는다. 그리고 산에 산신山神이 있다고 여겨 산꼭대기에 제단을 만들고 산신을 섬겼다." 요 문장을, 산을 의인화하고 산을 주어로 해서 서술하면, "산은 양지바른 쪽에 사람을 묻고 / 높은 꼭대기에 신을 뫼신다"가 되겠습니다.

죽은 자를 산에 묻고, 산마다 산신山神이 있다고 여기고……, 그러고 보니 우리 민족이 산을 신성시했던 건 꽤나 오래된 전통이네요. 그렇게 자신을 신성시하는 사람들을 산이 박대할 리가 없겠죠. 죽은 자를 잘 받아주고, 신을 잘 모셔주고……, 산도 뭐 즐거운 마음으로 그랬을 겁니다.

〈5연〉

산은 사람들과 친하고 싶어서

기슭을 끌고 마을에 들어오다가도

사람 사는 꼴이 어수선하면

달팽이처럼 대가리를 들고 슬슬 기어서

도로 험한 봉우리로 올라간다.

4연은 분위기가 좀 딱딱했었죠? 여긴 다시 친근한 모습의 산이라 다행입니다.

출발은 이 정도의 문장이었을 듯합니다.

"산기슭은 오르기 쉽지만, 험한 봉우리는 오르기 어렵다."

이 문장을 산을 주어로 바꾸어 진술하면,

"산은, 산기슭은 인간에게 허락하지만 험한 봉우리는 인간에게 허락하지 않는다."

여기에 의인법을 좀 세게 가미하면,

"산이 산기슭을 인간에게 허락하는 것은 인간을 좋아해서지만, 험한 봉우리를 인간에게 허락하지 않는 것은 가끔씩 인간의 어떤 꼬락서니가 마음에 들지 않아서다."

여기에 살짝 판타지적인 요소를 가미해볼까요.

"산이 기슭을 끌고 마을에 들어오다가도, 사람 사는 꼴이 어수선하면 도로 험한 봉우리로 올라가버린다."

해놓고 보니, 1연과 제작 방식(?)이 유사해 보이네요. 주객전도, 의인법, 판타지.

잠시 이런 생각도 해볼까요. 인간세상이 싫어진 사람들, 가끔씩 산으로 기어들어가잖아요. 그 사람들의 심정, 도로 험한 봉우리로 올라가버리는 산의 심정과 다를 바가 없겠네요.

맞아요. 전통적으로 산에는 두 가지 이미지가 공존하죠. 친구로서의 산과 도피처로서의 산. 가깝고 낮고 완만한 산과 멀고 높고 험한 산. 5연은 산의 그 두 가지 이미지를 한 방에 묶어낸, '주객전도—의인법—판타지' 버전입니다.

〈6연〉

산은 나무를 기르는 법으로
벼랑에 오르지 못하는 법으로
사람을 다스린다.

'다스린다'는 '가르친다'로 읽어주면 될 듯합니다. 아래처럼 바꿔놓고 연상 게임을 해볼까요.

"산은 사람에게, 나무를 기르는 법으로 A를 가르치고, 벼랑에 오르지 못하는 법으로 B를 가르친다."

B부터 할까요. 오르지 못하는 벼랑도 있다는 사실에서 사람이 얻을 수 있는 교훈……, 뭐가 자연스러울까요. '겸손' 정도……, 괜찮아 보이죠?

A가 좀 문제죠. 나무를 기르면서 사람이 얻을 수 있는 교훈이라

면, 너무 많은 것들이 연상되잖아요. 다 연상하면서 풍부하게 읽는 것도 물론 나쁘진 않겠습니다만, 오늘은 B의 '겸손'과 유사한 느낌으로 그 범위를 한정해볼까요. 그럼 '인내' 정도가 어떨까요. 나무 기르기는 어려운 일, 벼랑 오르기는 불가능한 일. 어려운 일에서는 '인내'를 배우고, 불가능한 일에서는 '겸손'을 배우고. 대략 무난해 보이죠.

〈7연〉

산은 울적하면 솟아서 봉우리가 되고
물소리를 듣고 싶으면 내려와 깊은 계곡이 된다.

6연도 4연처럼 분위기가 좀 딱딱했었죠? 여긴 또다시 친근한 모습의 산입니다.

1연과 5연의 제작 방식, '주객전도−의인법−판타지', 기억나시죠? 출발 문장만 소개하겠습니다.

"산에는 외로이 높이 솟은 봉우리도 있고 물소리 예쁜 깊은 계곡도 있다."

됐죠.

한마디로 말하면, 산의 다양한 모습입니다. 하긴 바다보다 산이 더 좋다고 말하는 사람들은 대부분 산의 이런 다양성을 꼽곤 하더라고요.

〈8연〉

산은 한 번 신경질을 되게 내야만
고산高山도 되고 명산名山도 된다.

극단적으로 에베레스트 정도를 연상해볼까요. 등산가들에게 에베레스트는 아, 진정 괴팍한 놈이 아닐 수 없죠. 놈의 '신경질' 때문에 죽은 사람이 한둘이 아니잖아요. 하긴 사람도 마찬가지인지도 모르겠네요. 고수高手나 명사名士라는 분들, 성질이 지랄일 때가 많잖아요. 물론 이런 '신경질'들을 미숙한 존재들에 대한 엄한 꾸지람이라고 감싸줄 수도 있겠습니다만.

사실, 여기 '신경질'은 5연과 연관시켜야 느낌이 생생해집니다. 5연 좀 기억나시죠. 산이 험한 봉우리를 인간에게 허락하지 않는 건 인간사가 마음에 들지 않아서였잖아요. 그렇다면 인간사에 극단적으로 화가 난 산들은? 그러네요. 아예 '인간 접근 금지' 딱지가 붙은 봉우리를 만들고 그 안으로 숨어들 수도 있겠네요. 인간세상이 싫어진 사람들조차도 그런 산엔 기어들어갈 수가 없습니다. 그 어떤 종류의 사람도 받아들이지 않겠다는, 비타협적인 '신경질'이 되겠습니다.

그러고 보니, 7연의 '울적하면'도 비슷한 느낌으로 해석할 수 있겠네요. 인간사에 대한 산의 불만. 산의 울적함.

〈9연〉

산은 언제나 기슭에 봄이 먼저 오지만

조금만 올라가면 여름이 머물고 있어서
한 기슭인데 두 계절을
사이좋게 지니고 산다.

산에는 두 계절이 있다? 맞아요. 산은 아래쪽과 위쪽이 다른 계절의 풍광을 보여줄 때가 많죠. 맞아요. 그럴 때가 많습니다. 근데 아래쪽이 '봄'인데, 위쪽이 '겨울'이 아니라 '여름'이……. 이거 대체…….

아, 3행을 보니, '한 기슭'이라는군요. 그러고 보니 2행에는 '조금만 올라가면'이라는 표현도 있군요. 높은 산의, 산기슭과 산 정상을 대비시키려는 의도가 아니었던 겁니다. 그럼 봄과 여름의 공존도 얼마든지 가능할 수 있겠네요. 한쪽 편에는 봄꽃이 피고 다른 편에는 여름새가 날고…….

그런데 아뿔싸……, 1행을 가만 다시 보니, '봄이 먼저 오지만'이랍니다. 기슭에 봄이 '먼저' 온다면, 그 위엔 봄이 '나중'에 온다는 거잖아요. 그럼 그 위는 아직 '겨울'이어야 하잖아요. 게다가 2행을 보니, '여름이 머물고 있어서'랍니다. 여름이 '머물고' 있다면, 그 위는 애초부터 '여름'이었던 거잖아요. 그래야 '머물러' 있을 수 있겠죠. 이거 대체…….

아래를 볼까요.

"산은 언제나 기슭에 봄이 먼저 오지만 조금만 올라가면 (A)이 머물고 있어서."

(A) 안에 들어갈 계절이 뭔가요? 물론 '겨울'이겠죠.

아니면,

"산은 언제나 기슭에 (B)이 먼저 오지만 조금만 올라가면 여름
이 머물고 있어서."

(B) 안에 들어갈 계절이 뭔가요? 물론 여긴 '가을'이겠죠.

"산은 언제나 기슭에 봄이 먼저 오지만 조금만 올라가면 여름이
머물고 있어서."

이거 대체 뭘까요. 오타가 난 걸까요. 그렇겠죠. 아마도 오타겠죠.

아니라면? 아, 이제 드디어 진정한 판타지의 시작인 걸까요? 계절
이 이렇게 순환하는 세계. 겨울, 가을, 여름, 봄······.

시인 김광섭은 이미 돌아가신 지 40년 가까이 되었으니, 물어볼 데
도 없네요. 하늘에 한번 외쳐볼까요. "어이, 김광섭 씨, 이거 오타요,
아니면 판타지요?" 그런데 그 사람, 우리 말을 들었대도 답은 안 하고
씩 웃기만 할 것 같죠. 젠장.

마지막으로 욕먹을 각오하고, 제 솔직한 기분 한마디 얘기해도 될
까요? 전 이 시, 4연과 6연이 없었다면 어땠을까 하는 생각을 가끔 해
요. 그럼 좀 더 산뜻한 시가 되지 않았을까요. 물론 이대로도 너무나
신비롭고 아름다운 시지만요.

한 사람과 길을 걷습니다.
그는 가끔 나보다 앞서 가기도 합니다.
그래도 그 사람, 언제나 뒤를 돌아보며
정답게 서서 나를 기다려줍니다.
그래서 늘 그이와 길을 걷는 게 좋습니다.

화체개현 花體開顯

조지훈

깊은 밤에 :

1920년 경상북도 영양 출생
1939년 문장 '고풍의상'으로 등단
1956년 자유문학상
『청록집』 『조지훈 시선』 등

실눈을 뜨고 벽에 기대인다. 아무것도 생각할 수가 없다.

짧은 여름밤은 촛불 한 자루도 못다 녹인 채 사라지기 때문에 섬돌 위에 문득 석류꽃이 터진다.

꽃망울 속에 새로운 우주가 열리는 파동波動! 아 여기 태고太古적 바다의 소리 없는 물보래가 꽃잎을 적신다.

방안 하나 가득 석류꽃이 물들어 온다. 내가 석류꽃 속으로 들어가 앉는다. 아무것도 생각할 수가 없다.

시 보기 전에 제목부터 잠간 볼까요. '화체개현花體開顯'은 글자 그대로 옮기면, '꽃의 몸이 열려 드러난다'는 뜻이겠네요. 두 글자로 줄이면 '개화開花'가 되겠습니다만⋯⋯, 화체개현花體開顯⋯⋯, 이거 왠지 개화開花보단 장엄하고 묵직하고 극적인 느낌 아닌가요?

개화開花와 화체개현花體開顯을 놓고 어느 것을 제목으로 삼을지 시인도 좀 갈등을 했을 듯합니다. 화체개현花體開顯으로 하자니 쓸데없이 개폼 잡았다는 비난을 들을 것도 같고, 개화開花라고 하자니 시의 분위기랑 어째 좀 안 어울리는 느낌이고⋯⋯.

아직은 화체개현이 좀 과도한 현학玄學처럼 보일 수도 있겠습니다만⋯⋯, 시 다 읽고 시인의 선택에 공감할 수 있다면 좋겠습니다. 전 시인의 선택에 흔쾌히 동의합니다.

〈4연〉

방안 하나 가득 석류꽃이 물들어 온다. 내가 석류꽃 속으로 들어가 앉는다. 아무것도 생각할 수가 없다.

왜 4연을 먼저 보느냐고요? 그냥 잘 읽히는 순서대로 보고 싶어서요.

방안에서 석류꽃이 피는 모습을 바라보고 있는 모양입니다. 방안과 석류꽃이 그리 멀어 보이진 않습니다.

방안 가득 석류꽃이 물들어 오고, 내가 석류꽃 속으로 들어가 앉고⋯⋯. 뭐, 대뜸 물아일체物我一體란 표현이 떠오릅니다. 석류꽃과 내가, 즉 자연과 인간이 하나가 되는 경지……

'아무것도 생각할 수가 없다'에서는 무아지경無我之境 정도를 떠올리면 될 듯하고요.

근데……, 이거 어째 좀 과하다는 생각 안 드시나요. 아니 무슨 꽃 피는 모습을 보면서, 물아일체, 무아지경까지…….

〈1연〉

실눈을 뜨고 벽에 기대인다. 아무것도 생각할 수가 없다.

실눈을 뜨고? 설마 졸리다는 얘기는 아니겠죠? 눈이 부시다는 얘기도 아닐 테고……. 아, 무언가 잘 보려고 실눈을 뜰 때 있잖아요. 그거겠죠. 그렇다면 첫 문장은 "벽에 기대서 무언가를 주목하고 있다" 정도가 되겠네요.

"아무것도 생각할 수가 없다." 무아지경은 이미 1연부터였네요. 두 문장을 이렇게 합칠까요. "난 무언가를 주목하며 무아지경에 빠져들고 있다."

〈2연〉

짧은 여름밤은 촛불 한 자루도 못다 녹인 채 사라지기 때문에 섬돌 위에 문득 석류꽃이 터진다.

'섬돌'이라니 한옥을 연상해야겠네요. 섬돌은 '집채의 앞뒤에 오르

내릴 수 있게 놓은 돌층계'죠. 그림 하나 볼까요. 집채 앞에 커다란 돌 세 개 보이죠?

위 그림에 시를 살짝 얹어볼까요. 화자는 방문을 열고 문설주 정도에 기댄 채 섬돌 너머 뜰에 핀 석류꽃을 보고 있습니다.

촛불 한 자루가 녹는 데 몇 시간쯤 걸릴까요. 물론 초마다 다르겠죠. 그냥 이렇게 읽어줄까요. "여름밤은 짧아서 촛불 한 자루가 다 녹기 전에 사라지고, 섬돌 너머에서 문득 석류꽃이 핀다."

'사라지기 때문에'를 왜 '사라지고'로 바꿨느냐고요? '사라지기 때문에'라는 인과적인 연결이 너무 어색해서요. '터진다'는 왜 또 '핀다'로 바꿨느냐고요? '터진다'가 조금 과장된 느낌이라서요. 그런데 이렇게 멋대로 바꿔 읽어도 되냐고요? 물론 멋대로 바꿔선 안 되겠지만, 그래도 바꾸고 나니 꽤나 자연스러워지지 않았나요.

참, 시간적 배경은 새벽이나 아침이겠네요. 여름밤이 사라진 순간이니까.

〈3연〉

꽃망울 속에 새로운 우주가 열리는 파동波動! 아 여기 태고太古적 바다의 소리 없는 물보래가 꽃잎을 적신다.

꽃을 우주에 비유하고 있네요. 그렇다면 개화는 개벽開闢(세상이 처음으로 생겨 열림)이 되겠죠. 너무 과장된 비유라고요? 그런 측면이 없진 않습니다만, 사실은 꽃을 우주에, 개화를 개벽에 비유하는 시들이 꽤나 많아요. 서정주는 「꽃밭의 독백」이란 시에서, 이렇게 심드렁하게 비유하기도 하죠. '꽃아, 아침마다 개벽하는 꽃아.'

그건 뭐 그렇다 치고, '태고太古적 바다의 소리 없는 물보래'는 정체가 대체 뭘까요? 연상 게임 해볼까요? "(   )이/가 꽃잎을 적시고 있다"에서 (   ) 안에 가장 잘 어울리는 표현은? 빗물? 아, 2연에서 확인했던 시의 시간적 배경도 고려할까요? 맞아요. 이슬이겠죠.

근데 왜 이슬을 '태고太古적 바다의 소리 없는 물보래'라고 표현했던 걸까요. 그래요, 개벽開闢. '태고太古'는 개벽의 순간. 이렇게 연상해 들어간 거겠죠. 꽃이 우주라면, 개화는 개벽. 그렇다면 꽃잎에 매달린 이슬은? 그건 개벽의 순간 출렁이던 바다의 물보라.

이런 상상들을 하면서 4연······.

〈4연〉

방안 하나 가득 석류꽃이 물들어 온다. 내가 석류꽃 속으로 들어가 앉는다. 아무것도 생각할 수가 없다.

물아일체와 무아지경에 빠져 들었다는 건데······.

아무래도 과하죠. 3연의 상상을 고려해서 보더라도 여전히 좀 과한 느낌입니다.

2연을 한 번만 다시 파볼까요. 아까 너무 대충 읽은 게 아닐까 싶어서요.

〈2연〉

짧은 여름밤은 촛불 한 자루도 못다 녹인 채 사라지기 때문에 섬돌 위에 문득 석류꽃이 터진다.

아까는 '사라지기 때문에'를 '사라지고'로 그냥 바꿔 읽었었죠. '사라지기 때문에'를 그대로 살릴 방법이 하나 있을 것 같습니다.

일단 이렇게 단순화할까요.

"여름밤이 사라지기 때문에 석류꽃이 핀다."

한 단어만 빼볼게요.

"밤이 사라지기 때문에 석류꽃이 핀다."

이제 이렇게 해볼까요. 전제 하나만 추가되면 이 문장의 인과는 상식적으로 참이 될 수 있어요. 뭔 소리냐고요? 아니, 다음 질문에 답해보시면 돼요. 석류꽃은 언제 피는 꽃? 석류꽃은 하루 중 언제 피는 꽃? 맞아요. 석류꽃이 새벽에 피는 꽃이라면……, 그럼 문제 될 게 없잖아요. 석류꽃이 새벽에 피는 꽃이라면, '밤이 사라지기 때문에', 즉 '새벽이 됐기 때문에' 피어날 수 있는 겁니다.

가만, 그렇다면 '터진다'도 역시 사실적인 표현으로 이해할 수 있지 않을까요. 맞아요. 봉오리 상태에서 갑자기 터지듯 만개하는 꽃들 있잖아요. 석류꽃도 그런 꽃들 중 하나일 수 있겠네요. 맞는 거 같죠. 그렇지 않다면, '터진다'라는 표현이 아무래도 좀 과하잖아요. 아래 그림 좀 볼까요. 이미 터진 꽃과 안 터진 놈도 보이죠.

자, 이제 2연을 다시 읽어볼까요. 전 이제 '촛불 한 자루'가 마음에 걸리는데요. 그저 여름밤이 짧다는 사실을 표현하기 위해 '촛불 한 자루'를 등장시킨 게 아닌 듯합니다. 시인은 뜬눈으로 밤을 지새운 게 아니었을까요. 무슨 황당한 비약이냐고요? 아니요. 천천히 다시 읽어보세요. '촛불 한 자루'를 밝혀놓고 책이라도 읽으면서 짧은 여름밤을 지새운 거, 맞지 않을까요.

인정하셨다면, 더 가볼까요. 화자는 왜 밤을 새운 걸까요. 책에 푹 빠져서? 무슨 걱정이 있어서? 혹시…… 석류꽃 터지는 모습을 보기 위해서가 아니었을까요. 석류꽃이 새벽에 터지는 꽃이라면, 자칫 늦잠을 자면 놓칠 수 있는 풍경이잖아요. 어제 낮쯤에 뜰의 석류꽃을 유심히 봤던 거겠죠. 몇 개는 터져 있고, 대부분의 꽃송이들이 터질 준비를 하고 있었던 거겠죠. 속으로 외쳤겠죠. 내일이다!

1연의 '실눈을 뜨고'……. 졸린 탓도 있었던 걸까요. 하여튼 아무리 여름밤이 짧아도 밤을 지새웠으니 정신이 좀 멍한 상태였겠죠. 새벽 빛살 속에서 몸도 좀 나른했을 테고…….

자, 이제 문을 열고 뜰을 내다봅니다. 드디어 석류꽃들이 터지기 시작합니다. 여기저기서 폭발하기 시작합니다. 그 순간 꽃잎에 매달린 이슬들은 어땠을까요. 폭발의 파편처럼, 미세한 물보라를 일으키며 사방으로 퍼져나갔겠죠. 여기저기서 석류꽃들은 터지고, 터지고, 또 터지고…….

문득 꽃들 하나하나가 작은 우주처럼 느껴집니다. 그렇다면 지금은 수많은 우주들이 터져 열리는 개벽, 개벽, 개벽의 순간! 개벽의 순간, 하늘에서는 번개가 쏟아지고 땅은 꿈틀거리고 바다 역시 뜨겁고 거세게 출렁거렸을 테지. 그때 그 바다의 물보라. 눈앞의 물보라와 상상 속의 물보라의 향연 속에서 정신은 더더욱 멍해져만 가고……. 내가

사라지고 나와 석류꽃이 하나가 되는 기분. 그래서 나는……, 아무것
도 생각할 수가 없다.

　자, 4연……, 아직도 과해 보이나요?

　그리고 제목은 어떤가요? 아직도 괴팍한 현학玄學처럼 느껴지나
요?

후반전 :

표현 즐기기 〉

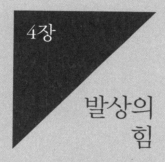

4장

발상의
힘

연시

박용래

겨울의 팬텀

여름 한낮
비름 잎에
꽂힌 땡볕이
이웃 마을
돌담 위
연시軟柿로 익다.
한쪽 볼
서리에 묻고
깊은 잠자다
눈 오는 어느 날
깨어나
제상祭床 아래
심지 머금은
종발로 빛나다.

이 시 엄청 귀엽죠? 아닌가요?

귀엽다? 아직은 동의 못 하겠다고요?

어쨌든 짧아서 부담이 없는 시죠.

편의상 세 토막 내서 살펴보겠습니다.

〈토막 1〉

여름 한낮

비름 잎에

꽂힌 땡볕이

이웃 마을

돌담 위

연시軟柿로 익다.

'비름'은……, 비름나물 아시죠? '연시軟柿'는 홍시의 다른 말이고.

연시야, 시의 주인공이니까 당연히 등장해야겠지만, 비름이 등장한 이유는 뭘까요? 아마도 색채 대비 때문이겠죠.

이렇게 해볼까요. 선홍색의 홍시 하나 떠올려 보세요. 그에 대적할 만한 초록이라면……, 맞아요. 진초록의 비름쯤은 돼야 상대가 될 듯합니다.

수식어들을 걷어내고 읽으면, "땡볕이 연시로 익다"가 되겠죠. 물론 햇볕이 없었다면 연시가 익을 수 없었을 테지만……, 시인은 연시가 익는 데 땡볕의 공로가 가장 컸다고 생각한 모양입니다. 하여튼 〈토막 1〉을 가장 짧게 요약하면, '땡볕 → 연시'가 되겠습니다.

〈토막 2〉
한쪽 볼
서리에 묻고
깊은 잠자다

생략된 주어는 아마도 '연시'겠죠. 땡감이 연시가 되려면 상당한 시간이 필요합니다. 긴 시간 서리를 맞으며 연시가 물러지는 모습을 짧고 인상적인 의인법으로 처리했네요. 이불에 한쪽 볼 파묻고 깊이 잠든 어린애의 모습, 떠올려 겹쳐주고 계신 거죠.

〈토막 3〉
눈 오는 어느 날
깨어나
제상祭床 아래
심지 머금은
종발로 빛나다.

'제상祭床'은 '제사를 지낼 때 제물을 벌여 놓는 상'입니다.

'종발'은 '중발보다 작고, 종지보다 조금 넓고 평평한 그릇'이랍니다. 근데 '심지를 머금은 종발'이라니, 종발에 기름을 담고 심지를 꽂아

불을 붙여놓은 등잔불을 떠올리면 될 듯합니다. 위 그림을 참고해볼까요.

'깨어나'와 '빛나다'의 생략된 주어도 물론 '연시'겠죠. 수식어를 걷어내고 주어를 집어넣으면 이렇게 되겠네요. "연시가 깨어나 심지 머금은 종발로 빛나다." 이번에는 '심지 머금은 종발'을 등잔불로 바꿔서 읽어볼까요. "연시가 깨어나 등잔불로 빛나다." '심지 머금은 종발'은……, 맞아요. '연시'를 비유하는 표현일 수밖에 없어 보입니다. '심지'는 감의 꼭지 같다고요? 뭐, 그럴 거 같습니다. 근데 연시와 등잔불, 좀 닮은 거 맞나요? 뭐, 하여튼 〈토막 3〉을 가장 짧게 요약하면, '연시 → 등잔불'이 되겠습니다.

시 전체를 이미지로 요약하면 이렇게 되겠죠.

땡볕 → 연시 → 등잔불

아래처럼 노골적으로 바꿔놓으면 연결되는 느낌이 더 살지도 모르 겠습니다.

붉은 태양→붉은 연시→붉은 등잔불

뭔가 좀 더 긴밀해진 느낌이죠.
계절을 부각해서 시 전체를 이렇게 요약해볼 수도 있겠네요.

〈토막 1〉 여름 땡볕을 받아가며 익어가다가
〈토막 2〉 가을 서리를 맞아가며 연시가 되고
〈토막 3〉 어느 겨울날 제사상 아래에 놓이게 된다.

근데 이 시 귀엽다는 거, 아직도 인정 못 하시겠죠. 〈토막 2〉는 좀 귀여운 거 인정하겠다만……

이제 이런 작업을 해볼까요. 시 전체의 주어를 '땡볕'으로 통일해 서 읽어주는 겁니다. 〈토막 2〉와 〈토막 3〉의 생략된 주어를 '연시'가 아 닌 '땡볕'으로 보자는 겁니다. 어차피 〈토막 1〉에서 '땡볕＝연시'의 관계 가 형성돼 있었으니, 이거 안 될 거 없잖아요.

아래에 시 전문을 다시 인용해볼 테니, 시 전체의 주어를 '땡볕'으 로 통일해서 천천히 읽어보세요. 참고로 한 자리에만 '땡볕'을 추가해 넣어볼게요.

〈전문 다시〉

여름 한낮

비름 잎에

꽂힌 땡볕이

이웃 마을

돌담 위

연시軟柿로 익다.

(땡볕이) 한쪽 볼

서리에 묻고

깊은 잠자다

눈 오는 어느 날

깨어나

제상祭床 아래

심지 머금은

종발로 빛나다.

    땡볕이라는 말썽꾸러기 하나 연상하셨나요. 붉고 뜨거운 귀염둥이 땡볕이 푸른 감 속을 비집고 들어가서, 기어이 그 감을 붉게 물들입니다. 그러곤 그 감 속에서 겨울이 올 때까지 깊이 오래 평화로이 잠을 잡니다. 피곤했거든요, 샛푸른 감을 붉게 붉게 물들이느라. 어느 겨울날 누군가가 감 속에서 곤히 잠든 땡볕을 흔들어 깨웁니다. 야, 야! 깜짝 놀라 깨어난 땡볕이 등잔불처럼 확, 빛을 내며 달아오릅니다. 그럴 수밖에요. 놈은 애초에 불덩이고 빛덩이였으니까요.

참 신묘한 상상력이죠. 어느 겨울 제상 아래 놓인 연시를 보며 등 잔불과 닮았다는 생각을 했던 거겠죠. 그러곤 짐짓 확신을 합니다. 둘 이 닮은 건 우연이 아니다. 절대 우연이 아니다. 그러곤 추적해 들어갑 니다. 연시와 등잔불이 닮은 이유는 대체 뭘까? 연시가 등잔불처럼 빛 날 수 있었던 이유는 과연 뭘까? 그러곤 범인 검거. 범인은 땡볕, 여름 한낮 푸른 감에 꽂힌 땡볕. 가만 이거 상상력이 과한 거 아닐까? 아니 지. 푸른 감은 땡감, 그리고 거기에 꽂힌 땡볕. 양자가 무관할 수 있겠 나. 범인 확정. 땡볕!

연 鳶

김남조

:지승의 우리 집

연 하나 날리세요
순지純紙 한 장으로 당신이 내거는
낮달이 보고파요

가멸가멸 올라가는
연실은 어떨까요
말하는 마음보다 더욱 먼 마음일까요
하늘 너머 하늘 가는
그 마음일까요

겨울 하늘에
연 하나 날리세요
옛날 저승의 우리 집 문패
당신의 이름 석 자가
하늘 안의 서러운
진짜 하늘이네요

연 하나 날리세요
세월은 그렁저렁 너그러운 유수流水
울리셔도 더는 울지 않고
창공의 새하얀 연을 나는 볼래요

시의 여왕이라 불리는 김남조의 절창絕唱입니다. 시인은 하늘의 연을 보면 '당신'이 떠오르는 모양입니다. 전 하늘의 연을 보면 이 시가 떠오릅니다.

시는 전체적으로 '당신'을 청자로 한 대화체 형식입니다. 확실한 거 두 가지는 인정하고 시작할까요. 하나, '당신'과 화자는 같이 연을 날렸던 추억이 있다. 둘, '서러운', '울리셔도' 등의 표현을 볼 때, 이 시는 틀림없이 슬픈 시다.

근데 '당신'은 대체 누구일까요? 당연히 화자의 애인? 맞나요? 그렇다면 '당신'은 지금 어떤 상태인가요? 당연히 화자와 이별한 상태? 맞나요? 그래서 이 답변들과 앞서 인정했던 두 가지 사실을 합치면, 한때 같이 연을 날리며 놀던 임과 헤어진 뒤 옛날을 추억하며 슬퍼하는 시……. 그런가요?

어디서부터 매듭을 풀어야 할지 좀 막막합니다만, 아, 일단 '연'의 보조관념들을 찾는 작업으로 시작해볼까요.

〈1연〉

연 하나 날리세요
순지純紙 한 장으로 당신이 내거는
낮달이 보고파요

1연에 '연'의 보조관념이 하나 있습니다. 천천히 다시 한 번 읽어보세요. 만약 있다면, '순지 한 장'이나 '낮달' 중에 하나겠죠. 과연 둘 중에 뭐가 연일까요? 당연히 '낮달'이 좋겠죠. 당연하지 않다고요? 그럼 이렇게 해볼까요. 2행을 빼고, 표현을 좀 바꿔서 적어볼게요.

"야, 연 좀 하나 날려봐. 나 낮달 보고 싶어."

이거 좀 해괴한 문장이잖아요. '낮달' 자리를 빈칸으로 바꿔볼까요.

"야, 연 좀 하나 날려봐. 나 ( ) 보고 싶어."

괄호 안에 들어가기에 적절한 단어는? 물론 '연'이겠죠. 그렇다면 '연'이 적힐 자리에 '낮달'이 적힌 것이니, '연'과 '낮달'은 동일시되는 관계가 맞을 겁니다.

'순지純紙'는 '백지白紙' 정도로 옮기면 될 듯하니, 1연을 이렇게 요약해도 좋겠습니다. '연은 종이로 만든 낮달.' 근데 연과 낮달이 대체 뭐가 닮았다고 연을 낮달에 비유하느냐고요? 둘 다 하늘에 떠 있는 거잖아요. 하늘에 떠 있는 것 중에서, 태양은 너무 밝고 별은 너무 작고 비행기, 풍선 등은 좀 유치하고……. 그러고 보니 남는 게 달뿐이네요. 근데 왜 밤달이 아니라 낮달이냐고요. 연은 주로 낮에 날리잖아요. 아마도 시인이 언젠가 연을 날리다가, 하늘 높이 올라간 연과 그 옆에 뜬 낮달을 보며 둘이 무척 닮았다고 생각했던 모양입니다.

자, 이제 2연 잠시 건너뛰고 3연으로 가볼까요.

〈3연〉

겨울 하늘에

연 하나 날리세요

옛날 저승의 우리 집 문패

당신의 이름 석 자가

하늘 안의 서러운

진짜 하늘이네요

3~4행을 빼고 적으면 이렇게 됩니다.

"겨울 하늘에 연 하나 날리세요, 하늘 안의 서러운 진짜 하늘이네요."

표현을 조금 바꿔 단순화하면,

"하늘 안에 연 하나, 하늘 안의 진짜 하늘."

살을 좀 붙이면,

"하늘 안에 연 하나 날려줘, 거 참, 하늘 안의 진짜 하늘이네."

뭔 소리 하려는 건지 감이 오나요? 맞아요. 여긴 '연'이 적혀 있어야 할 자리에 '진짜 하늘'이 적혀 있으니……, '진짜 하늘'이 '연'의 보조관념이겠네요. 이미지를 떠올려볼까요. 하늘에 연 하나가 떠 있습니다. 그 연도 역시 하늘의 일부처럼 보입니다. 그러곤 이런 생각을 합니다. 저 연이 차지하고 있는 공간이 진짜 하늘. 나머지 하늘은 나에게 의미 없는 하늘. 가짜 하늘. 저 연이야말로 진짜 하늘. 나를 서럽게 하는 나의 진짜 하늘.

하나만 더 연결해볼까요. 이제 3~6행을 이어서 읽어봅시다.

"옛날 저승의 우리 집 문패 당신의 이름 석 자가 하늘 안의 서러운 진짜 하늘이네요."

'저승의'란 표현이 너무 요상해서 고놈만 살짝 빼볼게요.

"옛날 우리 집 문패 당신의 이름 석 자가 하늘 안의 서러운 진짜 하늘이네요."

살을 좀 붙이면 이렇게 됩니다.

"옛날 우리 집 문패, 거기 적혀 있던 당신의 이름 석 자가, 나를 서럽게 하는, 하늘 안의 진짜 하늘이네요."

왕창 단순화해볼까요.

"문패에 적힌 당신의 이름 석 자가 나의 진짜 하늘."

정보의 순서를 살짝 바꿔서도 읽어볼까요.

"당신의 이름 석 자가 적힌 문패가 나의 진짜 하늘."

자, '연'의 보조관념이 하나 더 등장한 셈이군요. 뭔 소리냐고요? 에이, '진짜 하늘'이 연이었잖아요. '문패'가 '진짜 하늘'이고, '진짜 하늘'이 연이면……, 그래요, 결론은 '문패=진짜 하늘=연'이 되는 겁니다.

이제 다시 이미지를 떠올려볼까요. 하늘에 연(아마도 방패연) 하나가 떠 있습니다. 마치 그 모습이 문패 모양처럼 보입니다. 문득 옛날 우리 집 문패가 떠오릅니다. 그 문패에 적혀 있던 이름 석 자도 떠오릅니다. 김, ○, ○……. 그 문패 김, ○, ○, 또는 이름 김, ○, ○, 또는 인간 김○○을 생각하며 가슴이 먹먹해집니다. 나의 진짜 하늘. 연……, 문패……, 김○○……, 김○○은 나의 하늘. 김○○은 나를 서럽게 하는 나의 진짜 하늘.

김○○과 화자의 관계, 대충 느껴지죠? 아, 그전에 연의 보조관념들 정리하고 갈까요. 2연과 4연에는 연의 보조관념이 없으니, 요약하면 아래와 같이 되겠습니다.

- **1연** 연=낮달
- **3연** 연=문패=이름 석 자=진짜 하늘

자, 이제 김○○. 옛날 화자의 집 문패에 자기 이름 석 자를 새겨 놓았던 인물. 이거 아무래도 화자의 아버지겠죠? 물론 뭐, 할아버지나 남편도 가능하고, 삼촌네 집에 얹혀살았다면 삼촌도 될 수 있고, 월세를 살았다면 집 주인의 이름일 수도 있겠습니다만……. 아버지가 맞겠죠. 아버지 아닌 다른 존재였다면 그렇게 읽을 만한 정보를 더 줬을 듯합니다.

김○○이 화자의 아버지라는 사실을 고려해서 이미지를 다시 떠올려볼까요. 하늘에 연 하나가 떠 있습니다. 그 연의 모습에 아버지 이름이 적혀 있던 옛날 우리 집 문패의 모습이 겹쳐집니다. 어린 시절 아버지 손 꼭 잡고 앞마당에서 연 날리던 추억도 떠오릅니다. 아버지! 당신은 아직도 나의 하늘입니다. 나를 서럽게 하는 나의 진짜 하늘입니다.

아버지를 하늘이라 부르는 걸 보면, 시인 김남조는 아버지를 많이 존경하고 사랑하는 딸이었던 모양입니다. 아, 가만, 근데 화자의 아버지가 화자를 서럽게 한다? 화자의 아버지는 현재 어떤 상태인 걸까요. 그러고 보니 3연 어딘가에 있던 '저승'이란 단어가 마음에 걸리네요. 하지만 그 단어만 가지고 아버지의 죽음을 확정하긴 이르겠죠? '옛날 저승'은 아무래도, '옛날 같은 저승'이나 '저승 같은 옛날' 정도로 읽는 게 좋을 구절 같잖아요. 그 구절만으론 충분치 않아 보입니다.

〈2연〉

가멸가멸 올라가는

연실은 어떨까요

말하는 마음보다 더욱 먼 마음일까요

하늘 너머 하늘 가는

그 마음일까요

아, 2연을 보니 부정하기 힘들어 보입니다. '하늘 너머 하늘'이라면, 하늘 너머에 또 하늘이 있다면, 거긴 아무래도 하늘…… 나라…… 아닐까요. 하늘로 올라가는 연실은, 당신 계신 곳 하늘 나라 찾아가는 내 마음…….

'가멸가멸'은 '가물가물'의 변형이겠죠. '어떨까요'는 '무엇일까요' 정도로 바꿔 읽어줄까요. '말하는 마음보다 더욱 먼 마음'은 이 정도 읽어주죠. 말하는 마음, 말할 수 있는 마음, 말로 표현할 수 있는 마음. 따라서 그보다 더욱 먼 마음, 말로 표현할 수 없는 마음, 말로 다할 수 없는 그리움.

2연 전체는 이 정도가 되겠네요. "가물가물 하늘로 올라가는 연실은, 돌아가신 아버지에 대한 나의 말로 다할 수 없는 그리움, 아버지 계신 그곳 하늘 나라 찾아가는 내 마음."

아버지, 겨울이 오면 연을 날려주곤 하셨죠. 제 손 꼭 붙잡고, 내

이쁜 딸, 하시면서요. 제 언 손을 아버지 볼에 대주기도 하시면서요.
연만 보면 그랬던 아버지가 떠올라요. 아버지, 지금 계신 그곳은 꽃도
지지 않는 좋은 곳이라면서요. 그 좋은 곳에서 잘 지내고 계신 거죠.
이승의 이쁜 딸은 이제 잊으실 만큼, 아주 잘 지내고 계신가요. 전 이
렇게 이곳에서 아버지를 잊지 않고 늘 그리워하고 있는데……. 아버지
도 저처럼 그곳에서, 아버지가 그렇게도 사랑하던 딸을 잊지 않고 늘
그리워하고 계신가요?

〈1~2연〉

연 하나 날리세요
순지純紙 한 장으로 당신이 내거는
낮달이 보고파요

가멸가멸 올라가는
연실은 어떨까요
말하는 마음보다 더욱 먼 마음일까요
하늘 너머 하늘 가는
그 마음일까요

왜 1연과 2연을 같이 인용했느냐고요? '당신의 죽음'을 전제로 1~
2연을 연결해서 읽을 필요가 있어서요. 1연을 한 번만 다시 읽어볼까
요. 일단은 이렇게 읽을 수 있겠죠. "아버지, 살아생전에 그랬듯이 제

손 꼭 붙잡고 연 하나 날려주실 수 없나요." 근데······.

근데 1연의 이 연이 아버지가 지상에서 하늘로 날려 올리는 연이라면, 2연의 연실 이야기가 좀 황당해지잖아요. 아버지가 연을 지상에서 하늘로 날려 올리고, 연실은 아버지 계신 곳 하늘 너머 하늘을 향해 간다? 이거 좀 앞뒤가 안 맞죠.

맞아요. 연과 연실을 분리하는 게 좋겠습니다. 1연의 연은 지상에서 하늘로 날려 올린 연이 아닌 겁니다. 그 느낌을 전제로 1연을 한 번 더 읽어볼까요. "연은 당신이 나에게 내건 낮달." 아직 좀 혼란스럽다고요? 그래요, 그 심정 이해가 안 되는 건 아닙니다. 연과 연실을 분리하는 상상이 상식선에서 쉬운 일은 아니죠. 이렇게 정리해볼까요.

화자는 지상에 있고, 아버지는 하늘 너머 하늘에 있습니다. 하늘은 지상과 하늘 너머 하늘의 중간 세계인 겁니다. 하늘 너머 하늘에 있는 아버지가 하늘에 연을 내겁니다. 그러면 지상의 화자가 하늘로 연실을 쏘아 올립니다. 아, 하늘 너머 하늘의 아버지도 화자를 잊고 않고 늘 그리워하고 있었던 겁니다. 화자와 같이 연을 날리던 그 시절을 추억하면서, 화자에 대한 그리움의 마음을 담아 하늘에 연을 내걸어 주는 겁니다. 화자는 그 마음에 화답하듯 하늘로 연실을 쏘아 올리는 거죠. "아버지, 저도 아버지를 잊지 않고 있어요." 당신과 화자의 그 두 그리움이 하늘에서 만나서 멋지게 연 하나가 날게 되는 겁니다. 결론은 이렇습니다.

•**1연** 연=나에 대한 당신의 그리움

• 2연 연실=당신에 대한 나의 그리움

여기서 문득 이 시가 낮달에서 출발한 시가 아닐까 하는 생각이 들기도 합니다. 그 느낌으로 스토리 한 번 다시 짜볼까요. 하늘에 뜬 낮달을 봅니다. 연이 떠오릅니다. 어린 시절 아버지와 함께 연 날리던 추억도 떠오릅니다. 하늘 나라의 아버지가 옛날처럼 또 한 번 연을 같이 날려보자고 말하는 것 같습니다. "내가 연 대신 낮달을 하늘에 걸 테니, 애야, 넌 니 마음을 연실처럼 쏘아 올려보렴."

〈4연〉

연 하나 날리세요
세월은 그렁저렁 너그러운 유수流水
울리셔도 더는 울지 않고
창공의 새하얀 연을 나는 볼래요

'세월은 그렁저렁 너그러운 유수流水', 물론 아버지가 돌아가시고 세월이 제법 흘렀다는 얘기겠습니다. 다음 줄과 연결하면 이런 느낌이 겠죠. "아버지, 아버지가 떠오를 때마다 저 많이 울었어요. 근데 세월 참 좋은 거네요. 이제 아버지가 떠올라도 울음은 나지 않아요. 근데 아버지에 대한 그리움은 어쩔 수 없나 봐요. 아버지, 여전히 많이 보고 싶어요."

〈3연〉

겨울 하늘에

연 하나 날리세요

옛날 저승의 우리 집 문패

당신의 이름 석 자가

하늘 안의 서러운

진짜 하늘이네요

3연, 다시 왔습니다. '옛날 저승'이란 구절이 아무래도 마음에 걸려서요. '옛날 같은 저승'이나 '저승 같은 옛날'로 읽는 거, 아무래도 신통치가 않아 보입니다. 이렇게 두 번 읽어주는 건 어떨까요. '옛날의 우리 집 문패'와 '저승의 우리 집 문패.' '옛날의 우리 집 문패'로는 아까 충분히 읽어봤으니까, '저승의 우리 집 문패'로만 한 번 더 읽어볼까요. 아래 문장 천천히 음미해보세요.

"저승의 우리 집 문패 당신의 이름 석 자가 하늘 안의 서러운 진짜 하늘이네요."

1~2연에서 이미 하늘 너머 하늘에 있는 아버지의 존재를 생생하게 인정하고 있었잖아요. 하늘 나라에 살아 계신 내 아버지. 하긴 죽은 자를 산 자로 뒤바꾸고 싶은 욕망의 표현이 결국 사후 세계 아니겠어요. 화자는 이런 생각을 했던 게 아닐까요.

아버지는 하늘 너머 하늘로 가셨다. 그곳에 살아 계신다. 그럼 그곳에서도 집을 한 채 지으셨겠지. 당연히 옛날 우리 집과 비슷한 집을

지으셨을 거야. 그때와 비슷한 문패도 달아놓으셨겠지. 아버지는 그곳
에서 나를 그리워하고 계시는 거지. 가만, 나도 조만간 하늘 너머 하늘
로 가게 될 테지. 아, 그때가 되면 나도 저 집에서 살게 되겠구나. "아
빠! 이쁜 딸 왔어요." 늦게 왔다고 혼내진 않으시겠지? 히히. 그리고 보
니 저승의 우리 집에 가면 옛날 우리 집으로 돌아간 것 같은 기분이겠
네. 앞마당에서 또 아빠 손 꼭 붙잡고 연을 날릴 수 있겠구나. 그런데
저승에도 겨울이 있을까? 에이, 몰라, 연을 꼭 겨울에만 날리라는 법
있어? 그냥 아무 때나 외칠 테야. "아빠! 연 하나 날려주세요."

아버지, 지금 계신 그곳은
꽃도 지지 않는 좋은 곳이라면서요.
그 좋은 곳에서 잘 지내고 계신 거죠.
이승의 이쁜 딸은 이제 잊으실 만큼,
아주 잘 지내고 계신가요.

비

정지용

투명 산새의 산체

1902년 충청북도 옥천 출생
1926년 학조 창간호 '카페 프란스'로 등단
1945년 경향신문 편집국 국장
『향수』, 『지용시선』 등

돌에
그늘이 차고,

따로 몰리는
소소리바람.

앞서거니 하여
꼬리 치날리어 세우고,

종종다리 까칠한
산새 걸음걸이.

여울 지어
수척한 흰 물살,

갈갈이
손가락 펴고.

멎은 듯
새삼 듣는 빗낱,

붉은 잎 잎
소란히 밟고 간다.

이거 뭔가 크게 수상하다는 거 느끼셨나요? 제목은 분명히 「비」인데, 대체 비는 어디에 있는 걸까요?

두 연씩 한 덩어리를 이룬다는 건 느끼셨죠? 두 연씩 묶어서 정리해 가볼까요.

〈토막 1〉

돌에
그늘이 차고,

따로 몰리는
소소리바람.

여긴 비 내리기 전의 풍경이겠죠. 비 내리기 전에 보통 그렇잖아요. 날은 어두워지고 바람이 불고……. 소소리바람은 '이른 봄에 살 속으로 스며드는 듯한 차고 매서운 바람'이라네요. 그럼 계절이 봄인 모양입니다. 하긴 마지막 연에 언급된 '붉은 잎'도 꽃잎인 듯하니, 확실히 봄이 맞을 겁니다. 그런데 공간은……, '돌'이나 '소소리바람' 정도만 가지고는 어디라고 꼬집어 말하긴 힘들어 보입니다. 전 개인적으로 시인의 집 뜰이 아닐까 싶은데……. 왜냐고요? 글쎄요. 아직은 그냥 막연한 느낌일 뿐입니다.

〈토막 2〉

앞서거니 하여
꼬리 치날리어 세우고,

종종다리 까칠한
산새 걸음걸이.

여긴 '산새' 얘기네요. 근데 웬 난데없는 '산새'의 등장일까요? '비'와 '산새'라……, 확실히 긴밀도가 떨어지는 연결이죠. 일단 다음으로 넘어가볼까요. 아, 넘어가기 전에 하나만 단단히 해둡시다. 정확히 말하면, 〈토막 2〉의 주인공은 '산새'가 아니라, '산새 걸음걸이'죠. 나머지 표현들은 전부 다 '산새 걸음걸이'를 꾸며주는 표현이고요. 맞죠?

〈토막 3〉

여울 지어
수척한 흰 물살,

갈갈이
손가락 펴고.

이 부분은 무난하게 산문화하면 이 정도가 되겠습니다. "여울 지어 흐르는 수척한 흰 물살이 갈가리 손가락을 편 듯하다." '갈갈이'를 왜 '갈가리'로 바꿔 옮겼느냐고요? 물론 '갈가리'가 표준말이라서 그런 겁니다. '여러 가닥으로 갈라지거나 찢어진 모양'을 가리키는 부사는 '갈갈이'가 아니라 '갈가리'가 맞습니다. '흐르는'은 왜 추가했느냐고요? 왜긴요. 집어넣고 읽으니 문장이 매끄러워지잖아요. 그랬든 저랬든 여기는 여울 지어 흘러가는 빗물의 모습입니다.

〈토막 4〉

멎은 듯
새삼 듣는 빗낱,

붉은 잎 잎
소란히 밟고 간다.

'듣다'에는 '눈물, 빗물 따위의 액체가 방울져 떨어지다'의 뜻도 있죠. '빗낱'은 빗방울의 의미일 테니, 여긴 무난하게 산문화하면 이렇게 되겠네요. "멎은 듯싶었는데 새삼 떨어지는 빗방울이 붉은 꽃잎들을 소란스럽게 밟고 간다." 수사법상으로는 활유법活喩法(무생물을 생물인 것처럼 표현하는 수사법)입니다만…….

근데, 지금 뭔가 이상한 거 안 느껴지나요? '멎은 듯싶었는데 새삼 떨어진' 비라면……, 이건 말하자면 2차 강우降雨잖아요. 그렇다면 이미 비가 한차례 퍼붓고 잦아든 상태라는 얘기잖아요. 그럼 1차 강우는 어디서 묘사된 걸까요? 설마 시인이 1차 강우를 아예 생략해버린 건 아

니겠죠. 아까 뭔가 개운치 않았던 〈토막 2〉로 다시 돌아가볼까요. 아
니, 우선 〈토막 1〉과 〈토막 3〉을 한 번씩만 더 살피기로 하죠. 과제를
좀 더 선명히 하고 갈까요. 1차 강우를 찾아라!

〈토막 1〉

돌에

그늘이 차고,

따로 몰리는

소소리바람.

여기 주인공은 아무래도 '그늘'과 '바람'인 거죠. 비는커녕 비라고
해석될 만한 단어도 없습니다. 혹시 '그늘'이나 '바람'이 비의 비유일 가
능성은? 에이, 쉽지 않은 상상 같습니다. 여긴 어찌 봐도 비 내리기 전
의 풍경입니다. 단단히 못 박고 〈토막 3〉으로 갈까요. 〈토막 1〉엔 1차
강우降雨가, 없습니다.

〈토막 3〉

여울 지어

수척한 흰 물살,

갈갈이

손가락 펴고.

하늘에서 쏟아지는 빗줄기를 '여울'이나 '손가락' 같은 단어를 써서 표현하기는 어렵겠죠. 아까도 정리했듯이, 〈토막 3〉은 확실히 땅에 고인 빗물이 여울져 흐르는 모습입니다. 결국 이 부분에도 1차 강우는 언급되지 않은 겁니다. 오히려, 빗물이 땅에 고여 여울져 흐를 정도라면 이미 충분히 비가 쏟아졌어야 가능한 일일 테니, 1차 강우는 〈토막 3〉 이전이어야 말이 되겠죠. 그렇다면 이제 남은 건⋯⋯.

〈토막 2〉로 가기 전에⋯⋯, 제목을 포함해서 시 전체의 흐름을 아래에 요약해보겠습니다. 천천히 훑어내리며 전체적인 느낌을 보세요.

제목　비
〈토막 1〉 비 내리기 전의 풍경
〈토막 2〉 (　　　　　)
〈토막 3〉 여울져 흐르는 빗물
〈토막 4〉 다시 떨어지는 빗방울

맞습니다. 〈토막 2〉에서는 비 내리는 모습이 언급돼야 시 진행이 정상일 겁니다. 다른 상상은 힘들어 보입니다. 이제 동의하신 거죠? 〈토막 2〉 가기 전에 못 박고 갈까요? 시의 전체적인 흐름상 〈토막 2〉는 비 내리는 모습에 대한 묘사여야 한다!

〈토막 2〉

앞서거니 하여

꼬리 치날리어 세우고,

종종다리 까칠한

산새 걸음걸이.

자, 이제 두 개의 명제를 결합해봅시다.

명제 1 〈토막 2〉의 주인공은 '산새 걸음걸이'다.

명제 2 〈토막 2〉는 비 내리는 모습에 대한 묘사여야 한다.

결합 불가라고요? 에이, 왜 이래요. '산새 걸음걸이'가 '비 내리는 모습'이면 되는 거잖아요. 뭔 소리냐고요? '산새 걸음걸이'가 실제 산새 걸음걸이가 아니라, '비 내리는 모습'의 비유면 되지 않느냐고요. 맞죠. 그 방법밖에는 없어 보입니다. 안 그러면 이 시는 독자 우롱, 독자 모독이 되는 겁니다. 세부적인 마무리는 이렇게 해봅시다. 아래를 볼까요. 원문에 몇 구절을 추가했습니다.

〈토막 2〉

앞서거니 (뒤서거니) 하여

꼬리 치날리어 세우고 (떨어지는 빗방울이),

종종다리 까칠한
산새 걸음걸이(와 닮았구나).

물론 이렇게 끝낼 순 없겠죠. 대체 왜 시인은 떨어지는 빗방울을 보면서 산새 걸음걸이를 떠올렸던 걸까요? 아무래도 하늘에서 떨어지고 있는 빗방울을 보고 있는 건 아닌 듯합니다. 고인 빗물에 떨어지는 빗방울? 나쁘지 않을 거 같습니다만, 전 왠지 마른땅에 떨어지는 빗방울이 더 자연스러워 보입니다. 마른땅에 빗방울이 후드득 떨어지기 시작하는 겁니다. 마치 그 모습이, 산새 한 마리가 마른땅을 후다닥 밟고 지나가는 것처럼 보입니다. 발자국만 남기며 빠르게 사라지는, 투명한 산새 한 마리……. 가만, 〈토막 4〉에 '밟고 간다'는 표현이 있지 않았나요. 〈토막 4〉로 다시 가볼까요.

〈토막 4〉
멎은 듯
새삼 듣는 빗날,

붉은 잎 잎
소란히 밟고 간다.

아, 이거, 그저 활유법이라고만 처리하고 넘어갈 표현이 아니었군요. '빗날'이 또다시 '산새'와 연결되고 있는 겁니다. 맞아요. 이번에는 투명 산새가 꽃잎 위를 밟고 지나갔던 거네요.

〈토막 3〉

여울 지어

수척한 흰 물살.

갈갈이

손가락 펴고.

왜 또 〈토막 3〉으로 돌아왔느냐고요? 마음에 걸리는 게 하나 더 있어서요. 물살이 '여울 지어' 흐를 정도면 비가 어느 정도는 쏟아졌다는 거잖아요. 근데 '수척한'이라는 표현을 보면 또 흐르는 빗물의 양이 그다지 많지 않다는 생각이 들거든요. 이 모순, 어쩌면 좋을까요. 아, 이렇게 해결해볼까요. 비가 퍼붓다가 그치고 5분쯤 흐른 뒤라면, 그럼 가능하지 않을까요. 이런 풍경 본 적 없나요? 운동장이나 집 마당에서 비 그치고 5분쯤 뒤, 고인 빗물이 수척한 손가락처럼 졸졸졸 흘러가던 풍경…….

그날 있었던 일의 전체는 결국 이런 거 아니었을까요.

1   화자가 집 마당을 거닐고 있다.

2   비가 오려는지 날이 흐려지고 바람이 분다. (토막 1)

3   아니나 다를까 빗방울이 후드득 떨어지기 시작한다. (토막 2)

4 비가 제법 내리겠다 싶어 화자는 방 안으로 들어간다.

5 비가 한동안 내린다.

6 문득 밖을 보니 비가 그친 듯싶어 화자는 마당으로 다시 나온다.

7 마당에는 고인 빗물이 여울져 흘러간다. (토막 3)

8 그친 듯했던 비가 또다시 내리기 시작한다. (토막 4)

마른땅에 빗방울이 후드득
떨어지기 시작하는 겁니다.
마치 그 모습이,
산새 한 마리가 마른땅을 후다닥 밟고
지나가는 것처럼 보입니다.
발자국만 남기며 빠르게 사라지는,
투명한 산새 한 마리…….

춘향유문 春香遺文

– 춘향의 말 3

서정주

:대체 불가능

1915년 전라북도 고창 출생
1936년 동아일보 '벽'으로 등단
2000년 금관문화훈장, 대한민국예술원상
『귀촉도』『화사집』 등

안녕히 계세요.
도련님.

지난 오월 단옷날, 처음 만나던 날
우리 둘이서, 그늘 밑에 서 있던
그 무성하고 푸르던 나무같이
늘 안녕히 안녕히 계세요.

저승이 어딘지는 똑똑히 모르지만
춘향의 사랑보단 오히려 더 먼
딴 나라는 아마 아닐 것입니다.

천 길 땅 밑을 검은 물로 흐르거나
도솔천의 하늘을 구름으로 날더라도
그건 결국 도련님 곁 아니어요?

더구나 그 구름이 소나기 되어 퍼부을 때
춘향은 틀림없이 거기 있을 거여요.

화자가 춘향이네요. 제목의 '유문遺文'은 '생전에 남긴 글'이라는 뜻입니다. 결국 춘향이가 죽음을 앞두고 이 도령에게 이런 글을 남기지 않았을까 하는 시인 서정주의 상상이 되겠습니다.

참고로 「춘향의 말」은 연작시인데요. 1편이 그 유명한 '향단아, 그네를 밀어라'의 「추천사」고, 2편은 덜 알려졌으나 여전히 절창인 「다시 밝은 날에」라는 시고, 요 「춘향유문」이 3편입니다. 고전의 주인공들 중 현대시에서 가장 자주 등장하는 인물이 춘향일 듯합니다만, 춘향을 소재로 한 현대시 중에서도 첫손에 꼽을 만한 작품이 바로 서정주의 「춘향의 말」 시리즈가 아닐까 싶습니다.

휙 훑어본 느낌, 어떠셨나요? 너무 낡은 느낌이라고요? 에이, 화자가 춘향이 아닙니까. 너무 단순하다고요? 뭐 좀 그런 느낌이 없진 않습니다만, 그래도 생각만큼 단순한 시는 아닐 겁니다. 자, 이제 하나하나 확인해볼까요.

〈1연〉

안녕히 계세요.
도련님.

시작, 참 깔끔하죠. 담담하고 간결한 인사말입니다.

물론 그전에 많이 울었겠죠. 우린 이 이야기가 해피엔딩이라는 걸 알고 있습니다만, 춘향이는 이때 몰랐던 거잖아요. 자신의 죽음을 예감하고 유서를 쓰고 있는 시점이라면, 변 사또에게 모진 매질을 당하

고 옥중에 갇혀 있을 때겠죠. 그 모진 매질에 몸이 형편없이 너덜너덜
해진 그때, 그때의 춘향이라면……, 사랑하는 이의 손길이 얼마나 그
리웠을까요. 물 한 모금, 쌀 한 톨보다 더 간절했겠죠. 죽어도 그 손 한
번만 더 잡아보고 싶다는 생각에 아주 많이 울었겠죠. 그의 눈동자,
입술도 떠올라 가슴이 깨질 거 같았겠죠.

그런 슬픔 다 경험했을 춘향이가 뜻밖에도 담담한 인사말을 던집
니다. 무슨 놀라운 종교적 신념으로 슬픔을 이겨낸 건지, 아니면 자
포자기 심정으로 읊조리듯 말하고 있는 건지, 아니면 담담한 척 애쓰
는 것일 뿐 정작 입술을 터질 듯 깨물고 있는 것인지는 모르겠습니다
만…….

〈2연〉

지난 오월 단옷날, 처음 만나던 날
우리 둘이서, 그늘 밑에 서 있던
그 무성하고 푸르던 나무같이
늘 안녕히 안녕히 계세요.

이런! 첫 만남이 떠오른 모양입니다. 아마도 그때가 가장 아름답고
설레던 순간이었겠죠. 둘이서 술 마시며 업고 놀던 때보다 더 아련하
고 찬란한 순간이었을 겁니다. 그날 그 사람의 눈동자, 입술……. 이제
다시는 볼 수 없는…….

그러곤 초점이 그날의 나무로 옮겨가네요. 우리 처음 만나던 그날,

내가 그네 타던 그 나무 있잖아요. 우리 두 사람 그 밑에서 처음 얘기를 나눴었잖아요. 그 무성하고 푸르던 그 나무, 그 나무처럼 무성하고 푸르게 안녕히 안녕히 계시라!

두고 가는 사람에게, 안녕히 건강히 잘 있어라, 말하는 건 어찌 보면 당연한 인사말 같기도 합니다만……. 너덜너덜 만신창이가 된 존재가 상대의 건강을 걱정하고 있다는 점에서, 게다가 첫 만남을 떠올리고 그날의 소재를 통해 상대의 건강을 기원하고 있다는 점에서, 절묘한 슬픔이 느껴집니다. 그러고 보니 '안녕히 안녕히'란 반복마저도 왠지 가슴이 뭉클하네요.

어쨌건 1~2연을 압축하면 이렇습니다.

"도련님, 건강히 안녕히 잘 계세요."

가만, 3연으로 넘어가기 전에, '나무'를 대체할 만한 단어, 한 개만 떠올려볼까요? 왜 느닷없이 그런 짓을 해야 하느냐고요? 뭐, 그냥 비유 연습 해본다 치죠. '나무' 자리에 '바위' 정도는 어땠을까요? 2연이 아래와 같았다면 어땠겠느냐고요.

〈2연 변형〉

지난 오월 단옷날, 처음 만나던 날

우리 둘이서, 옆에 기대 서 있던

그 굳세고 단단한 바위같이

늘 안녕히 안녕히 계세요.

어차피 건강히 잘 있으라는 얘기니, 2연과 큰 차이가 없었을 것 같죠. 아닌가요?

〈3연〉

저승이 어딘지는 똑똑히 모르지만
춘향의 사랑보단 오히려 더 먼
딴 나라는 아마 아닐 것입니다.

1~2연이 그저 인사말이었다면, 정작 춘향이가 하고 싶은 이야기는 3연부터 시작된다 말할 수도 있겠습니다.

근데 3연, 좀 독특한 비교입니다. 이승과 저승 간의 거리와 자신의 사랑의 크기를 비교하고 있습니다. 뭐 뭐, 자신의 사랑이 더 크다네요. 무난하게 바꿔 읽으면 이렇게 되겠죠. "나의 사랑은 죽음을 초월할 것이다." 또는 "죽음도 우리 사랑을 갈라놓지 못할 것이다." 괜찮은 거 같죠. 너무 상투적인 말이라고요? 뭐 좀 그런 면이 없진 않습니다만……

〈4연〉

천 길 땅 밑을 검은 물로 흐르거나
도솔천의 하늘을 구름으로 날더라도
그건 결국 도련님 곁 아니어요?

'천 길 땅 밑'은 지옥을 의미하는 듯합니다. '도솔천'은 욕계欲界의 여섯 천국 중 하나고, 미륵보살이 수행하고 있다는 바로 그곳입니다. 결국 자신이 죽어 지옥에 가건 천국에 가건 도련님의 곁일 거라는 얘기인데…….

맞아요. 3연의 연장입니다. 3연에서 화자는, "이승과 저승 간의 거리보다 내 사랑의 크기가 더 크다" 또는 "나의 사랑은 죽음을 초월할 것이다" 또는 "죽음도 우리 사랑을 갈라놓지 못할 것이다"라 말했잖아요. 그렇다면 저승의 그 어느 곳을 가든지 우리 두 사람은 헤어지는 게 아닌 게 되는 거죠. 4연을 가장 편한 표현으로 바꾸면 이 정도가 무난해 보입니다. "내가 죽어 그 어느 곳을 가든, 나는 너를 잊지 않을 것이다."

가만, 근데 왜 하필 '천 길 땅 밑'에선 '검은 물'이 되어 흐르고, '도솔천의 하늘'에선 '구름'이 되어 나는 걸까요? 하긴 '땅 밑' 하니 자연스럽게 '물'이 연상되고, '하늘' 하니 자연스럽게 '구름'이 연상되긴 합니다만……. '검은 물'을 '벌레' 정도로 대체하고, '구름'을 '바람' 정도로 대체하면 느낌이 어떻게 달라질까요. 4연을 아래와 같았다면 어땠겠느냐고요.

〈4연 변형〉

천 길 땅 밑을 벌레로 기어 다니거나
도솔천의 하늘을 바람으로 날더라도
그건 결국 도련님 곁 아니어요?

어차피 중요한 건 뭐가 되느냐가 아니라 어디로 가느냐니까, 4연과 큰 차이 없었을 거 같죠?

⟨5연⟩

더구나 그 구름이 소나기 되어 퍼부을 때
춘향은 틀림없이 거기 있을 거여요.

그 구름이 소나기가 되어 퍼부을 때, 자신은 소나기의 일부가 되어 있을 거다? 다시 말하면, 춘향이가 소나기가 되어 이승으로 복귀하겠다는 거네요. 환생에 관한 이야기로 들린다고요? 맞아요. 그런 거 같습니다. 결국 3~5연의 핵심은 5연이 되겠네요. 뭔 소리냐고요? 아래에 3~5연을 요약해 적어볼 테니, 느낌이 어떤지 확인해보세요.

- **3연** 죽음도 우리 사랑을 갈라놓지 못할 것이다.
- **4연** 죽어도 나는 너를 잊지 않을 것이다.
- **5연** 끝내 소나기가 되어 이승을 다시 찾을 것이다.

맞죠. 환생에 대한 춘향이의 믿음이 3~5연의 핵심이었던 겁니다. 가만, 1~2연과 이런 식으로 연결하면 시의 흐름이 더 생생해질 수 있겠네요.

- **1~2연** 너 건강히 잘 기다리고 있어라.

•**3~5연** 나 반드시 다시 돌아올 테니.

이런 얘기도 가능하겠네요. '이 환생에 대한 믿음이 1~2연의 담담함의 원인이다.' 내가 조만간 환생할 거라면, 크게 슬퍼할 까닭이 없습니다. 필요한 건 우리 두 사람의 눈물이 아니라, 그저 도련님의 의연한 기다림일 뿐…….

그런데 왜 춘향이는 하필 '소나기'가 되어 이승으로 복귀하려 하는 걸까요? 대체 가능한 다른 이미지가 없을까요? 환생이라면 고전문학에서는 새가 일반적이잖아요. 접동새, 소쩍새, 두견새…….

아, 가만, 첫 행을 보니 '그 구름'이란 표현이 있네요. '그 구름', '그 구름'이 '비'가 되어 내린다! 그래요, 4~5연을 연결해서 생각할 필요가 있어 보입니다. 아래에서 두 개 연을 다시 인용해볼까요.

〈4~5연〉

천 길 땅 밑을 검은 물로 흐르거나
도솔천의 하늘을 구름으로 날더라도
그건 결국 도련님 곁 아니어요?

더구나 그 구름이 소나기 되어 퍼부을 때
춘향은 틀림없이 거기 있을 거여요.

226

맞아요. 물도, 구름도, 소나기도, 가능한 여러 가지 이미지들 중 하나씩을 무작위로 선택한 결과물이 아니었던 겁니다. '물'이 하늘로 올라가 '구름'이 되고, 그 '구름'이 '소나기'가 되어 땅으로 떨어지는, 물의 순환을 염두에 두었던 겁니다. 그렇다면 '물'과 '구름'과 '소나기'는 '벌레'와 '바람'과 '접동새' 정도로 대체할 수 있는 이미지가 아니었던 겁니다. 그러고 보니 이 물의 순환은 불교에서 윤회를 설명할 때 자주 등장하는 비유이기도 하네요. 서정주가 생각한 춘향이는 물이 순환하듯 사람은 윤회한다고 믿는 불교도였던 셈입니다.

이쯤 해서 2연으로 다시 가봐야 할 듯하죠. 가볼까요.

〈2연〉

지난 오월 단옷날, 처음 만나던 날
우리 둘이서, 그늘 밑에 서 있던
그 무성하고 푸르던 나무같이
늘 안녕히 안녕히 계세요.

'나무' 역시 '바위' 같은 단어로 대체할 만한 이미지가 아닌 거 같죠. 뭔 소리냐고요? 내가 물이 되어 올 거잖아요. 물을 머금고 물과 하나가 돼서 쑥쑥 커갈 수 있는 존재라면, '나무'나 '풀' 정도여야 했던 겁니다. 1~2연과 3~5연을 다음과 같이 연결하면 시의 흐름이 더욱 또렷해질 수 있겠네요.

- **1~2연** 넌 나무 되어 있어라.
- **3~5연** 난 비가 되어 올 테니.

인간으로 태어난 지금 생에서 우리 두 사람은 끝내 사랑을 이루지 못했지만, 그래, 우리 두 사람 다음 생애에서는 나무와 비로 만나자. 그럼 우리 사랑을 방해할 놈도 없을 거고……, 난 당신과 완전히 하나가 되어 당신의 성장에 큰 도움을 줄 수도 있을 거고…….

근데 과연 춘향이는 윤회에 대한 종교적 확신을 가지고 슬픔을 극복했던 걸까요? 그래서 이렇게 담담할 수 있었던 걸까요? 혹시 이랬던 건 아닐까요?

내가 죽었다는 사실을 그 사람이 알게 되면 얼마나 억장이 무너질까? 그 사람, 나 없이도 살아갈 수 있을까? 내가 죽은 줄도 모르고 무심하게 지냈던 며칠을 돌이켜 생각하면 얼마나 가슴이 찢어질까? 내가 모진 매질로 만신창이가 되어 죽어갔다는 사실을 알면, 내가 억울함과 분통함 속에서 치를 떨며 죽어갔다는 사실을 알면, 그럼 그 사람 기분이 어떨까? 그 사람 혹시 무슨 모진 마음을 먹지는 않을까?

그런 심정에, 이 도령을 조금이라도 안심시키려고 이 글을 써서 남긴 게 아닐까요?

"저 신경 쓰지 마시고 나무처럼 건강히 계세요, 도련님. 저 반드시 비가 되어 올 거예요."

만약 산문이었다면, 이렇게 쓰지 않았을까요.

“도련님, 당신과 다시 만날 날을 생각하며 저 편안히 갑니다. 당신도 모진 마음 먹지 마시고 몸도 망치지 마시고, 저 다시 돌아올 때까지 부디 안녕히 안녕히 계세요.”

저 산을

옮겨야겠다

김승희

1952년 광주 출생
1973년 경향신문 신춘문예 시 당선
1991년 제5회 소월시문학상
『미완성을 위한 연가』 『세상에서 가장 무거운 싸움』 등

▲
저 산을 옮겨야겠다
저 산을 내가 옮겨야겠다
오늘 저 산을 내가 옮겨야겠다

먼저 산에서 ㄴ을 빼고
ㅏ ㅏ ㅏ
목 놓아 바깥으로 아를 풀어 놓으면
산은 마침내 ㅅ만 남게 된다
두 사람 비스듬 몸 맞대고 걸어가는 모습이 보인다

ㅅ......ㅅ......ㅅ......ㅅ......
저 산이 움직인다
ㅅ......ㅅ......ㅅ......ㅅ......
저 산이 걸어간다
ㅅ......ㅅ......ㅅ......ㅅ......
산을 움직이는 두 사람
ㅅ......ㅅ......ㅅ......ㅅ......
사랑하는 두 사람이다

얼떨떨하시죠?

시가 이래도 되는 거냐고요?

네, 이래도 됩니다.

언어유희야 비유만큼이나 오래된 문학적 기교 중의 하나 아닙
니까.

언어유희가 그 안에 깊은 성찰을 담아낸다면 금상첨화겠습니다
만, '예술은 유희다'라는 오랜 글귀를 굳이 인용하지 않더라도 언어유
희는 그 자체로도 의미심장한 문학적 행위입니다.

근데 이 시, 단순한 언어유희가 아닌 듯합니다. 산을 움직이는 두
가지 방법, 다 읽어내신 건가요? 한 가지 아니냐고요? 글쎄요. 자, 한
번 시로 들어가볼까요.

〈1연〉

저 산을 옮겨야겠다

저 산을 내가 옮겨야겠다

오늘 저 산을 내가 옮겨야겠다

한 어절씩 추가되면서 문장이 반복되고 있네요. 시에서 애용되는
진행이죠. 개념화하면, '점층적 반복'을 통한 강조입니다. 그리하여 산
을 꼭 옮기고 말겠다는 화자의 강한 의지가 잘 전해집니다만, 참 딱한
노릇이죠. 아니, 미치지 않고서야 어떻게 이런 결심을…….

보자마자 우공이산愚公移山이라는 고사성어가 떠올랐다고요? 예,

그럴 만도 합니다. 근데 고사는 기억이 가물가물하죠? 아래에 간략히 소개해볼게요.

우공이라는 아흔 살 노인네의 집 앞에 커다란 산이 두 개 있었답니다. 통행에 불편을 느낀 우공이 그 산들을 제거하기로 마음을 먹습니다. 구체적인 계획은, 흙을 지게에 지고 바다에 버리고 돌아오는 일을 반복하는 거……, 이런! 근데 더 문제는 바다가 너무 멀어서 한 번 다녀오는 데 꼬박 1년이 걸렸다는 거……, 하하하. 주변 사람들의 비웃음에도 우공은 산 옮기기를 포기하지 않았죠. 결말은 해피엔딩. 우공의 패기에 감동한 신이 두 산을 멀리 옮겨주었답니다.

고사의 교훈은 한마디로 "끊임없는 노력은 불가능도 가능하게 한다." 가만, 이렇게 정리해두고 넘어갈까요.

산을 옮기는 고전적인 방법 끊임없는 노력

물론 이 시가 이 오랜 교훈을 반복하려는 건 아닐 겁니다. 시인의 독특한 제안, 확인해볼까요.

〈2연〉

먼저 산에서 ㄴ을 빼고

ㅏ ㅏ ㅏ

목 놓아 바깥으로 아를 풀어놓으면

산은 마침내 ㅅ만 남게 된다

두 사람 비스듬 몸 맞대고 걸어가는 모습이 보인다

아, 정말 뜻밖의 진행이죠?

끊임없는 노력……, 우공이산의 교훈에는 애초부터 관심이 없었던 거네요. 시인은 실제 산에 관심이 있었던 게 아니라, '산'이라는 글자에 관심이 있었던 모양입니다.

'산'이라는 글자에서 받침 'ㄴ'을 빼고 모음 'ㅏ'을 떼면 'ㅅ'만 남게 된다는 겁니다. 모음 'ㅏ'를 떼는 방식, 상당히 귀엽죠. 목 놓아 '아아아아'를 외치면 '아'가 바깥으로 풀려나게 된답니다. 그래서 결국 'ㅅ'만 남게 된다는……. 그리고 보니 'ㅅ'과 산의 모양이 서로 좀 닮았잖아요. 그래서 괜한 헛수고를 한 건 아닌 것 같다는 생각이……. 아닌가요? 하여튼 2연 1~4행의 내용을 가장 단순화하면 이렇게 되겠네요.

산→ㅅ

아래도 괜찮아 보이고요.

산=ㅅ

여기까지만 해도 뭔가 좀 얼떨떨한데, 5행에서 또 한 번의 독특한 상상이 추가되고 있네요. 'ㅅ'의 모습이 두 사람이 몸을 맞대고 걸어가는 모습처럼 보인답니다. 물론 'ㅅ'과 사람 인ㅅ 자가 닮았다는 데서 착

안한 연상이겠죠. 사람 인人 자는 사람 둘이 서로 기댄 모습을 상형화한 문자라는 얘기, 어디선가 들어본 거 같지 않나요? 물론 요즘은 한 사람의 옆모습을 상형화한 문자라는 설이 더 유력하지만요.

아무튼 1~4행에 5행까지 합치면 결론은 이렇게 되겠네요. '산'이라는 글자에서 받침 'ㄴ'을 빼고 모음 'ㅏ'를 떼면 'ㅅ'만 남는데, 그러면 '산=ㅅ'은 두 사람이 몸을 맞대고 걸어가듯이 움직일 수 있게 된다!

이 발상 어떤가요? 참신하지 않나요? 유치한 장난질 같다고요? 네, 뭐 취향에 따라선 그렇게 볼 수도 있겠습니다만……

어쨌든 2연 전체를 단순화하면 이 정도가 됩니다.

산→ㅅ→人

또는,

산=ㅅ=人

〈3연〉

ㅅ……ㅅ……ㅅ……ㅅ……
저 산이 움직인다
ㅅ……ㅅ……ㅅ……ㅅ……
저 산이 걸어간다
ㅅ……ㅅ……ㅅ……ㅅ……

산을 움직이는 두 사람

ㅅ......ㅅ......ㅅ......ㅅ......

사랑하는 두 사람이다

뭐, 여기는 움직이는 'ㅅ'들의 향연이네요.

근데 혹시 저만 그런 건가요? 아래를 유심히 다시 보세요.

ㅅ......ㅅ......ㅅ......ㅅ......

'ㅅ'이 정말 움직이는 것 같은 착각, 안 드나요? 부산하게 움직이고 있는 'ㅅ', 요놈 정말 귀엽지 않나요? 놈의 이 매력적인 움직임을 의태어로 표현한다면 어떤 게 어울릴까요? 종종종종? 파바바박? 휘리리릭? 사사사삭? 그래요, 다 별로죠. 이거 참, 언어의 한계가 느껴지는 순간이네요. 하긴 언어의 한계가 아니라 저의 한계겠습니다만⋯⋯. 아! 요정도 의태어는 어떨까요? 시옷시옷! 까불지 말라고요? 네, 알겠습니다.

가만, 여기 3연은 두 부분으로 나누어서 살펴보는 게 좋겠습니다. 자, 다시 가볼까요.

〈3연의 전반부〉

ㅅ......ㅅ......ㅅ......ㅅ......

저 산이 움직인다

ㅅ......ㅅ......ㅅ......ㅅ......

저 산이 걸어간다

여기까지는 2연의 연장이죠. 이렇게 생각하면 되겠습니다.

'두 사람[人]'이 걸어가고 있다.

→ 'ㅅ'이 걸어가고 있다.

→ '산'이 걸어가고 있다.

됐죠? 여기서 잠깐 1연을 다시 한 번 읽고 돌아올까요. 다분히 장난 같은 발상이긴 합니다만, 어쨌든 화자는 목표 달성을 한 셈이네요. '산'에서 'ㄴ'과 'ㅏ'를 떼서 '산'을 'ㅅ'으로 만들고 나니, 'ㅅ'이 '人'이 되어 저절로 걸어가더라! 미션 클리어! 산 옮기기 성공!

성취감에 들뜬 화자의 흐뭇한 미소가 떠오르지 않나요? 가만, 아까랑 짝을 맞춰서 여긴 이렇게 정리해볼까요.

산을 옮기는 새로운 방법 ① '산'에서 'ㄴ'과 'ㅏ'를 떼기

〈3연의 후반부〉

ㅅ.....ㅅ.....ㅅ.....ㅅ.....
산을 움직이는 두 사람
ㅅ.....ㅅ.....ㅅ.....ㅅ.....
사랑하는 두 사람이다

아, 이거 참……, 이건 또 뭐하자는…….

2연에서 3연 전반부까지 시인이 했던 작업의 핵심은, 결국 '산'과 '두 사람[人]'의 연결이었잖아요.

'산'이라는 글자에서 받침 'ㄴ'을 빼고 모음 'ㅏ'를 떼서 'ㅅ'만 남긴 것은, 결국 '산'과 '두 사람[人]'을 등호로 연결시키고 싶어서 그랬던 거잖아요.

사실 2연의 가장 좋은 단순화는 아래일 겁니다.

[산→ㅅ]=人(두 사람)

아니면 아주 시원스럽게 아래거나…….

산=두 사람

근데 이 힘겨웠던 연결을 시인 자신이 느닷없이 해체해버린 겁니다. 뭔 소리냐고요? 에이, '산을 움직이는 두 사람'이라잖아요. 두 사람이 산을 움직이고 있는 상황이라면, 산이 곧 두 사람이라는 관계가 성립할 수 없잖아요. 다음 문장과 비교해보세요. '우공이 산을 움직였다.' 이 문장에서, 우공이 곧 산일 수는 없는 거잖아요.

그럼 이 느닷없는 분리의 의도는 대체 뭘까요?

마지막 행에 힌트가 있습니다. 거기 은근슬쩍 추가한 단어 하나 보이죠. '사랑하는'.

여기서 잠깐 1연을 다시 한 번 읽고 돌아올까요. 그리고 지금까지 화자의 모든 언어유희를 머릿속에서 죄다 지운 채, 다음 두 문장만 떼서 연결해 읽어보는 겁니다.

"산을 움직이는 두 사람, 사랑하는 두 사람이다."

아하, 사랑은 불가능을 가능하게 한다! 맞아요, 이 얘기를 하고 싶었던 거네요. 결국 이게 시인이 생각한, 산을 옮기는 또 하나의 방법이었던 거고요.

어떤가요? 시가 놀랍도록 신비로워지지 않았나요? 시의 마지막 행 때문에, 시 전체가 갑자기 빛을 내며 환해지는 느낌이 들지 않나요?

이 순간 문득 앞에서 이 시 좀 유치한 장난질 같다고 했던 게 민망해지기도 합니다만……. 그래도 할 건 해야겠죠. 요약이요.

산을 옮기는 새로운 방법 ② 사랑

주제요?

'산을 옮기는 두 가지 방법.'

확 와닿지 않는다고요? 그렇죠? 아무래도 이 정도가 낫겠네요.

'불가능을 가능하게 하는 사랑의 힘.'

5장

표현의
힘

봄비

이수복

한국인이 좋아하는

1924년 전라남도 함평 출생
1954년 문예 '동백꽃'으로 등단
1957년 제3회 현대문학 신인문학상
『봄 비』 등

이 비 그치면
내 마음 강나루 긴 언덕에
서러운 풀빛이 짙어 오것다.

푸르른 보리밭길
맑은 하늘에
종달새만 무어라고 지껄이것다.

이 비 그치면
시새워 벙글어질 고운 꽃밭 속
처녀애들 짝하여 새로이 서고

임 앞에 타오르는
향연香煙과 같이
땅에선 또 아지랑이 타오르것다.

1연의 '서러운'이 마음에 걸리긴 했어도, 마지막 연에서 '향연香煙'이 등장할 줄이야. 단순히 예쁜 봄노래인 줄 알았는데 말이죠.

설마 '향연'이라고 하니까 잔치를 연상한 건 아니겠죠? '특별히 융숭하게 손님을 대접하는 잔치'를 의미하는 '향연'은 한자가 '饗宴'이죠. 여기서는 '향연香煙'이니, '향이 타며 나는 연기'의 의미겠네요.

가만, 그렇다면 '임 앞에서 타오르는 향연香煙'은? 아니, 왜 임 앞에서 향 연기가 타오르고 있는 걸까요? 이거 혹시 잠든 임의 곁에서 모기향이 타오르는 풍경? 설마 아니겠죠. 그렇다면? 이런! 「너무 늦게 그에게 놀러 간다」의 조등弔燈? 맞아요. 많이 닮았네요. 그 등장의 느닷없음까지도……. 그때처럼 그림 하나 소개할까요. 친구의 집에 걸리지 말아야 할 것이 '조등弔燈'이라면, 임 앞에서 타오르지 말아야 할 것이 '향연香煙'이겠네요.

내처 몇 가지 더 인정해볼까요. '향연香煙'이라면 장소는 어디일까요? 물론 장례식장이겠죠. 그럼 임이 죽은 지……? 맞아요. 보통 3일장을 지내잖아요. 그럼 채 3일도 안 됐다는 겁니다. 게다가 밖에는 비가 추적추적 내립니다. 그러니 화자의 마음은……, 뭐 말해 뭐하겠습니까. 그의 마음속에도 비가 추적추적 내리고 있겠죠. 가만, 바로 동의할 수 있겠죠? '비'는 아주 당연하게도, 임을 잃은 화자의 슬픔을 대변하는 자연물입니다.

근데 뜻밖에도 이 순간 화자가, '비' 그치고 다가올 아름다운 봄날을 생각한다는 겁니다. 하긴 뜻밖일 것도 없죠. 생각이 나는 걸 어쩌겠습니까? 화자의 속마음은 아마도 이런 거였을 겁니다.

이 비 그치고 나면 아름다운 봄날이 찾아오겠지. 그래, 풀빛 푸르고 종달새 지저귀고 처녀애들 킬킬대는, 환상적인 봄날이 찾아올 거야. 근데 그 아름다운 봄날을…… 올해부턴 나 혼자 맞이해야 하는 거지. 임이 그렇게도 '좋아라' 하던 봄날인데, 임과 함께 나도 마냥 '좋아라' 하던 봄날인데……. 차라리 봄날이 덜 아름답다면 견딜 만할지도 모르겠다. 물론 그럴 리 없겠지. 다가올 봄날은 끝내주게 아름답겠지. 눈물 나게 아름다울 거야. 서럽게 서럽게…….

결국 다가올 아름다운 봄날이 화자를 더더욱 서럽게 하는 겁니다. 자신의 슬픔을 다가올 아름다운 봄날과 대비시켜 부각한다고 말할 수도 있네요.

이제 시 한 번만 다시 읽어볼까요.

〈1연〉

이 비 그치면

내 마음 강나루 긴 언덕에

서러운 풀빛이 짙어 오것다.

'내 마음'을 빼고, 일단은 이렇게 읽어줄까요.

"이 비 그치고 나면 강나루 긴 언덕에 풀빛이 짙어오겠지, 서럽게 서럽게."

'내 마음'과 '강나루 긴 언덕'이 비유적으로 동일시되기 때문에, 결국은 이렇게 읽히는 문장입니다.

"이 비 그치고 나면 내 마음 같은 강나루 긴 언덕에 나를 서럽게 하는 풀빛이 짙어오겠지."

사실은 아래처럼 쪼개 읽어주는 게 가장 자연스럽습니다.

"이 비 그치고 나면 강나루 긴 언덕엔 풀빛이 짙어올 거고, 내 마음엔 서러움이 짙어오겠지."

묘하죠? 비례관계인 겁니다. 풀빛이 더 짙어질수록, 서러움도 더 짙어지게 되는…….

〈2연〉

푸르른 보리밭길

맑은 하늘에

종달새만 무어라고 지껄이것다.

여기도 비례관계가 적용됩니다. 보리밭길이 더 푸를수록, 하늘이 더 맑을수록, 종달새가 더 지껄일수록, 화자의 서러움은 더욱 커지는…….

〈3연〉

이 비 그치면
시새워 벙글어질 고운 꽃밭 속
처녀애들 짝하여 새로이 서고

‘시새우다’는 ‘남보다 낫기 위하여 서로 다투다’의 뜻이고, ‘벙글다’는 ‘아직 피지 아니 한 어린 꽃봉오리가 꽃을 피우기 위해 망울이 생기다’의 뜻입니다. 그럼 ‘시새워 벙글어질 고운 꽃밭’은 ‘앞다투어 꽃망울을 맺을 고운 꽃밭’ 정도로 읽어주면 되겠네요. 처녀애들이 그 꽃밭 속에서 짝을 지어 새롭게 선다? 혹시 셀카? 네, 뭐 그런 분위기를 연상하면 될 듯합니다. 봄을 만끽하는 처녀애들의 모습 말입니다.

참, 여기도 서글픈 비례……. ‘꽃밭’이 더 아름다울수록, ‘처녀애들’이 더 즐거워할수록, 화자의 서러움은 더욱 커지는…….

〈4연〉

임 앞에 타오르는
향연香煙과 같이
땅에선 또 아지랑이 타오르것다.

　아, 4연의 이 절묘하고 애처로운 느낌을 어떻게 살릴 수 있을지 모르겠습니다. 이렇게라도 해볼까요.

　1~3연을 다음과 같이 압축하고,

　"이 비 그치고 나면, 강 언덕엔 풀빛도 짙어오고 하늘에선 종달새도 지저귀고, 꽃밭에선 처녀애들이 깔깔대겠지."

　그러곤 4연을 바로 연결합니다.

　"그리고 땅에선 아지랑이도 타오르겠지, 지금 이 향 연기처럼……."

　느낌이 잘 안 오나요. 다시 짧게 연결해볼까요.

　"비 그치고 나면, 풀빛 짙어오고 종달새 지저귀고 처녀애들 깔깔대고, 그리고 아지랑이도 타오르겠지. 향연처럼, 향연처럼……."

　좀 거칠고 직설적으로 해볼까요.

　"비 그치고 나면, 망할 풀빛, 망할 종달새, 망할 계집애들이 날 서럽게 하겠지. 게다가 젠장할 아지랑이, 아지랑이……."

　이 시의 특별함을 이렇게도 이해해볼까요. 자신의 슬픔을 '비'에 비유하는 시는 셀 수 없을 정도로 많습니다. 또한 자신의 슬픔을 '아름다운 자연'과 대비시켜 부각하는 시도 역시 천지에 널렸습니다. 하지만 두 가지가 동시에 나타나는 시는? 극히 드물죠. 아주 드뭅니다. 근데 이 두 가지를 어떻게 자연스럽게 결합시킬 수 있을까요? 맞아요. '시간' 개념을 도입하면 됩니다. 간단히 정리해보면 다음과 같습니다.

　• **현재** 나의 슬픔 = 비

• **미래** 나의 슬픔 ↔ 다가올 아름다운 봄날

이 시의 미묘함을 이렇게도 접근해볼 수 있습니다. 1연의 '서러운' 과 4연의 '임 앞에 타오르는 향연과 같이'를 손가락으로 가리고 시를 한 번만 다시 읽어보는 겁니다. 아래에 그 두 개를 빼고 다시 인용해보 겠습니다.

⟨몇 구절 빼고 전문 다시⟩

이 비 그치면
내 마음 강나루 긴 언덕에
　　풀빛이 짙어 오것다.

푸르른 보리밭길
맑은 하늘에
종달새만 무어라고 지껄이것다.

이 비 그치면
시새워 벙글어질 고운 꽃밭 속
처녀애들 짝하여 새로이 서고

땅에선 또 아지랑이 타오르것다.

어떤가요? 슬픔을 노래하는 시로 보이나요? 아니면 기쁨을 노래하는 시로 보이나요? 맞아요. '서러운'과 '임 앞에 타오르는 향연과 같이' 두 표현만 없으면 이 시는 완전히 '봄을 맞이하는 기대감'을 노래하는 시로 읽힙니다. 결국 시인은 자신의 슬픈 마음을 안으로 감추고(물론 딱 한 번 슬쩍 내비치긴 했죠. '서러운'이요.) 겉으로는 그와 반대로 기쁜 척 말하고 있는 겁니다. 가만, 이런 것을 일컫는 수사법……, 속마음을 감추고 반대로 말하는 수사법……, 맞아요. '반어'죠. 이 미묘한 느낌이 이 시를 더욱 신비롭게 만들어줍니다.

자, 이제 아래의 문장이 슬프게 다가와야 할 텐데, 어떨지 모르겠습니다.

"아, 다가올 봄날은 너무나도 아름다울 것이다."

이 비 그치고 나면 아름다운 봄날이 찾아오겠지.
그래, 풀빛 푸르고 종달새 지저귀고
처녀애들 킬킬대는,
환상적인 봄날이 찾아올 거야.
근데 그 아름다운 봄날을……
올해부턴 나 혼자 맞이해야 하는 거지.
임이 그렇게도 '좋아라' 하던 봄날인데,
임과 함께 나도 마냥 '좋아라' 하던 봄날인데…….

발열 發熱

정지용

처마 끝에 서린 연기 따러
포도葡萄 순이 기어 나가는 밤, 소리 없이,
가믈음 땅에 스며든 더운 김이
등에 서리나니, 훈훈히,
아아, 이 애 몸이 또 달아 오르노나.
가쁜 숨결을 드내 쉬노니, 박나비처럼,
가녀린 머리, 주사 찍은 자리에, 입술을 붙이고
나는 중얼거리다, 나는 중얼거리다,
부끄러운 줄도 모르는 다신교도多神教徒와 같이.
아아, 이 애가 애자지게 보채노나!
불도 약도 달도 없는 밤,
아득한 하늘에는
별들이 참벌 날으듯 하여라.

아이가 고열高熱에 신음하고 있습니다. 화자가 할 수 있는 일은 그저 입맞춤과 기도밖에 없는 모양이네요. 아이에게도 화자에게도 꽤나 힘든 밤입니다. 날이 밝으면 아이 상태가 좀 나아질는지……

편의상 세 토막(1~4행, 5~10행, 11~13행)으로 나누어서 읽어보겠습니다. 구분의 기준은 공간입니다. 〈토막 1〉은 땅의 열기가 언급되는 걸 보니 화자가 있는 곳은 마당인 듯합니다. 〈토막 2〉는 아이 곁에서 아이의 상태를 걱정하는 걸 보니 방 안, 〈토막 3〉은 하늘의 별들이 언급되는 걸 보니 다시 마당이겠습니다.

〈토막 1〉

처마 끝에 서린 연기 따러

포도葡萄 순이 기어 나가는 밤, 소리 없이,

가믈음 땅에 스며든 더운 김이

등에 서리나니, 훈훈히,

밤에 연기라니 아마도 마당에 피워놓은 모깃불(모기를 쫓기 위해서 풀 따위를 태워 연기를 내는 불)이 아닐까 싶습니다. 모깃불 연기가 하늘로 오르다 처마 끝에 서리고 그 연기를 따라 올라가듯 포도 순도 하늘을 향해 뻗어 있는 풍경입니다. 포도 순이 자라 오르는 걸 보니 계절은 여름인 듯하네요. 도치되어 강조되는 '소리 없이'가 인상적입니다. '포도 순이 소리 없이 기어 나가는 밤'이 정상적인 어순이겠죠. '소리 없이'를 뒤로 배치하니, 그 구절을 주목하고 곱씹게 되는 효과가 있습니다. '연기'나 '포도 순'을 빼고 '소리 없이'만 부각해서 1~2행을 이렇게 요약해볼까요.

'고요한 밤' 또는 '적막한 밤' 정도.

'가믈음 땅'은 가문(땅의 물기가 바싹 마를 정도로 오랫동안 계속하여 비가 오지 않은) 땅으로 읽는 게 맞겠죠. 열대야熱帶夜일까요. 땅에 스민 열기가 밤이 돼도 식지 않았답니다. 여기서도 도치법이 사용됐네요. 땅에 스민 열기가 화자의 등에 서렸답니다, 훈훈하게. 3~4행은 이렇게 줄여볼까요.

"무더운 여름".

가만, 제목 '발열'을 고려해서 1연을 이렇게 읽어주는 건 어떨까요.

"세상이 발열하고 있다."

〈토막 2〉

아아, 이 애 몸이 또 달아 오르노나.

가쁜 숨결을 드내 쉬노니, 박나비처럼,

가녀린 머리, 주사 찍은 자리에, 입술을 붙이고

나는 중얼거리다, 나는 중얼거리다.

부끄러운 줄도 모르는 다신교도多神敎徒와 같이.

아아, 이 애가 애자지게 보채노나!

드디어 시의 주인공, 발열하는 아이의 등장입니다. 한 줄 한 줄 읽어볼까요.

시작의 '아아' 하는 감탄사도 참 슬프지만, '또'라는 단어가 가슴이 시리네요. 다행히 열이 좀 떨어졌구나. 아아, 젠장 또 달아오르는구나. 그 밤에 이 감정의 롤러코스터를 몇 번이나 반복했을까요. 그렇게 발열하는 아이가 가쁜 숨결을 들이쉬고 내쉬고 있습니다, 박나비처럼. 박나비는 물론 나비의 일종이겠죠. 병든 아이의 연약함을 나비에 비유한 듯합니다. 나비는 손대면 부서질 듯한, 연약함의 상징이죠. 참고로 '박나비'는 밤에 등불에 날아드는 불나비의 일종이랍니다. 아, 그렇다면 등불에 몸을 사른 채 숨을 거두는 불나비의 모습을 연상한 건지도 모르겠네요, 가쁜 호흡의 아이를 보며.

화자의 대응이 궁금해지네요. 다음 줄로 가볼까요. 설마, 거기 '주사'가 우리에게 익숙한, 병원에서 맞는 그 주사注射나 술꾼들의 그 주사酒邪는 아니겠죠. '주사朱砂'는 해열제로 머리에 바르곤 했던 짙은 붉은색의 광물질이랍니다. 이미지를 하나 떠올려볼까요. 발열하며 가쁘게 호흡하는 아이의 머리에 입을 맞추는 화자의 모습.

가만……, 이 순간 문득 정지용 시인의 「유리창」이라는 시가 떠오르는군요. 학창 시절에 배우셨을 텐데, 기억나시죠. 죽은 아이에 대한 그리움과 슬픔을 노래한 「유리창」. 혹시 지금 이 아이와 「유리창」의 그 아이가 동일인이라면……, 만약 그런 거라면……, 사랑하는 내 아이가 내 앞에서 숨이 꺼져가는 상황인 거라면……, 아, 정말 끔찍한 밤이 아닐 수가 없습니다. 앞의 이미지, 아이와의 입맞춤을 다시 떠올려볼까요. 이것이 마지막 입맞춤이 될 수도 있는 상황이니, 그 입맞춤에 얼마나 간절한 마음이 담겨 있었을까요. 그의 입술은 얼마나 느리게 아이의 머리로 다가갔을까요. 그의 입술은 얼마나 떨리고 있을까요.

그러곤 화자가 아이 앞에서 무언가를 중얼거립니다. 대체 무슨 말들을 입에 올렸던 걸까요? 다음 행의 '다신교도多神教徒'란 단어에 힌트가 있네요. '다신교도'라면 다수의 신을 믿는 사람이란 뜻이니, 아마도 화자는 이랬던 거겠죠. "예수님, 살려주세요." "부처님, 살려주세요." "성모 마리아, 조상님, 천지신명님⋯⋯." 그렇게 여러 신들의 이름을 불렀던 겁니다. 부끄러운 줄도 모르고⋯⋯. 아니, 부끄럽다니요. 죽어가는 아이 앞에서 부모가 대체 부끄러울 일이 무에 있겠습니까.

마지막 행을 마저 볼까요. '애자지게'는 '애타게' 정도의 의미겠죠. 아이가 아버지에게 매달리고 있네요. 아마도 이랬을까요. "아빠⋯⋯, 살려주세요." 아이에게 아버지는 유일신唯一神 같은 존재잖아요. 살려달라고⋯⋯, 가장 믿음직스러운 아버지에게 매달리는 수밖에. 결국 이랬던 거네요. 아이는 자기가 굳게 믿는 아버지에게 매달리고, 아버지는 자신이 믿지 않는 여러 신들에게 매달리고⋯⋯.

아이의 말을 들은 화자의 마음은 어땠을까요. 살이 찢어지는 듯하고, 가슴이 터져나갈 듯하고, 숨이 꽉 막히고, 두 눈에는 눈물이 솟구치려 했겠죠. "그래, 아빠가 살려줄게"라고 힘없이 한마디 던지고 슬그머니 자리에서 일어서야 했겠죠. 아이에게 눈물을 보일 수는 없잖아요. 아빠의 표정만 보고도 아빠 마음을 다 읽어내는 똑똑하고 사랑스러운 아이니까⋯⋯.

〈토막 3〉

불도 약도 달도 없는 밤,

아득한 하늘에는

별들이 참벌 날으듯 하여라.

첫 행은 이렇게 여러 번 읽어줄까요. 불도 꺼진 깊은 밤, 약도 없는 답답한 밤, 달도 없는 어두운 밤. 불과 달이야, 없는 게 무슨 문제겠습니까마는…….

화자는 문득 아득한 하늘을 바라봅니다. 참벌은 꿀벌의 다른 말이라니, 그냥 벌로 읽어주면 되겠습니다만, 하늘의 별들이 벌이 날듯 했다는 말이 대체 뭔 뜻일까요? 이 슬픈 상황의 마무리치곤 어째 좀 경박스러운 느낌이라고요? 아니, 뭔가 신비스러운 느낌 아니냐고요? 그렇게 볼 수도 있겠습니다만……. 한번 이렇게 이해해볼까요. 별들이 벌처럼 하늘을 난다니, 참 심란해 보이잖아요. 화자 마음도 물론 걷잡을 수 없이 심란한 상태였을 테니……, 화자의 그 심란한 마음 때문에 하늘의 별들도 그저 어수선하게만 보였던 게 아닐까요.

아니면 〈토막 2〉의 꿍지랑 이어서 이렇게 생각해볼까요. 〈토막 3〉의 공간은 아무래도 마당인 듯하잖아요. 눈물을 감추기 위해 방 안을 벗어나 마당으로 잠시 나갔던 거겠죠. 바람이라도 쐬면서 마음을 가라앉히려고요. 화자의 눈에는 아직 눈물이 그렁그렁 맺혀 있었을 겁니다. 눈물을 떨구기 싫어서 고개를 들었던 걸까요. 눈물 어린 눈에 별들의 모습이 들어옵니다. 별들이 흐릿해지고 뭉개지고 흔들리고 그랬겠죠. 다리에 힘이 풀려 휘청거렸을 수도 있었겠네요. 머리도 핑핑 도는 느낌 아니었을까요. 별들이 하늘에서 부산을 떱니다, 벌들이 붕붕거리듯이.

그 밤에 발열하던 건 아이와 세상만이 아니었을 겁니다. 공간의 변화, 인상적이지 않나요. 마당에 있다가 문득 아이 상태가 궁금해서 방 안으로 들어서고, 아이의 모습을 보고 있으니 자신도 덩달아 타죽을 것 같아서 열을 식히러 다시 마당으로 나오고, 마음을 가라앉히다 문득 다시 아이가 걱정돼서 방 안으로 들어서고, 아이에게 입맞춤하고 기도하고 아이의 애원을 듣다가 타죽을 것 같아 열을 식히러 다시 마당으로 나오고……. 아마도 그 밤 내내 화자는 발열 상태에서 마당과 방을 오락가락했던 게 아닐까요. 그중 한 번의 순환을 잘라서 이 시에 담아냈던 게 아닐까요. 이 시에 도돌이표를 계속 붙이면 그날 밤 내내가 되고…….

마지막으로 〈토막 2〉의 한 구절을 다시 읽어보고 싶습니다. 전 개인적으로 이 구절이 가장 슬픈데요. 다시 한 번 인용해볼게요.

가녀린 머리, 주사 찍은 자리에, 입술을 붙이고

이 구절, 특이하다는 생각 안 해보셨나요. 대체 왜 이 구절은 두 번의 쉼표로 세 조각이 나 있는 걸까요.

"가녀린 머리의 주사 찍은 자리에 입술을 붙이고"

라고 편하게 이어 적어도 될 텐데 말이죠.

화자가 숨이 찼던 게 아니었을까요. 아이와 세상과 함께 뜨겁게 발열하면서 자기 호흡도 따라서 가빠졌던 거겠죠. 슬픔-숨막힘과 발열-숨막힘 때문에 화자가 호흡 곤란으로 헐떡거립니다. 민물에 담긴 바닷고기처럼 헐떡거립니다. 그렇게 헐떡거리며 아이를 향해 천천히 다가갑니다. 아이의 뜨거운 머리에 자신의 뜨거운 입술을 맞춥니다. 더더욱 숨이 잘 안 쉬어집니다. '가녀린 머리 (숨) 주사 찍은 자리에 (숨) 입술을 붙이고……'

참고로 정지용은 열 명의 자식을 두었는데, 그중 다섯을 잃었다고 합니다. 그러니 이 시의 아이가 「유리창」의 그 아이가 아닐 수도 있습니다. 하긴 두 아이가 같은 존재냐 다른 존재냐를 따지는 게 무슨 의미가 있겠습니까. 이 끔찍한 경험을 시인이 다섯 번이나 했다는 거 아닙니까. 아무리 사망률이 높은 시대였다고 해도 이거 참……. 정지용의 삶도 그다지 오래 지속되진 않았습니다. 34세의 젊은 나이에 7여 년 동안 그를 괴롭히던 지병인 신장병으로 숨을 거두게 되죠. 자식 다섯을 잃은 비운悲運의 아버지, 정지용. 어찌 보면 신이 정지용을 일찍 데려간 게 그에 대한 배려가 아닐까 싶기도 하네요. 참, 사는 게 뭔지…….

눈물을 감추기 위해 방 안을 벗어나
마당으로 잠시 나갔던 거겠죠.
바람이라도 쐬면서 마음을 가라앉히려고요.
화자의 눈에는 아직 눈물이
그렁그렁 맺혀 있었을 겁니다.
눈물을 떨구기 싫어서 고개를 들었던 걸까요.
눈물 어린 눈에 별들의 모습이 들어옵니다.

가을

김현승

1913년 평안남도 평양 출생
1934년 시 '쓸쓸한 겨울 저녁이 올 때 당신들은' 발표
1973년 서울특별시 문화상
『가을의 기도』『마지막 지상에서』 등

:김현승의 제주

봄은
가까운 땅에서
숨결과 같이 일더니

가을은
머나먼 하늘에서
차가운 물결과 같이 밀려온다.

꽃잎을 이겨
살을 빚던 봄과는 달리
별을 생각으로 깎고 다듬어
가을은
내 마음의 보석寶石을 만든다.

눈동자 먼 봄이라면
입술을 다문 가을

봄은 언어 가운데서
네 노래를 고르더니
가을은 네 노래를 헤치고
내 언어의 뼈마디를
이 고요한 밤에 고른다.

가을을 포함해서 가을과 연결된 단어들을 나열해볼까요?

가을, 하늘, 물결, 별, 생각, 보석, 눈동자, 언어의 뼈마디, 밤.

관념어 두 개를 제거해볼까요? 그럼 아래 여덟 단어가 남겠죠.

가을, 하늘, 물결, 별, 보석, 눈동자, 뼈마디, 밤.

이 단어들의 공통점, 혹시 눈에 띄나요? 의미상의 공통점은 전혀 안 보이죠. 그거 말고 감각적인 공통점이요.

누가 이런 설명을 한다면 공감하실 수 있겠나요?

"하늘, 물결, 별, 보석, 눈동자, 뼈마디, 밤은 가을과 감각적으로 통하는 시어들이다."

〈3연〉

꽃잎을 이겨

살을 빚던 봄과는 달리

별을 생각으로 깎고 다듬어

가을은

내 마음의 보석寶石을 만든다.

왜 3연을 먼저 읽느냐고요? 시의 주제 먼저 결정하고 싶어서요. 사실 이 시의 주제는 즐길 만한 수준의 것이 못 되거든요. 주제를 먼저 결정하고 그 너머로 진행해보려 합니다.

1~2행은 봄 얘기네요. 여기 '이기다'는 '가루나 흙 따위에 물을 부어 반죽한다'는 뜻의 '이기다'죠. 아, 도공陶工의 작업을 염두에 둔 듯합

니다. 도공이 흙을 이겨 도자기를 빚어내듯, 봄은 꽃잎을 이겨 살을 빚어낸답니다. 재료 무시하고 산출물에만 주목하면 이런 결론이 나올 수 있겠습니다.

"봄은 살이 자라는 계절, 즉 육체적 성숙의 계절."

3~5행, 가을 얘기를 볼까요. 별이 재료, 생각이 도구, 보석이 산출물이 되겠습니다. 아, 여긴 보석공寶石工이네요. 보석공이 원석을 칼로 깎고 다듬어 보석을 만들어내듯, 가을은 별을 생각으로 깎고 다듬어 마음의 보석을 만들어낸답니다. 아직 뭔가 개운치 않죠. 이렇게 해볼까요. 별은 생각의 대상으로서의 세계, 마음의 보석은 생각의 결과로서의 관념.

더 구체적으로 해볼까요. 나는 역사에 대해 생각했다. 그러곤 역사가 발전한다는 결론을 얻었다. 나는 인간에 대해 생각했다. 그러곤 인간의 본성이 악하다는 결론을 얻었다. 나는 산에 대해 생각했다. 그러곤 산이 인간의 친구라는 결론을 얻었다. 역사, 인간, 산 등은 생각의 대상, 이런저런 결론들은 생각의 결과. 그렇다면 가을은······.

"가을은 생각이 결실을 맺는 계절, 즉 정신적 성숙의 계절."

〈4연〉

눈동자 먼 봄이라면
입술을 다문 가을

3연의 의인법도 매우 인상적이었는데, 4연의 의인법은 더 강렬하네요. 봄을 눈먼 사람의 모습에, 가을을 입을 다문 사람의 모습에 비유한 거죠.

눈먼 사람이라……. 어떤 단어들이 연상되나요. 장님, 소경, 봉사, 맹인……. 아니겠죠. 실제로 눈이 먼 게 아니라, 비유겠죠. 가만, 비유적으로 눈이 멀었다? 왜 이런 표현 있잖아요. 철수는 사랑에 눈이 멀었고, 영수는 돈에 눈이 멀었고. 아, 그럼 맹인盲人이 아니라, 맹盲……. 그래요, 맹목盲目이요. 이성의 마비. 무언가에 빠져들고 사로잡힌, 좋게 말하면 무언가에 몰입하고 전념하는, 더 좋게 말하면 정열적인 존재들. 그럼……,

"봄은 맹목의 계절, 즉 정열의 계절."

입술을 다문 사람에서는 어떤 단어들이 연상되나요. 분노, 경악, 실망 등등보단……, 침묵 정도가 좋을 듯하죠. 그래요. 사색에 잠겨 침묵하는 자. 그럼……,

"가을은 침묵의 계절, 즉 사색의 계절."

〈5연〉

봄은 언어 가운데서
네 노래를 고르더니
가을은 네 노래를 헤치고
내 언어의 뼈마디를
이 고요한 밤에 고른다.

여기도 여전히 의인법이죠. 봄이 언어 가운데서 노래를 골라내는 걸 보니 봄은 노래를 좋아하는 사람이네요. 가을은 노래를 헤치고 언어를 골라내는 걸 보니 언어를 좋아하는 사람이고요. 주변에 노래 좋아하는 사람을 보면 어떤가요? 맞아요. 주로 놀기 좋아하는 사람들이죠. 그에 비해 언어를 좋아하는 사람이라면……, 생각하기 좋아하는 사람……. 무리인가요? 괜찮죠? 여기서 언어는 의사소통의 도구가 아니라, 논리적 사유의 도구로서의 언어로 보입니다. 그러면 결론은 이 정도로 내는 게 어떨까요.

"봄은 음악적인 계절, 즉 놀기 좋은 계절. 가을은 언어적인 계절, 즉 생각하기 좋은 계절."

근데 왜 하필 '고요한 밤'이냐고요? 낮보다 밤이 생각하기 좋은 시간이잖아요. 밤보다 낮이 놀기 좋은 시간이고…….

'네'와 '내'란 수식이 좀 어색하다고요? 맞아요. 그런 느낌이 있습니다. 그것들 다 빼고 읽으면 5연 전체가 더 산뜻해지는 느낌입니다만……. 어쨌든 이미 쓰인 표현을 버릴 순 없으니……. 화자인 '나'는 사색을 좋아하는 자로 설정돼 있고, 청자인 '너'는 유흥을 좋아하는 자로 설정돼 있다고 읽을 수밖에 없을 것 같습니다.

'뼈마디'가 뜬금없다고요? '뼈마디'를 '뼈대'로 바꿔 읽어줄까요. 그러면 '뼈대 같은 언어'가 되겠죠. 거기 한 단어를 추가해서 '사고의 뼈대와 같은 언어'로 읽어줄까요.

이제 세부적인 표현들도 얼추 다 해결된 듯하니, 여기에서 잠시 3~5연을 다 끌어모아 주제를 결정해볼까요.

- **봄**　육체적 성숙의 계절, 정열의 계절, 놀기 좋은 계절
- **가을**　정신적 성숙의 계절, 사색의 계절, 생각하기 좋은 계절

　별거 없죠? 그냥 상식선이잖아요. 봄, 가을과 연관한 무난한 통념을 별다른 저항 없이 인정하는 듯합니다. 물론 화자는 봄보다 가을이 더 마음에 든다는 거고요. 주제를 한 문장으로 요약하면, 이렇게 되겠네요. "난 정열의 계절 봄보다는 사색의 계절 가을이 더 좋다." 이걸 편의상 이 시의 의미의 차원이라고 해볼까요.

〈3연〉

꽃잎을 이겨
살을 빚던 봄과는 달리
별을 생각으로 깎고 다듬어
가을은
내 마음의 보석寶石을 만든다.

　왜 3연으로 다시 돌아왔느냐고요? 하나가 마음에 걸려서요. '생각'이란 단어, 물론 주제를 결정하는 매우 중요한 시어이긴 하지만, 주제는 이미 다 확인했으니 이제 그 단어를 잠시 빼볼까요. 그럼 3연은 이렇게 요약되겠죠.

　"봄은 꽃잎을 재료로 살을 빚고, 가을은 별을 재료로 내 마음의 보석을 만든다."

산출물 말고 재료에만 주목해볼까요. 그럼 이렇게 되겠죠.

"봄은 꽃잎을 가공하고, 가을은 별을 가공하고……."

이거 뭔가 찜찜하지 않나요? 꽃잎이야 뭐, 봄 하면 꽃이니까 큰 불만이 없습니다만, 왜 가을은 하필 별을 가공하고 있는 걸까요? 연상 게임 하나 해볼까요?

봄 : 꽃잎 = 가을 : (　　)

괄호 안에 어울릴 만한 단어는? 별……. 이거 가능한 대답인가요? 별……, 이거 아무래도 의미의 차원에서 해결될 만한 단어가 아닌 듯합니다.

사실은 1~2연에도 비슷하게 마음에 걸리는 단어들이 몇 개 있습니다. 가볼까요?

〈1~2연〉

봄은

가까운 땅에서

숨결과 같이 일더니

가을은

머나먼 하늘에서

차가운 물결과 같이 밀려온다.

줄이면 이 정도죠.

"봄이 숨결처럼 땅에서 오고, 가을이 물결처럼 하늘에서 온다."

봄이 왜 숨결에 비유되고, 가을은 왜 물결에 비유되는 걸까요. 아니 그건 둘째치고 봄이 땅에서 오고 가을은 하늘에서 온다는 건, 도대체 무슨 의미일까요. 이것도 왠지 의미의 차원으로 시원스럽게 해결될 만한 연결이 아닌 듯합니다. 숨결이나 땅이 곧바로 육체·정열로 해석되고, 하늘이나 물결이 곧바로 정신·사색으로 해석되긴 어렵잖아요. 아, 기독교 전통에 기대고 있는 걸까요. 신의 인간 제작 스토리⋯⋯, 흙으로 인간의 육체를 빚고 숨결을 불어넣었다는⋯⋯. 그래서 봄은 숨결과 땅의 계절? 그렇다면 하늘은요? 아, 이 역시 서구적인 이분법. 육체 : 지상=정신 : 천상. 그래서 봄 : 땅=가을 : 하늘. 그렇다면 물결은요?

가만, 계속 이럴 게 아니라, 시각을 살짝 바꿔볼까요. 의미의 차원을 살짝만 벗어나보자고요.

2연의 '차가운'에서부터 매듭을 풀어볼까요. 왜 시인은 하필 '물결' 앞에 '차가운'이란 단어를 덧붙인 걸까요? 당연히 가을이 차가운 계절이라서 그런 거 아닐까요. 그에 비해 '봄'은 따뜻하고, '숨결'도 따뜻하고⋯⋯. 결국 '숨결'은 따뜻한 느낌이라서 봄의 보조관념으로 등장한 거고, '차가운 물결'은 차가운 느낌이라서 가을의 보조관념으로 등장한 거라고 볼 수도 있겠네요.

아, 가만, 따뜻하고 차가운 느낌이라면, 땅이나 하늘에도 적용하지 못할 게 없겠죠. 땅은? 따뜻한 느낌이고, 하늘은? 차가운 느낌 맞잖아요. 왜 땅이 따뜻하고 하늘이 차냐고요? 왠지 그런 느낌이 들지 않나요. 영 느낌이 안 오면, 색깔을 연결해볼까요. 적색·황색 계열과 청색·녹색 계열 중에 어느 쪽이 따뜻한 느낌을 주고, 어느 쪽이 차가운 느낌을 주나요? 맞아요. 적색·황색 계열이 따뜻한 느낌을 주고, 청색·녹색 계열이 차가운 느낌을 주죠. 땅과 하늘의 색은 어떤가요? 땅은 황토색이고, 하늘은 파란색이잖아요.

그렇다면 1~2연은 의미의 차원보다는 감각의 차원을 염두에 두었던 게 아닐까요. 흔히 시에서는 감각에 호소하는 표현을 이미지라고 하죠. 그래서 이미지를 시각적 이미지, 청각적 이미지, 촉각적 이미지 등으로 분류하기도 하고요. 그러면 이런 진술도 가능하겠네요. 1~2연의 시어 선택은 의미의 차원을 넘어선 이미지의 차원에 대한 고려가 작용한 것이라고.

이제 3연으로 다시 한 번 가볼까요.

〈3연〉

꽃잎을 이겨
살을 빚던 봄과는 달리
별을 생각으로 깎고 다듬어
가을은
내 마음의 보석寶石을 만든다.

일단 '생각'은 다시 버려볼까요. 이건 감각을 따질 수 없는 단어잖아요. 관념어니까. 감각에 호소하는 이미지가 아니라…….

그렇다면 '꽃잎'과 '살'은……, 맞아요. 분명히 따뜻한 느낌을 주는 사물들이죠. 그 색을 따지기도 전에 즉각적으로 온기가 느껴지잖아요. 물론 적색·황색 계열의 사물이기도 하지만요.

그에 비해 '별'은 차가운 느낌인가요, 따뜻한 느낌인가요? 차가운 느낌을 주는 거 맞죠. 별을 바라보며 따뜻하다는 생각, 하지 않잖아요. 아마도 별의 푸르스름한 색채 때문에 그럴 겁니다.

그렇다면 '보석'도 차가운 느낌이 맞나요? 맞죠. 잘 안 느껴지면 '살'과 대비해보세요. 잠시 상상해볼까요? 살을 만질 때, 보석을 만질 때, 살의 온기, 보석의 냉기……. 이상하죠. 보석에는 적색, 황색, 청색, 녹색 등등 여러 가지 색깔이 있는데 왜 보석은 전체적으로 차가운 느낌을 줄까요? 보석이 광물이라서 그런 거 아니냐고요? 맞아요. 광물이기 때문이죠. 보석과 살의 대비는, 넓게 말하면 딱딱한 것과 말랑말랑한 것의 대비라고도 볼 수 있겠죠. 보석처럼 딱딱한 것은 차가운 느낌을, 살처럼 말랑말랑한 것은 따뜻한 느낌을 줍니다.

이제 5연도 한 번 다시 볼까요.

〈5연〉

봄은 언어 가운데서
네 노래를 고르더니
가을은 네 노래를 헤치고
내 언어의 뼈마디를

이 고요한 밤에 고른다.

일단 '언어'는 버려야겠죠. 이것도 3연의 '생각'처럼 감각을 따질 수 없는 관념어니까요.

'뼈마디'는 차가운 느낌? 맞아요. 딱딱한 놈이잖아요.

'밤'은? 이건 낮과 대비시키면 바로 답이 나옵니다. 온도차가 느껴지잖아요. 낮은 따뜻하고 밤은 차고.

그렇다면 '노래'는 어떤가요? '노래'는 온도도 없고, 적색·황색 계열도 아니고, 말랑말랑한 놈도 아니죠. 아, 참, '노래'도 관념어? 아니죠. 그건 아녜요. 노래는 소리의 일종이고, 소리는 청각적 이미지니까, '노래'도 이미지인 건 틀림없어요. 하지만 어쨌든 '노래'는 소리니까 차고 따뜻하고를 가릴 수 없다?

포기하지 말고 조금만 더 노력해볼까요. 선입견 버리고 마음을 비운 후, 느낌을 따져보세요. 굳이 갈라본다면 노래는 따뜻한 느낌인가요, 차가운 느낌인가요? 이상하게도 왠지 따뜻한 느낌 아닌가요?

이렇게 해볼까요. 아까 1~2연에서 수식어 '차가운'의 도움이 매우 결정적이었죠. 여기에도 인상적인 수식어가 하나 있습니다. 마지막 행의 '고요한'. 자, 연결해볼까요. 소리가 없는 상태와 소리가 있는 상태가 있습니다. 어느 쪽이 차고 어느 쪽이 따뜻한 느낌인가요? 맞아요. 고요한 쪽이 차고, 시끄러운 쪽이 따뜻한 느낌이죠. 말없는 킬러, 훨씬 더 냉혹해 보이잖아요. 이렇게 해서 냉온 감각은 청각과도 연관을 맺게 되는 겁니다.

자, 이제 이미지들을 총정리해볼까요.

따뜻하거나 적색·황색 계열이거나 말랑말랑하거나 시끄러운 것

: 땅, 숨결, 꽃잎, 살, 노래

차갑거나 청색·녹색 계열이거나 딱딱하거나 고요한 것

: 하늘, 물결, 별, 보석, 뼈마디, 밤

여기서 문득 이런 생각이 들지 않나요? 시인은 왜 이렇게까지 감각에 집착하는지? 물론 시는 감정의 예술인 동시에 감각의 예술이니까, 어찌 보면 감각에 신경 쓰는 게 당연한 일일 수도 있겠습니다만……. 과연 그게 전부일까요. 과연 시인은 주제는 뒷전으로 미루고 감각 놀이에 푹 빠져 있는 걸까요. 앞에서 했던 3~5연의 내용 요약을 다시 데려와볼게요.

- **봄**　육체적 성숙의 계절, 정열의 계절, 놀기 좋은 계절
- **가을**　정신적 성숙의 계절, 사색의 계절, 생각하기 좋은 계절

여기서 이런 단어들을 연결해보는 건 어떨까요. 이성과 감성. 위의 정리와 상당한 연관성이 보이는 개념쌍이죠. 물론 짝을 지으면 이렇게 되겠죠.

- **봄**　감성의 계절
- **가을**　이성의 계절

　이렇게 해놓고 아까처럼 '찬/따뜻한' 게임을 한 번 더 해볼까요. 감성과 이성 중에 차가운 것과 따뜻한 것은? 감성과 이성은 이미지가 아닌 관념어니까 잘못된 게임 아니냐고요? 글쎄요. 감성과 이성이 관념어이긴 하지만, 관습적으로 냉온 감각을 연결하는 전통이 있잖아요. 그런 게 어디 있느냐고요? 보통 감성을 따뜻한 가슴에, 이성을 차가운 머리에 비유하잖아요. 열정熱情적인 사람, 온정溫情의 손길, 냉정冷情한 태도, 냉철冷徹한 사고 등등. 이런 표현들도 사실은 냉온 감각을 바탕으로 한 것이고. 그렇게 우린 습관처럼 감성과 이성을 촉각적으로 이미지화해왔던 겁니다. 동서양에서 모두 아주 오래전부터요.

　아하, 이제 시의 주제와 감각적 이미지들 간의 접점이 생겨난 거네요. 정리하자면, 봄은 따뜻한 계절이고, 따뜻한 내면(즉 감성과 열정)의 계절이고, 따뜻한 이미지의 계절입니다. 그에 비해 가을은 차가운 계절이고, 차가운 내면(즉 이성과 사색)의 계절이고, 차가운 이미지의 계절이고요.

　4연도 마저 봐야겠죠.

〈4연〉

눈동자 먼 봄이라면

입술을 다문 가을

'눈동자'는 봄과 연관되는 이미지이고, '입술'은 가을과 연관되는 이 미지다? 안 되겠죠. 따뜻한 눈동자, 차가운 입술? 별로잖아요. '먼'과 '다문'이란 부정적인 표현도 고려해야 하고요. 맞아요. 반대 연결이 맞 겠죠. '눈동자'가 불편하다면, 이런 연상 게임도 해보고요. 눈이 멀었 다는 건, 눈에 뵈는 게 없다는 건, 무엇이 마비됐다는 거? 그래요. 이 성!

총정리해볼까요.

● **의미의 차원**

봄   육체적 성숙, 정열, 감성의 계절

가을 정신적 성숙, 사색, 이성의 계절

● **감각 확장**

봄   따뜻함(촉각) ≒ 붉음(시각) ≒ 부드러움(촉각) ≒ 소란(청각)

가을 차가움(촉각) ≒ 푸름(시각) ≒ 딱딱함(촉각) ≒ 고요(청각)

● **이미지 선택**

봄   땅, 숨결, 꽃잎, 살, 입술, 노래

가을 하늘, 물결, 별, 보석, 뼈마디, 눈동자, 밤

여기서 잠깐, 혹시 이런 생각을 하고 있는 건 아닌가요?

　　시인이 정말 이렇게까지 이미지의 차원을 집요하게 고민하면서 시어들을 선택했던 것일까? 그냥 대충 쓰다 보니까 결과적으로 이렇게 됐던 거 아닐까? 맞아요. 후자일 가능성도 매우 높습니다. 이성과 감성을 감각적으로 표현하다 보면, 굳이 의식하지 않고서도 이런 감각적인 통일성을 갖춘 시가 나올 가능성이 매우 높습니다.

　　그렇다면 이렇게 질문을 던져볼까요. 위에 정리한 봄·가을과 연결된 7~8개의 시어들 중에서, 감각을 의식하면서 의도적으로 선택한 시어들은 어떤 것이고, 생각 없이 끄적거렸는데 결과적으로 감각과 맞아떨어진 시어들은 어떤 것들인 거 같나요? 죽 한 번 따져보셨나요? 결론은 어떤가요?

　　제 결론이 궁금하다고요?

　　전 모두 다 의도된 선택인 것처럼 보입니다.

　　왜냐고요?

　　2연의 '차가운'과 5연의 '고요한' 때문에요.

　　황당한 대답이라고요? 그래서 제 결론에 동의하기 어렵다고요?

　　예, 뭐, 그럴 수도 있겠습니다만……

피아노

전봉건

:모던하다는 것

1928년 평안남도 안주 출생
1950년 문예로 등단
1959년 제3회 한국시인협회상
『사랑을 위한 되풀이』, 『시를 찾아서』 등

피아노에 앉은
여자의 두 손에서는
끊임없이
열 마리씩
스무 마리씩
신선한 물고기가
튀는 빛의 꼬리를 물고
쏟아진다.

나는 바다로 가서
가장 신나게 시퍼런
파도의 칼날 하나를
집어 들었다.

연주회장이라고 가정해볼까요. 화자는 연주회장에서 여성 연주자의 피아노 연주를 듣고 있습니다. 그런데 웬 난데없는 물고기, 느닷없는 바다, 뜬금없는 파도들이 등장하는 걸까요. 아, 바닷가에 설치된 가설무대? 제3회 해운대 음악제?

〈1연〉

피아노에 앉은

여자의 두 손에서는

끊임없이

열 마리씩

스무 마리씩

신선한 물고기가

튀는 빛의 꼬리를 물고

쏟아진다.

3행, 4행, 5행, 7행을 버리면 이런 문장이 됩니다.

"피아노에 앉은 여자의 두 손에서는 신선한 물고기가 쏟아진다."

'신선한 물고기', 이거 아무리 봐도 실제 물고기는 아니겠죠. 마술 쇼를 하고 있는 건 아닐 테니까요.

이번에도 빈칸 연상 게임을 해볼까요.

"피아노에 앉은 여자의 두 손에서는 (   )이/가 쏟아진다."

표현을 조금만 수정해볼까요.

"피아노 치는 여자의 두 손에서 (   )이/가 쏟아져 나온다."

괄호 안에 들어가기에 적절한 단어는?

자, 뭐가 떠오르나요?

피아노 건반이요? 에이, '쏟아진다'랑 별로 안 어울리잖아요. 아래 문장 한번 읽어보세요.

"피아노 치는 여자의 두 손에서 피아노 건반이 쏟아져 나온다."

좀 심해 보이죠. 피아노가 부서지는 느낌이잖아요.

손가락이요? 글쎄요. 이것도 마찬가지 아닌가요? '쏟아진다'랑 잘 안 어울려요. 아래 문장 읽어보세요.

"피아노 치는 여자의 두 손에서 손가락이 쏟아져 나온다."

두 손에서 손가락이 쏟아져 나오면, 이건 또 무슨……. 마술쇼가 싫다고 엽기 호러로 가겠다는 건가요?

손톱이요? 음, 물론 손가락보다 피가 덜 튀긴 하겠습니다만…….

땀이요? 아, 너무 열심히 피아노를 쳐서요? 그런데 손에서 땀은 좀 그렇지 않나요? "피아노 치는 여자의 이마에서……" 또는 "피아노 치는 여자의 겨드……" 정도였다면 모를까.

음표요? 오호, 음표라면, 꽤나 근사합니다만…….

그런데 신기하게 시각적 이미지들만 고집하고 있네요. 아마도 '신선한 물고기'라는 단어가 주는 선입견 때문이겠죠. 그 선입견을 벗어 던져볼까요. 시각에 집착해봤지만, 뭐 하나 기특한 놈이 없었잖아요. 범위를 오감으로 넓혀볼까요. 청각, 후각, 촉각, 미각…….

촉각, 미각에는 마땅한 게 없어 보이죠? 이제 남은 건 두 개 정도가 아닐까요.

피아노 소리, 화장품 냄새.

됐죠. 피아노 소리. '신선한 물고기'의 원관념은 '피아노 소리'겠습니다. 어떤 피아노곡일지는 상상이 되죠. 빠르고 경쾌한……, 「즉흥환상곡」 정도? 그 신선하고 통통 튀는 듯한 피아노 소리를 듣고, 신선한 물고기가 튀는 빛의 꼬리를 물고 쏟아지는 상상을 했던 것입니다.

공감각적 이미지라고요? 맞아요. 소리에서 영상을 떠올렸으니, 청각의 시각화죠. 전형적인 공감각입니다.

2연 가기 전에 1연을 다시 한 번 읽고 갈까요. 이번에는 빼고 읽었던 3행, 4행, 5행, 7행을 주목해서 읽어보세요. 사실은 그것들이 1연의 느낌을 더더욱 감각적이고 경쾌하게 만들어주거든요. 읽어보셨나요? 그런 거 같죠?

가만, 시각 중에 그래도 손가락은 무난하지 않나 하는 생각을 떨치지 못했다면, 이렇게 해볼까요. 다음 두 문장을 찬찬히 비교해보세요.

- **A** 피아노 건반 위에서 신선한 물고기가 파닥거린다.
- **B** 피아노 치는 두 손에서 신선한 물고기가 쏟아진다.

A와 B의 차이, 느껴지나요? A라면 100퍼센트 '손가락'이 어울리겠죠. B라면 확실히 '피아노 소리'가 나아 보이고요. 사실은 '손가락'을 연상할까 봐 걱정한 시인이 다분히 의도적으로 선택한 단어가, 분리의 느낌을 강하게 주는 '쏟아진다'가 아니었을까 싶습니다.

〈2연〉

나는 바다로 가서

가장 신나게 시퍼런

파도의 칼날 하나를

집어 들었다.

나는 바다로 가서?

화자가 연주회장을 뛰쳐나와 차를 타고 바다로 날아갔다?

왜? 아, 신선한 물고기가 먹고 싶어서?

물론 불가능한 상상은 아닙니다.

피아노 소리에 얼마나 심취해서, 신선한 물고기를 얼마나 생생하게 떠올렸으면, 신선한 물고기가 먹고 싶다는 생각까지 들었을까? 신선한 물고기를 얼마나 간절히 먹고 싶었으면, 연주 도중에 연주회장을 뛰쳐나갈 생각을 했을까? 정말로 신선한(신선도가 높은) 물고기를 먹기 위해서라면 바다로 직접 날아가는 것이 최선의 행동이라는 사려 깊은 결단까지……. 이거 뭐, 참 존경스럽잖아요.

주제를, '피아노 연주를 듣고 느낀 감동'이라고 가정해볼까요. 그렇다면 주제도 도드라지게 부각하면서 화자의 용기와 결단력을 잘 보여주는 하나의 아름다운 해석일 수 있겠습니다만…….

'바다'를 비유라고 가정해볼까요? 그렇다면 그 원관념은? 아무래도 연주회장이 아닐까 싶습니다. '나는 바다로 가서'를 '연주회장이 바다로 변한 것 같은 기분이었다' 정도로 읽어주면 어떻겠냐는 겁니다.

왜 연주회장이 바다로 변하느냐고요? 왜긴요. 지금 여기 천지사방 물고기가 파닥거리고 있잖아요. 이렇게 신선한 물고기가 빛나게 파닥거리는 곳이라면, 여기는 바다일 수밖에 없는 겁니다.

어떤가요? 아무래도 '바다'를 실제 바다로 보는 것보다 연주회장의 비유로 보는 것이 더 자연스러운 느낌이죠? 다들 동의한다고 믿고 나머지 표현들은 후자의 해석에 맞춰 읽어볼게요.

이제 '파도'로 가볼까요. '바다'가 연주회장이라면 '파도'의 정체는? 이번에도 빈칸 연상 게임을 해볼까요.

나는 바다로 가서 (   )을/를 집어 들었다.

참, 바다는 연주회장으로 바꿔야겠죠.

나는 연주회장에서 (   )을/를 집어 들었다.

괄호 안에 들어가기에 적절한 단어는?

자, 뭐가 떠오르나요?

또 시각을 고집해볼까요? 연주회장에 있는 물건을 죄다 떠올려보죠. 무대, 악기, 연주자, 마이크, 조명, 청중, 의자, 스피커, 카펫, 쓰레기통, 비상구……. 이중에 화자가 집어들 수 있을 만한 물건은?

이건, 보조관념의 도움도 살짝 받아볼까요.

나는 연주회장에서 파도 같은 (　　　　　)을/를 집어 들었다.

　청중 정도면 가능하지 않겠냐고요? 아, 꿈틀거리는 앞사람 머리를 집어들었다? 왜? 자꾸 무대를 가려서? 그렇다고 앞사람 머리를?

　시각 집착 버리고, 범위 확장 또 해볼까요. 이번에도 청각이 좋아 보이지 않나요. 또 피아노 소리 같다고요? 그래요, 나쁘진 않은데요. 피아노 소리는 신선한 물고기였잖아요. 이번엔 조금 다른 거 떠올려보죠. 파도라는 보조관념의 느낌도 살짝 고려할까요. 파도가 출렁이는 느낌이요. 넘실넘실…….

　피아노 선율 정도가 어떨까요. 무난하지 않나요? 선율이라면, 출렁이는 느낌도 나름 어울리잖아요. 선율로 읽어주면 파도 앞뒤의 표현들도 자연스럽게 그에 연결시킬 수 있을 거 같습니다. '가장 신나게 시퍼런'은 '가장 인상적인'으로 옮기는 거예요. '칼날'은 칼날 같은 파도, 칼날 같은 선율, 내 마음을 칼날처럼 파고드는 선율, 마치 손으로 잡으면 손이 베일 것 같은……. 꽤나 자연스럽죠?

　아, 가만, 이번에는 청각 집착도 버리고 관념으로 한번 가볼까요. '파도'를 화자의 감동 정도로 읽어주면 어떨까요. '가장 신나게 시퍼런'은 '어마어마한' 정도로 읽어주는 겁니다. '칼날'은 칼날 같은 감동, 뭐 특별히 나쁠 거 없잖아요.

　어느 쪽 해석이 더 나아 보이나요. 물론 비교하는 게 별 의미가 없는 짓인지는 모르겠지만, 전 '선율'로 옮기는 해석이 마음에 듭니다. 왜냐고요? 글쎄요. 그냥 그쪽이 좀 더 앞뒤가 잘 맞는 느낌이랄까. 아니면 시 전체 분위기와 어울리는 느낌이랄까. 아니면 좀 더 감각적이고 날렵하고 산뜻하고 경쾌한 느낌이랄까.

시 전체를 간략히 정리해보면, 다음과 같습니다.

1 피아노 소리를 듣고 신선한 물고기가 연상됐다.

2 마치 연주회장이 바다로 변한 것 같은 기분이었다.

3 피아노 선율들이 바다의 파도처럼 넘실거렸다.

4 그중 가장 인상적인 선율 하나가 내 마음을 파고들었다.

이미지들의 연결을 주목해보는 것도 시의 진행을 이해하는 데 도움이 될 수 있겠습니다. 해볼까요.

1 피아노 소리를 듣고 신선한 물고기가 연상됐다.

2 물고기 하면 어디다? 바다! 연주회장이 바다처럼 느껴졌다.

3 바다 하면 뭐다? 파도! 피아노 선율들이 파도처럼 느껴졌다.

결국 피아노 소리에서 신선한 물고기로 튄 거 빼고는 매우 상식적인 연상에 기초해 있었던 겁니다.

시의 주제로는 아까 잠시 가정했던, '피아노 연주를 듣고 느낀 감동' 정도가 무난해 보입니다. 그런데 너무 무난해서 시의 특징이 안 살아나는 느낌이 들죠. 이 시의 주제, 이렇게 압축하는 게 나아 보입니다. '피아노 소리=신선한 물고기'.

섬세한 감정이나 진중한 메시지보다 이미지에만 치중한 느낌이라고 요? 맞습니다. 분명히 그렇습니다. 그래서 시가 깊이 없이 얄팍하게 느 껴진다고요? 뭐, 그렇게 비난할 수도 있겠습니다. 그런데 뒤집어서 이렇 게 칭찬하는 것도 가능하지 않을까요. 이 시 참 산뜻하다. 자기감정을 하소연하거나 자기 생각을 강요하지 않아서, 부담 없이 경쾌하다. 영어 단어로 하면 이런 단어들이 어울리지 않나요. cool, modern, fresh, light, sensitive……. 그래서 저도 이 시의 그런 분위기에 맞게 좀 가볍 게 설명하려고 노력을 했었던 건데, 저의 사려 깊은 의도……, 못 느끼 셨죠? 유감입니다.

감정을 절제하고 이미지에 주력하는 문예사조가 있습니다. 들어보 셨을 겁니다. 모더니즘. 맞아요, 이 시 전형적인 모더니즘 계열의 시입 니다. 감정을 절제하고 이미지에 주력한……. 근데 모더니즘 하면 혹시 어떤 시인이 떠오르시나요? 누가 뭐래도 일단은 정지용 아닌가요? 앞 에서 정지용의 시를 두 편 읽었죠. 「발열」과 「비」.

그중 어느 한 편은 모더니즘 계열의 시로 보기 어렵고, 다른 한 편 은 아주 지긋지긋한 모더니즘 계열의 작품입니다. 물론 「비」죠. 「비」가 모더니즘 계열의 작품입니다. 「피아노」와 「비」를 비교해가면서 찬찬히 읽어보면 두 시가 상당히 유사하다는 사실을 발견할 수 있을 겁니다.

근데 왜 「비」가 지긋지긋한 모더니즘 시냐고요? 철저하다는 표현 으로 수정할까요. 그럼 또 왜 철저하냐고요? 「비」의 경우는, 감정을 절 제했다기보다는 감정을 아예 배제한 수준이잖아요. 그래서 '감정을 절 제하고 이미지에 주력한 시'라기보다 '감정을 배제하고 이미지만 남겨

놓은 시'가 되었잖아요. 「비」를 쓸 때의 정지용의 심정은 아마도 이런 거였을 겁니다.

내가 오늘 모더니즘의 극한을 체험하게 해주마.

피아노 소리에 얼마나 심취해서,
신선한 물고기를 얼마나 생생하게 떠올렸으면,
신선한 물고기가 먹고 싶다는 생각까지 들었을까?
신선한 물고기를 얼마나 간절히 먹고 싶었으면,
연주 도중에 연주회장을
뛰쳐나갈 생각을 했을까?

성탄제

김종길

……사랑이 있었으니……

1926년 경상북도 안동 출생
1947년 경향신문 신춘문예 '문'으로 등단
2007년 제8회 청마문학상
『성탄제』『하회에서』등

어두운 방 안엔
바알간 숯불이 피고,

외로이 늙으신 할머니가
애처로이 잦아드는 어린 목숨을 지키고 계시었다.

이윽고 눈 속을
아버지가 약藥을 가지고 돌아오시었다.

아, 아버지가 눈을 헤치고 따 오신
그 붉은 산수유 열매—.

나는 한 마리 어린 짐승,
젊은 아버지의 서느런 옷자락에
열熱로 상기한 볼을 말없이 부비는 것이었다.

이따금 뒷문을 눈이 치고 있었다.
그날 밤이 어쩌면 성탄제의 밤이었을지도 모른다.

어느새 나도
그때의 아버지만큼 나이를 먹었다.

옛것이라곤 거의 찾아볼 길 없는
성탄제 가까운 도시에는
이제 반가운 그 옛날의 것이 내리는데,

서러운 서른 살, 나의 이마에
불현듯 아버지의 서느런 옷자락을 느끼는 것은,

눈 속에 따 오신 산수유 붉은 알알이
아직도 내 혈액 속에 녹아 흐르는 까닭일까.

편하게 읽으셨죠. 그런데 이 시 불편한 구석이 하나 있지 않나요. 6연의 2행이요. '그날 밤도 성탄제의 밤이었다'가 아니라, '그날 밤이 어쩌면 성탄제의 밤이었을지도 모른다'랍니다. 이거 좀 이상하지 않나요. 성탄절을 맞이하며, '성탄절인지 아닌지 정확하지 않은' 몇십 년 전의 어느 날을 회상한다? 이렇게 해볼까요. 서른 번째 생일을 맞이하며, '생일인지 아닌지 정확하지 않은' 어린 시절의 어느 날을 회상한다? 아무래도 이상하잖아요. 매듭 좀 풀어볼까요.

〈1연〉

어두운 방 안엔
바알간 숯불이 피고.

'바알간'은 물론 '빨간'의 변형이겠죠. 그 단어에 주목하게 하려는 의도일 겁니다. 부드러운 리듬감이 생기기도 하고요. 이런 기법을 시적 허용이라 하죠.
　'바알간 숯불에 무슨 상징성이 있는 것 같다고요? 그보다는 일단 이미지부터 떠올릴까요. 어두운 방 안……, 빨간 숯불……. 어둠과 빛의 대비, 좀 인상적이죠.

〈2연〉

외로이 늙으신 할머니가
애처로이 잦아드는 어린 목숨을 지키고 계시었다.

'애처로이 잦아드는 어린 목숨'은 물론 화자겠죠. 할머니가 병으로 괴로워하는 나를 간호하고 있는 모습입니다. 가만, 엄마는 어디 간 걸까요? 거 뭐…… 잘 모르겠습니다. '외로이 늙으신'을 보니, 할아버지는 일찌감치 돌아가신 듯한데…….

〈3연〉
이윽고 눈 속을
아버지가 약藥을 가지고 돌아오시었다.

추운 눈밭을 헤치고 아버지가 약을 구해오셨네요. 아, 아버지, 나의 영웅, 나의 구세주.

〈4연〉
아, 아버지가 눈을 헤치고 따 오신
그 붉은 산수유 열매─.

산수유 열매라니, 시대가 제법 옛날인 모양입니다. 공간은 시골인 듯하고요. 산수유 열매는 해열제로 널리 쓰였다죠. 무슨 병인지는 몰라도 열이 나는 모양입니다. 일단 열을 떨어뜨려야겠죠. 그래야 아이가 사는 거죠.

아버지의 등장에, 아버지의 산수유 열매에, 화자의 눈은 안도감과 고마움으로 동그랗게 반짝였겠죠. "난 이제 이 열매를 먹고 병에서 낫

게 될 거야."

물론 산수유 열매는 부성애의 상징이 되겠습니다만……. 이미지를 떠올려보세요. 어두운 방, 빨간 숯불, 할머니와 손자, 아버지의 등장, 아버지 손에 들린 붉은 산수유 열매. 방 안에서 두 개의 붉은 것들이 반짝거리고 있죠. 그 두 가지를 생명력의 이미지로 처리하는 거, 별 불만 없으시겠죠.

〈5연〉

나는 한 마리 어린 짐승,
젊은 아버지의 서느런 옷자락에
열熱로 상기한 볼을 말없이 부비는 것이었다.

화자는 연약한 강아지처럼 아버지의 옷에 볼을 비빕니다. 그런 아버지의 옷이 끔찍하게 차네요. 여기저기 눈도 묻어 있었을 테죠.

아아, 아버지, 눈밭에서 나무 열매를 구한다고 얼마나 고생을 하셨을까. 이리 얇은 옷을 입으셨으니 끔찍하게 추우셨겠지. 눈밭에서 미끄러지고 넘어지고 뒹굴고를 여러 번 하셨겠지. 열매를 발견하셨을 땐 얼마나 기뻐하셨을까. 추위도 아픔도 다 잊을 만큼 기쁘셨겠지. 돌아오는 길은 또 얼마나 서두르셨을까. 내 새끼 어서 약 먹여야지, 하시면서 미끄러지고 넘어지고 뒹굴고…….

그 모든 흔적이 '서느런 옷자락'에 남아 있는 겁니다. 그래서 당연히 이 '서느런 옷자락'은 부성애의 또 다른 상징이 됩니다. 이렇게 정리해둘까요.

'산수유 열매'='서느런 옷자락'=아버지의 사랑.

〈6연〉

이따금 뒷문을 눈이 치고 있었다.
그날 밤이 어쩌면 성탄제의 밤이었을지도 모른다.

아버지가 씨름하던 눈발이 아직도 휘몰아치고 있습니다.

그러곤 드디어 문제의 문장이 등장했네요. "그날 밤이 어쩌면 성탄절의 밤이었을지도 모른다."

제법 옛날의 시골이라면 성탄절을 요란하게 치르진 않았을 겁니다. 크리스마스트리니 캐럴이니 행사니 선물이니 하는 것도 거의 없었을 테죠. 그러니 화자에게는 그 어느 해의 성탄절도 특별한 기억으로 남아 있지 않을 겁니다. 그런 화자가 느닷없이 왜 이런 말을 하고 있는 걸까요? "그날 밤이 어쩌면 성탄절의 밤이었을지도 모른다."

어쨌든 6연까지가 크게 한 덩어리입니다. 여기까지를 편의상 '과거'라 칭해볼게요. 자, 이제 '현재'로 가볼까요.

〈7연〉

어느새 나도
그때의 아버지만큼 나이를 먹었다.

화자의 나이는 뒤(9연)에서 서른 살로 밝혀지는군요. 아, 그래서 5연에서 아버지를 '젊은 아버지'라고 했던 거네요. 서른 살 아버지면 꽤나 젊은 아버지죠.

잠깐 산수질을 해볼까요. 1~6연의 화자 나이를 열 살 정도로 가정해본다면, '과거'는 '현재'에서 20년 전이 되겠죠. 참고로 이 시는 1955년에 발표한 작품이라니, '과거'는 1935년 정도가 되겠습니다. 그렇다면 어린 시절의 화자는 성탄절이 뭔지도 몰랐을 가능성이 높습니다. 일제강점기의 촌구석이잖아요. 그럼 6연의 그 문장이 더더욱 수상해집니다. "그날 밤이 어쩌면 성탄절의 밤이었을지도 모른다"?

〈8연〉

옛것이라곤 거의 찾아볼 길 없는

성탄제 가까운 도시에는

이제 반가운 그 옛날의 것이 내리는데.

'옛것'은 일단 넓게 옛날의 정취로 읽어줄까요. 20년쯤 흘렀으니, 강산이 두 번 변한 셈이네요. 당연히 '옛것'은 많이 사라졌을 겁니다.

'성탄제 가까운 도시'랍니다. 화자가 달력을 보고 며칠 뒤면 성탄절이구나, 뭐, 그랬던 건 아니겠죠. 도시가 성탄절을 앞두고 성탄절 분위기를 한껏 내고 있었던 거겠죠. 크리스마스트리에 꼬마전구들이 반짝거리고, 라빰빰빰, 고요한 밤, 징글 올 더 웨이 등등이 귓등을 때려대고……. '성탄제 가까운 도시'…….

'반가운 그 옛날의 것'은 물론 '눈'을 가리키는 말일 겁니다. '반가운'이라는 단어가 인상적이네요. 뒤집어 말하면, 화자는 '성탄제 가까운 도시'의 분위기가 반갑지 않았던 겁니다. 낯설고 어색하고 부담스럽고……. 이런, 겉치레가 있나. 예수의 탄생을 빙자하여 유흥을 즐기고 있을 뿐, 과연 예수 탄생의 진정한 의미에 대해 관심이나 있는 걸까? 가만, 예수 탄생의 진정한 의미라면……, 아무래도 사랑이겠죠. 사랑이 없는 성탄절. 앙꼬 없는 찐빵.

'눈'을 '반가운 그 옛날의 것'이라 했으니, 물론 '눈'을 매개로 과거로 날아갈 테죠. 다음 연으로 가볼까요.

〈9연〉

서러운 서른 살, 나의 이마에

불현듯 아버지의 서느런 옷자락을 느끼는 것은,

첫 단어, '서러운'은 좀 모호하네요. 문맥이 없어서 여러 가지 상상이 가능할 듯합니다. 생계 걱정? 아니면 '옛것'이 사라져서? 뭐든 나쁠 게 없어 보입니다만, 왠지 전 아버지의 죽음이 연상됩니다. 내 정신적 지주였던 아버지는 세상에 없고 이제 나 혼자 세상을 헤쳐나가야 하는, 서럽고 외롭고 허전한 서른 살……. 좀 과한가요?

이제 '서러운'을 뺀 나머지를 볼까요. 아, 이거 참 기가 막힌 플래시백(영화나 텔레비전 드라마 등에서 장면의 순간적인 변화를 통해 과거의 회상을 나타내는 기법)이네요. 이마에 눈발이 떨어지고 그 서늘함이,

어린 시절 아버지의 서늘한 옷자락과 연결되고……. 그날 밤 아버지의 사랑에 가슴이 뭉클해지고……. 가만, 그날 밤 아버지의 사랑……. 사랑! 그러고 보니, 그날 밤엔 사랑이 있었네요.

성탄절이 가까워오자 도시가 성탄절 치장으로 분주합니다. 화자는 그런 성탄절 치장이 탐탁지가 않습니다. 정작 성탄절의 의미인 사랑에는 관심이 없다는 데 생각이 미치자 더욱 마음이 무거워집니다. 문득 눈이 내립니다. 이마에 떨어진 눈의 서늘한 느낌을 매개로 어린 시절 아버지의 서늘한 옷자락, 아버지의 사랑을 떠올립니다. '사랑' 없는 성탄절에, 아버지의 '사랑'이 떠오른 겁니다. 그러곤 화자가 갈등을 합니다. 과연 언제가 더 성탄절에 가까운 걸까? 성탄절 치장을 한껏 했지만 '사랑'이 없는 오늘과 성탄절인지 아닌지 정확하지 않지만 '사랑'이 있었던 그날……. 그러곤 화자가 중얼거립니다. 사랑이 있었으니……, "그날 밤이 어쩌면 성탄절의 밤이었을지도 모른다." 이제 이 문장이 왠지 이렇게 들리지 않나요? "지금은 가짜 성탄절이고 그때가 오히려 진짜 성탄절인지도 모르겠다." 갑자기 〈사랑의 송가〉란 노래의 가사가 떠오르기도 하네요. "천사의 말을 하는 사람도 사랑 없으면 소용이 없고 (……) 하나님 말씀 전한다 해도 그 무슨 소용 있나. 사랑 없으면 소용이 없네."

〈8연〉

옛것이라곤 거의 찾아볼 길 없는

성탄제 가까운 도시에는

이제 반가운 그 옛날의 것이 내리는데.

　왜 다시 8연이냐고요? 한 구절, 다시 읽고 싶어서요. 아까는 '옛것'을 막연히 옛날의 정취로 읽었었죠. 지금 읽어보니 어떤가요? '옛것'의 정체는? 그렇죠, '사랑'으로 읽는 게 좋겠습니다. 넓혀도 이렇게 넓히는 게 좋겠죠. 사랑, 인정, 따스함, 정겨움, 화목함, 이해심, 포용력, 연민, 공감, 일체감 등등의 옛 감정들……

〈10연〉

눈 속에 따 오신 산수유 붉은 알알이

아직도 내 혈액 속에 녹아 흐르는 까닭일까.

　9연의 연장이죠. 9연은, '눈을 매개로 아버지의 서늘한 옷자락, 아버지의 사랑을 떠올린 것은' 정도였었죠.

　9연과 10연을 한두 번 더 연결해서 읽어보세요. 5연에서 했던 정리, '산수유 열매'='서느런 옷자락'=아버지의 사랑, 그도 염두에 두시고요. 어떤가요? 10연, 참 산뜻한 마무리죠. 말 그대로 참 시적입니다. 이 자리에 다음 같은 문장이 적혀 있었다면, 얼마나 촌스러웠을까요. "아버지의 사랑이 내 마음속에서 영원히 살아 숨 쉬는 까닭일까."

6장

구성의
힘

5학년 1반

김종삼

드라마

1921년 황해도 은율 출생
1954년 현대예술 '돌각담' 발표
1971년 현대시학 작품상
『십이음계』, 『전쟁과 음악과 희망과』 등

5학년 1반입니다.

저는 교외에서 살기 때문에 저의 학교도 교외에 있습니다.

오늘은 운동회가 열리는 날이므로 오랜만에 즐거운 날입니다.

북치는 날입니다.

우리 학곤

높은 포플러 나무줄기로 반쯤 가리어져 있습니다.

아까부터 남의 밭에서 품팔이하는 제 어머니가 가물가물하게 바라다보입니다.

운동 경기가 한창입니다.

구경 온 제 또래의 장님이 하늘을 향해 웃음 지었습니다.

점심때가 되었습니다.

어머니가 가져온 보자기 속엔 신문지에 싼 도시락과 삶은 고구마 몇 개와 사과 몇 개가 들어 있었습니다.

먹을 것을 옮겨 놓는 어머니의 손은 남들과 같이 즐거워 약간 떨리고 있었습니다.

어머니가 품팔이하던 밭이랑을 지나가고 있었습니다. 고구마 이삭 몇 개를 주워 들었습니다.

어머니의 모습은 잠시나마 하느님보다도 숭고하게 이 땅 위에 떠오르고 있었습니다.

어제 구경 왔던 제 또래의 장님은 따뜻한 이웃처럼 여겨졌습니다.

엉성하다고요? 맞아요, 매우 엉성합니다. 일부러 엉성하게 쓴 거 같다고요? 맞아요, 일부러 그런 걸 겁니다. 화자가 5학년 학생으로 설정되어 있잖아요. 그런 아이가 세련된 표현을 구사한다면, 그게 오히려 이상하겠죠. 그런데 그 엉성함과 진솔함을 잘 들여다보면, 숨겨진 비밀 하나를 만날 수 있습니다. 자, 그 비밀 만나러 가볼까요. 편의상 네 토막으로 쪼개서 읽어보겠습니다.

〈토막 1〉

5학년 1반입니다.
저는 교외에서 살기 때문에 저의 학교도 교외에 있습니다.

귀엽죠? 5학년 아이의 글답게 자기소개로 시작되는군요. 선생님이 이렇게 쓰라고 가르친 건 아니겠죠. 좋은 글은 이래야 한다고 아이 스스로 믿고 있는 겁니다. '교외'는 '도시의 주변 지역'을 일컫는 말이죠. 뭐 됐습니다. 화자는 도시 근교에 사는 5학년 1반 학생입니다.

〈토막 2〉

오늘은 운동회가 열리는 날이므로 오랜만에 즐거운 날입니다.
북치는 날입니다.
우리 학곤
높은 포플러 나무줄기로 반쯤 가리어져 있습니다.
아까부터 남의 밭에서 품팔이하는 제 어머니가 가물가물하게 바라다보입니다.

운동 경기가 한창입니다.

구경 온 제 또래의 장님이 하늘을 향해 웃음 지었습니다.

옛날 운동회는 마을 잔치였잖아요. 아이들에겐 명절만큼이나 즐거운 날이었을 겁니다. 어색한 친척 어른에게 성적 질문을 받을 일도 없으니, 오히려 명절보다 더 즐거운 날일 수 있었겠군요. 한마디로 '북치는 날'이랍니다.

3, 4째 줄은 학교 소개냐고요? 아닐 겁니다. 다음 문장의 '어머니' 때문에 나온 문장일 겁니다. 반쯤 가려진 포플러 나무줄기 사이로 어머니의 모습이 보입니다. 그런데 저런, 어머니가 남의 밭에서 품팔이를 하고 있네요. 온 마을 사람들이 일손 놓고 신나게 놀아 제끼는 초등학교 운동회 날, 어머니는 일손을 놓지 못하고 계시는군요. 왜냐고요? 당연히 가난 때문이겠죠.

당연히 저 때문이겠죠. 저 먹이려고 놀지도 못하고 일하고 계신 거겠죠. 오늘 같은 날엔 어머니도 좀 신나게 놀 수 있으면 좋으련만……

아이의 마음은 그렇게 좀 무거웠을 듯하네요. 운동 경기는 한창입니다만, 어머니 쪽으로 계속 눈길이 갑니다. 늘 울상이던 장님 아이마저 하늘을 향해 웃음을 짓는 즐거운 운동회 날……

가만, 그나저나 이따가 점심시간은 어떡하죠. 어머니가 밭에서 일을 하고 계시니, 별수 없이 수돗물로 물배를 채우게 되는 건가요. 아니면 급우들이 화자에게 맛난 음식을 나누어주는, 그런 감동적인 장면

이 연출되는 걸까요. 다음 토막 가볼까요.

<토막 3>

점심때가 되었습니다.

어머니가 가져온 보자기 속엔 신문지에 싼 도시락과 삶은 고구마 몇 개와 사과 몇 개가 들어 있었습니다.

먹을 것을 옮겨 놓는 어머니의 손은 남들과 같이 즐거워 약간 떨리고 있었습니다.

드디어 점심시간……. 어라, 뜻밖에도 어머니가 보자기를 들고 나 타나셨네요. 도시락, 고구마, 사과……. 에고, 내 어머니. 하긴 아이의 끼니 때문에 일손을 놓지 못하셨던 거라면, 일하느라 아이 점심을 못 챙겨준다는 건 말도 안 되는 상상이었던 겁니다.

점심 도시락을 펼쳐놓는 그 짧은 시간에도, 어머니의 마음이 잔치 분위기에 들떠 있군요. 점심시간이 끝나면 다시 일터로 돌아가야 할 텐데……. 어머니의 떨림, 좀 안쓰럽고 짠하네요.

<토막 4>

어머니가 품팔이하던 밭이랑을 지나가고 있었습니다. 고구마 이삭 몇 개를 주워 들었습니다.

어머니의 모습은 잠시나마 하느님보다도 숭고하게 이 땅 위에 떠오르 고 있었습니다.

어제 구경 왔던 제 또래의 장님은 따뜻한 이웃처럼 여겨졌습니다.

운동회가 끝난 모양입니다. 아이의 귀갓길입니다. 어머니가 품팔이하던 고구마 밭을 지나며, 어머니가 캐고 남긴 고구마 이삭 몇 개를 주워듭니다. 그러다 문득 가슴이 뭉클해집니다. 어머니는 나를 위해 이 밭에서 고구마를 캐신 거로구나. 하루 종일 허리도 제대로 한 번 못 펴시고, 땀도 제대로 한 번 못 훔치셨겠지. 그렇게 힘들여 캐낸 고구마를 바구니에 옮겨 담으셨을 거고, 그중 몇 개가 바구니에서 굴러떨어진 모양이고……

아이는 고구마 몇 개를 집어들고 어머니의 하루를 파노라마처럼 떠올렸을 겁니다. 당연히 이런 생각도 하지 않았을까요. 내가 학교에서 틈틈이 이 밭을 바라봤듯이, 어머니도 여기에서 틈틈이 학교를 바라보셨겠구나. 엄마 없이도 잘 놀고 있겠지, 엄마 생각에 마음이 무거워진 건 아니겠지, 하시며 내 걱정도 많이 하셨겠지. 점심때가 가까워오면서는 신경이 온통 학교에 가 있었을 테지. 점심시간에 늦게 도착하면 큰일이니까……. 이런저런 생각 끝에 아이다운 결론을 내린 거겠죠. 내 어머니는 하느님보다도 숭고한 존재…….

마지막 행은 난데없다고요? 좀 그러네요. 상상도 못 했던 장님 아이의 재등장입니다. 일단 전제 하나만 인정할까요. 5학년 아이에게 동네의 장애인이란? 그래요, '따뜻한 이웃'일 수가 없죠. 왠지 가까이하면 나에게도 장님병(?)이 옮을 것 같은, 그래서 나 혼자일 땐 멀찌감치 피해 가게 되는, 또는 친구들 몇 명과 어울릴 땐 나뭇가지라도 집어

던지면서 조롱하게 되는, 그런 존재가 아닐까요. 그런 장님 아이가 그날은 친구처럼 느껴졌다는 겁니다. 대충 느낌 오죠? 신보다 숭고한 어머니의 사랑에 아이가 종교적으로 교화된 겁니다. 기독교적으로 말하면, 어머니의 성령holy spirit이 아이에게 내린 셈이죠.

다 끝난 거냐고요. 아닙니다. 골칫거리가 하나 남아 있거든요. 설마 운동회가 이틀 동안 열린 건 아니겠죠. 당연히 아닐 겁니다. 아니, 이게 또 무슨 쓸데없는 헛소리냐고요?

〈토막 2〉의 첫 문장을 다시 봅시다. '오늘'이란 단어 보이죠. 자, 이제 〈토막 4〉의 마지막 문장을 다시 봅시다. '어제'랍니다. 이거 뭘까요. 매우 엉성한 시라는 건 서두부터 인정하고 시작했습니다만, 이건 엉성함으로 설명할 수 있는 수준의 실수가 아닌 듯합니다. 이거 대체…….

실수가 아니라고 가정해볼까요. 그렇게 가정하고 서술 시간을 따져봅시다. "오늘은 운동회가 열리는 날이므로 오랜만에 즐거운 날입니다"는 언제 쓴 문장일까요? 물론 운동회 열리는 날, 그날 밤쯤에 쓴 문장일 겁니다. 그렇다면 "어제 구경 왔던 제 또래의 장님은 따뜻한 이웃처럼 여겨졌습니다"는 언제 쓴 문장일까요? 이건 또 틀림없이 운동회 다음 날에 쓴 문장일 겁니다. 그렇다면 결국 운동회가 이틀 동안 벌어진 게 아니라, 아이가 이틀 동안 글을 쓴 셈이군요. 그럼 시의 마지막 문장만 운동회 다음 날 쓴 거냐고요? 글쎄요, 그런 건 아닌 듯합니다.

잠시 시 전문으로 돌아가서 서술어들만 죽 훑어볼까요. 〈토막 2〉

의 마지막 문장부터 과거형 서술로 되어 있죠. 그전까지는 현재형 서술로 되어 있고……. 아까 시를 네 토막으로 쪼갰던 건 내용상의 구분이었습니다만, 결국 내용상의 구분을 무시하면서 시제상의 구분이 이루어져 있었던 겁니다. 시제상의 구분을 적용해서 아래에선 시를 두 토막 내서 다시 인용해보겠습니다.

〈토막 1〉

5학년 1반입니다.

저는 교외에서 살기 때문에 저의 학교도 교외에 있습니다.

오늘은 운동회가 열리는 날이므로 오랜만에 즐거운 날입니다.

북치는 날입니다.

우리 학곤

높은 포플러 나무줄기로 반쯤 가리어져 있습니다.

아까부터 남의 밭에서 품팔이하는 제 어머니가 가물가물하게 바라다보입니다.

운동 경기가 한창입니다.

〈토막 2〉

구경 온 제 또래의 장님이 하늘을 향해 웃음 지었습니다.

점심때가 되었습니다.

어머니가 가져온 보자기 속엔 신문지에 싼 도시락과 삶은 고구마 몇 개와 사과 몇 개가 들어 있었습니다.

먹을 것을 옮겨 놓는 어머니의 손은 남들과 같이 즐거워 약간 떨리고 있었습니다.

어머니가 품팔이하던 밭이랑을 지나가고 있었습니다. 고구마 이삭 몇 개를 주워 들었습니다.

어머니의 모습은 잠시나마 하느님보다도 숭고하게 이 땅 위에 떠오르고 있었습니다.

어제 구경 왔던 제 또래의 장님은 따뜻한 이웃처럼 여겨졌습니다.

아이가 글짓기 숙제를 받았나 봅니다. 운동회를 소재로 시 한 편 지어오기. 시? 아, 이런, 시. 그날 밤 최선을 다해 〈토막 1〉까지는 썼던 겁니다. 그러곤 아차, 스르르 잠이 들고 맙니다. 다음 날 새벽 아이는 소스라쳐 잠에서 깨어납니다. 아, 참, 시. 꾸역꾸역 시를 이어 적어봅니다. 근데 큰 문제가 생긴 겁니다. '오늘'이 '어제'가 되어버린 거죠. 어미를 현재형으로 통일할까, 과거형으로 분리할까 고민을 합니다. 어제를 '오늘'이라 적을까 '어제'라 적을까 고민을 합니다. '어제'라 쓰고 과거형으로 쓰는 게 맞습니다. 선생님을 속일 수는 없으니까. 난 착하고 순진한 초등학교 5학년생이니까.

시인의 상상력이 참 기발하고 독특하죠. 결국 시제의 차이를 통해 숨겨진 이야기 하나를 시에 더 담아낸 셈입니다. 그날 밤과 그다음 날 아침까지 무슨 일이 있었는지를……. 아이의 성격까지 생생하게 부각하면서…….

내가 학교에서 틈틈이 이 밭을 바라봤듯이,
어머니도 여기에서 틈틈이 학교를 바라보셨겠구나.
엄마 없이도 잘 놀고 있겠지,
엄마 생각에 마음이 무거워진 건 아니겠지,
하시며 내 걱정도 많이 하셨겠지.

귀촉도 歸蜀道

서정주

노래가 끝난 후:

눈물 아롱아롱
피리 불고 가신 님의 밟으신 길은
진달래 꽃비 오는 서역西域 삼만 리.
흰 옷깃 여며 여며 가옵신 님의
다시 오진 못하는 파촉巴蜀 삼만 리.

신이나 삼아 줄걸 슬픈 사연의
올올이 아로새긴 육날 메투리.
은장도 푸른 날로 이냥 베어서
부질없는 이 머리털 엮어 드릴걸.

초롱에 불빛, 지친 밤하늘
굽이굽이 은하 물 목이 젖은 새,
차마 아니 솟는 가락 눈이 감겨서
제 피에 취한 새가 귀촉도 운다.
그대 하늘 끝 호올로 가신 님아.

아니었으면 아니었으면 했는데, 마지막 줄을 보니……, 또 한 사람이 세상을 떴네요. 남은 자의 슬픔……, 또 확인해볼까요.

〈1연〉

눈물 아롱아롱
피리 불고 가신 님의 밟으신 길은
진달래 꽃비 오는 서역西域 삼만 리.
흰 옷깃 여며 여며 가옵신 님의
다시 오진 못하는 파촉巴蜀 삼만 리.

'삼만 리'로 시작할까요. 10리가 4킬로미터 정도이니 3만 리는 1만 2000킬로미터쯤 되는 거리겠네요. 지구의 둘레가 4만 킬로미터 정도니까 1만 2000킬로미터라면 상당한 거리죠. 하긴 삼만 리가 실제로 얼마나 먼 거리인지 따져보는 게 무슨 의미가 있겠습니까. 삼만 리는 물리적으로가 아니라 심리적으로, 아주 먼 거리가 아니라 가장 먼 거리겠습니다.

'서역西域'과 '파촉巴蜀'을 볼까요. 서역은 중국의 서쪽 지역을 일컫는 말이죠. 서역 가는 길이라면, 아, 실크로드를 떠올리면 되겠네요. 서역과 중국 간의 무역 통로였다는, 그 험난한 길……. '파촉'은 지금으로 하면 쓰촨성 지방을 일컫는 말입니다. 파촉 가는 길이라면, 아, 이건 유방劉邦이 불태웠다던 그 잔도棧道……. 참고로 그림 한 장 보실까요?

끔찍하죠. 결국 실크로드 삼만 리, 잔도 삼만 리……. 매우 험하고 먼 길을 떠났다는 것에 대한 비유적 진술이겠습니다만……. 지나친 과장이라고요? 에이, 저승길의 비유잖아요. 그 어떤 표현이 과장일 수 있겠습니까?

이제 수식의 표현들을 볼까요. '다시 오진 못하는'이야 저승길이니 뭐, 당연한 수식이겠습니다만……. '진달래 꽃비 오는'……. 저승길에 내리는 진달래 꽃비라……. 이것저것 따지지 말고 이미지를 떠올려볼까요. 꽃비……, 진달래 꽃비……, 그 꽃비 속을 임이 피리를 불며 간답니다. 흰 옷깃을 여미며 간답니다. 머리에도 흰옷에도 피리 위에도 꽃잎이 쌓이고 떨어지고 쌓이고 떨어지고 하겠죠. 다행입니다. 임이 이런 예쁜 길을 걷고 있어서……. 멀고 험하지만 꽃비 오는 고운 길……. 참고로 흰옷은 우리 문화권에서 관습적으로 죽음을 상징합니다. 흔히 이렇게 한 문화권에서 통용되는 상징을 인습적 상징이라 부릅니다만…….

이제 1행만 남았습니다. '아롱아롱'의 정확한 의미는, '또렷하지 아니하고 흐리게 아른거리는 모양'입니다. 근데 그 아롱거리는 '눈물'이, 임의 눈물인지 화자의 눈물인지 확실치 않네요. 전자라면 임이 울면서 저승으로 떠났다는 얘기가 될 거고, 후자라면 임의 죽음을 내가 슬퍼한다는 얘기가 되겠습니다만……. 어느 쪽이 더 자연스러워 보이나요? 당연히 전자 아니냐고요? 1행과 2~5행을 분리해서 읽을 순 없으니, "눈물 흘리며 피리 불고 가신 임……"으로 연결해서 읽어야 하는 거 아니냐고요? 글쎄요. 전 왠지 후자가 더 끌립니다. 왜냐고요? 1행을 2~5행과 분리해서 본다면 후자가 더 자연스러워서요. 이게 대체 무슨 한심한 소리냐고요?

일단 진도 좀 나가볼까요?

〈2연〉

신이나 삼아 줄걸 슬픈 사연의
올올이 아로새긴 육날 메투리.

316

은장도 푸른 날로 이냥 베어서
부질없는 이 머리털 엮어 드릴걸.

짚신이 주로 볏짚으로 삼는 신이라면 미투리는 주로 삼으로 삼는
신이었답니다. 흔히 날(짚신이나 미투리 따위를 짤 때 세로로 놓는 실)을
여섯 개로 해서 엮는다고 해서 육날 미투리라고도 불렀답니다. 메투리
는 미투리의 방언이고요.

표현 좀 수정하면 이런 문장이 되겠습니다. "신이나 삼아줄걸. 슬
픈 사연이 올올이 아로새겨진 육날 미투리나 삼아줄걸. 은장도 푸른
날로 그냥 베어서 부질없는 이 머리털 엮어드릴걸."

화자는 여성이네요. 떠난 임은 화자의 남편인 듯하고요. 절절한
사랑, 잘 느껴지죠. 뭐, 더 덧붙일 말이 필요하겠습니까만, 전 '부질없
는 이 머리털'이란 표현이 짠하네요.

임을 위해 기르던 머리, 임을 위해 감고 빗고 가꾸던 머리, 임이 가
끔씩 쓸어 올려주며 곱다던 그 머리, 그래서 너무도 자랑스럽고 소중
했던 그 머리, 그러나 이제 거추장스럽기만 한 이 머리, 임 가는 길에
도움이 될 수 있다면 그냥 잘라 신발 삼고 싶은 이 머리……

〈3연〉

초롱에 불빛, 지친 밤하늘
굽이굽이 은하 물 목이 젖은 새,
차마 아니 솟는 가락 눈이 감겨서

제 피에 취한 새가 귀촉도 운다.

그대 하늘 끝 호올로 가신 님아.

드디어 귀촉도가 등장했네요. 귀촉도는 자규라고도 부르는 두견새의 다른 이름인데요. 먼저 귀촉도 설화를 좀 아는 게 좋겠네요. 간단히 요약하면 이렇습니다.

중국 촉나라의 황제 두우가 총애하던 신하에게 황권을 빼앗기고 나라 밖으로 추방되어 죽게 됩니다. 그의 원혼이 두견새로 환생하여 밤낮없이 귀촉도歸蜀道(촉나라 돌아가는 길), 귀촉도 하고 울어댑니다. 근데 그 울음이 어찌나 처절했는지, 울다가 피를 토하기도 하고, 토한 피를 다시 삼켜 목을 적시기도 하고, 자기 피에 취해서 또 울고……, 뭐 그랬다는…….

1행은 '초롱불도 지쳐가는 깊은 밤' 정도로 읽어줄까요. 은하수는 흔히 견우·직녀와 연결되면서 이별을 상징하는 자연물이죠. 결국 2행은 '이별을 슬퍼하는 새'로 읽으면 될 듯합니다. 3행은 울다 지친 귀촉도의 모습을 연상하면 될 듯하고, 4행은 그래도 꺼이꺼이 울고 있는 귀촉도를 떠올리면 되겠습니다. 근데…….

근데 이 귀촉도……, 화자는 이 귀촉도의 존재를 접하곤 자신의 처지를 겹쳐본 걸까요, 아니면 임의 존재를 떠올렸던 걸까요. 다시 말해 이 귀촉도는 화자의 분신일까요, 아니면 죽은 임의 분신일까요. 물론 전자로 보는 거 매우 자연스럽습니다. 슬피 우는 귀촉도가 슬피 우는 나 자신과 닮았다, 이거 당연히 자연스럽잖아요.

근데 설화 속의 귀촉도가 죽은 자의 환생이라는 점에서, 이 귀촉도를 죽은 임의 환생이라고 해석하는 것도 제법 설득력이 있습니다. 혹자는 이런 해석을 강력히 뒷받침하는 증거가 5행이라고도 합니다. 1~4행과 5행을 분리해서 읽을 순 없으니, "……슬피 우는 귀촉도, 그대는 나의 님"으로 연결해서 읽어야 하지 않겠느냐는 겁니다. 근데 전 왠지 화자의 분신으로 보는 해석에 더 끌립니다. 왜냐고요? 1~4행을 5행과 분리해서 본다면 그 해석이 훨씬 더 자연스러워요. 이건 대체 또 무슨 한심스러운…….

잠시 딴소리 한마디 할까요. 혹시 시를 읽으면서 각 행들이 규격화돼 있다는 거 느끼셨나요? 유사한 호흡, 유사한 길이가 반복되고 있다는 느낌? 맞죠. 확실히 그런 느낌이 있죠.

우리 시에 음보율과 음수율이라는 개념이 있습니다. 음보율은 마디의 규칙적인 반복을 통해 정형적 리듬을 만들어낼 때 쓰는 개념입니다. 이때 한 마디는 보통 3~5글자를 의미하고요. 우리 시의 음보율에는 3음보와 4음보가 있습니다. 3음보의 대표적인 예는 김소월의 「진달래꽃」, 4음보의 대표적인 예는 '시조'가 되겠습니다. 아래의 인용을 한번 볼까요. 편하게 보시라고 마디마다 사선을 그어봤습니다.

김소월의 「진달래꽃」

나 보기가/ 역겨워/ 가실 때에는/
말 없이/ 고이 보내/ 드리오리다./

조식의 시조

삼동에/ 베옷 입고/ 암혈에/ 눈비 맞아/
구름 낀/ 볕뉘도/ 쬔 적이/ 없건마는/
서산에/ 해지다 하니/ 눈물겨워/ 하노라/

음수율은 글자 수의 규칙적인 반복을 통해 리듬을 만들어낼 때 쓰는 개념이고, 주로 '7·5조'와 '3(4)·4조'가 애용됩니다. 앞에서 인용한 「진달래꽃」과 조식의 시조의 글자 수의 규칙성을 확인해볼까요. 「진달래꽃」의 7·5글자의 반복, 조식의 시조의 3(4)·4글자의 반복, 발견하셨나요? 벌써 눈치챈 분도 있을 테지만, 음수율과 음보율은 어쩔 수 없이 긴밀하게 연관되는 개념입니다. 맞아요. 3음보≒7·5조이고, 4음보≒3(4)·4조죠.

자, 이제 음보율, 음수율을 염두에 두고 「귀촉도」의 전문을 다시 읽어볼까요. 뭔가 이상한 점을 발견하지 않았나요? 두 개 행은 3음보, 7·5조의 틀을 벗어나 있죠. 맞아요. 시의 첫 행과 마지막 행이 그렇습니다. 아래에 사선을 그어서 전문을 다시 인용해보겠습니다. 시 전체를 천천히 다시 한 번 읽어봐주세요.

〈전문 다시〉

눈물 아롱아롱
피리 불고/ 가신 님의/ 밟으신 길은/
진달래/ 꽃비 오는/ 서역西域 삼만 리./

흰 옷깃/ 여며 여며/ 가옵신 님의/
다시 오진/ 못하는/ 파촉巴蜀 삼만 리./

신이나/ 삼아 줄걸/ 슬픈 사연의/
올올이/ 아로새긴/ 육날 메투리./
은장도/ 푸른 날로/ 이냥 베어서/
부질없는/ 이 머리털/ 엮어 드릴걸./

초롱에/ 불빛,/ 지친 밤하늘/
굽이굽이/ 은하 물/ 목이 젖은 새,/
차마 아니/ 솟는 가락/ 눈이 감겨서/
제 피에/ 취한 새가/ 귀촉도 운다./
그대 하늘 끝 호올로 가신 님아.

왜 시인은 시의 첫 행과 마지막 행에 리듬의 파격을 주었을까요? 달리 질문해볼까요? 시의 첫 행과 마지막 행이 어떤 호흡으로 읽히던 가요? 다른 행들보다 더 나지막하고 더 느리고 더 슬프게 읽게 되지 않던가요?

「귀촉도」를 3절의 가사로 구성된 가요라고 생각해볼까요. 그렇게 보면, 첫 행은 노래가 시작되기 전의 내레이션이 됩니다. 마지막 행은 노래가 다 끝난 후의 내레이션 같은 느낌이고요. 그래서 첫 행은 1절의 일부처럼 안 보이고, 마지막 행은 3절의 일부처럼 안 보입니다. 그 두 행은 시 전체를 감싸안고 있는 슬픔의 세포막처럼 보입니다.

전 개인적으로 첫 행보다 마지막 행의 일탈이 더 인상적입니다. 그 행을 읽을 때, 뭔가 신비로운 느낌이 느껴지지 않던가요? 리듬의 규제가 사라지고 나니, 마치 노래 반주가 끝나버린 듯 묘한 정적이 감돌지 않던가요? 그 정적 속에서 그 행을 한없이 길게 읽게 되지 않던가요? 그렇게 읽다가 가슴이 먹먹해지지 않던가요?

겨우 리듬의 규제를 풀었을 뿐인데 시간적 제약이나 감정의 통제마저도 몽땅 다 풀려버리는 느낌⋯⋯.

참고로, 앞서 본 김소월의 「서도여운」과 「왕십리」, 이수복의 「봄비」도 역시 3음보에 기초해서 쓰인 시들입니다. 그 작품들 다시 돌아가서 음보율을 염두에 두고 한 번씩만 다시 읽어보시는 것도 좋겠습니다만⋯⋯.

꽃비……, 진달래 꽃비……,
그 꽃비 속을 임이 피리를 불며 간답니다.
흰 옷깃을 여미며 간답니다.
머리에도 흰옷에도 피리 위에도
꽃잎이 쌓이고 떨어지고 쌓이고 떨어지고 하겠죠.
다행입니다.
임이 이런 예쁜 길을 걷고 있어서…….
멀고 험하지만 꽃비 오는 고운 길…….

연보 ^{年譜}

이육사

두 개의 반칙

'너는 돌다릿못에서 줘 왔다.'던
할머니의 핀잔이 참이라고 하자.

나는 진정 강 언덕 그 마을에
버려진 문받이였는지 몰라.

그러기에 열여덟 새 봄은
버들피리 곡조에 불어 보내고

첫사랑이 흘러간 항구의 밤
눈물 섞어 마신 술, 피보다 달더라.

공명이 마다곤들 언제 말이나 했나.
바람에 붙여 돌아온 고장도 비고

서리 밟고 걸어간 새벽길 위에
간ᄧ 잎만이 새하얗게 단풍이 들어

거미줄만 발목에 걸린다 해도
쇠사슬을 잡아맨 듯 무거워졌다.

눈 위에 걸어가면 자욱이 지리라.
때로는 설레이며 파람도 불지.

'연보年譜'는 '사람이 한평생 동안 지낸 일을 연월순年月順으로 간략하게 적은 기록'입니다. 그렇다면 이 시, 기대가 좀 되지 않나요? 이육사 자신이 기록한 자기 인생의 연보……. 파란만장했던 그의 삶에 대한 이육사 자신의 육성의 기록…….

「연보年譜」가 쓰인 해는 1939년, 그의 나이 35세. 시인으로서도 활동가로서도 절정에 달했던 시기입니다. 그 나이에 그가 작성한 자신의 연보……. 자, 어떤 내용일지 확인해볼까요.

참, 들어가기 전에 미리 한 말씀. '연보'라는 제목에서 직감하셨겠지만, 이 시는 시 자체만 읽어서는 온전한 감상이 불가능한 부분들이 어쩔 수 없이 존재합니다. 필요한 순간에는 전기傳記적 사실들을 적절히 고려해야 할 듯합니다.

〈1~2연〉

'너는 돌다릿못에서 쥐 왔다.'던
할머니의 핀잔이 참이라고 하자.

나는 진정 강 언덕 그 마을에
버려진 문밖이였는지 몰라.

'문밖이'는 문 앞에 버려진 아이 정도의 의미겠습니다. 결국 어린 시절 주워온 아이라고 어른들에게 핀잔 듣던 기억, 그게 자기 인생의 첫 번째 중요한 사건이라는 겁니다.

근데 주워온 아이라고 핀잔 듣던 기억이라면 좀 싱거운 스토리 아닌가요? 웬만한 남자아이들은 한 번쯤 겪었을 법한 뻔한 얘기잖아요. 물론 실제 '문밖이'였을지도 모른다는 말에서 묘한 여운이 느껴지긴 하지만요.

그렇다고 실제 문밖이였을지도 모른다는 말, 너무 거창하게 해석하지는 맙시다. '식민지 민중은 부모 없는 아이다'라는 식의 해석, 또는 '나는 집안의 뜻을 거스르고 독립운동을 시작했다'라는 식의 해석, 너무 부담스럽잖아요. 그저 어린애의 막연한 열등의식 아니었을까요? 일가친척들 다 잘생기고 키도 크고 똑똑하고 성격도 좋은데, 나만 왠지 좀 처지는 느낌…….

제목과 연관시켜 이 부분, 잠깐만 다시 볼까요. 연보라면, 그 시작은 당연히 출생 얘기여야 할 듯한데……. 근데 좀 뜻밖의 시작이네요. 가만, 어찌 보면 1~2연은 출생 얘기가 아닌 것만도 아니네요. 출생과 연관한 고민이잖아요. 그러니 뭐 그도 출생에 관한 얘기인 거죠.

요약해볼까요. '어린 시절 문밖이라고 핀잔 듣던 기억', 또는 '출생에 대해 고민했던 어린 시절', 또는 '평균 이하의 어린 시절.'

〈3~4연〉

그러기에 열여덟 새 봄은
버들피리 곡조에 불어 보내고

첫사랑이 흘러간 항구의 밤

눈물 섞어 마신 술, 피보다 달더라.

난데없이 열여덟 살이라고요? 에이, '연보'잖아요. 그래도 열여덟 살로 건너뛴 건 좀 심하지 않느냐고요? 맞아요. 너무 건너뛴 느낌이 있네요. 1~2연을 여덟 살 정도라고 가정해본다면, 10년 가까운 세월을 훌쩍 건너뛴 겁니다. 왜 건너뛴 걸까요? 물론 그 10년은 별로 할 얘기가 없다는 거겠죠. 연보 형식을 고려해서 말하면, 그 10년 동안에는 기록할 만한 특별한 사건이 없었다는 얘기가 되겠습니다.

'그러기에'는 1~2연을 받는 말이니, 이렇게 읽어줄까요. "평균 이하의 인간이라서 그랬는지……." '버들피리 곡조'는 구슬픈 곡조로 읽어주는 게 좋겠죠. 마지막 단어 '달더라'는 물론 반어겠고요.

다 합쳐서 무난하게 산문화하면 이 정도가 되겠습니다. "내 나이 열여덟 살 구슬픈 봄이 지나고, 어느 밤 항구에서 눈물을 흘리며 쓰디쓴 술을 마시며 첫사랑과 이별을 했다."

잠시 '항구'를 주목해볼까요. 항구에서 헤어지고 둘 다 발길을 집으로 돌렸다는 얘기는 아니겠죠. 둘 중 하나가 배를 탄 거겠습니다. 근데 그게 과연 화자일까요, 첫사랑의 여인일까요? 물론 화자겠죠. 그렇다면 배를 타고 타향으로, 아마도 타국으로 떠난 거겠네요.

결국 출항出港, 출국出國, 출향出鄕. 요게 시인 인생의 두 번째 중요 사건인 거네요. 출국 이유는 시에는 밝혀져 있지 않습니다만, 물론 항일운동을 위해서였겠죠. 왜 결연히 떠나지 않고 눈물을 흘린 거냐고요? 에이, 아무리 강철 투사라도 조국을 떠나며 눈물을 흘리지 않는다면 그게 오히려 이상하겠죠. 참, '첫사랑'의 의미를 넓게 읽어주는 것도 가능하겠습니다. 내가 지금까지 사랑했던 모든 것. 이제 포기해야 하는 모든 것, 나의 두 번째 사랑인 조국을 위해서⋯⋯.

지금까지의 연보를 잠시 정리해볼까요.

- 〈1~2연〉 8세   열등감 속에서 출생을 의심하다.
- 〈3~4연〉 18세   눈물을 흘리며 조국을 떠나다.

〈5~7연〉

공명이 마다곤들 언제 말이나 했나.
바람에 붙여 돌아온 고장도 비고

서리 밟고 걸어간 새벽길 위에
간‖ 잎만이 새하얗게 단풍이 들어

거미줄만 발목에 걸린다 해도
쇠사슬을 잡아맨 듯 무거워졌다.

여긴 시간적으로 '현재'죠. 그렇다면⋯⋯, 이런! 이번엔 또 17년 정도의 세월을 훌쩍 건너뛴 거네요. 서두에서 이 시가 나이 서른다섯 살에 쓴 시라는 말씀 드렸었잖아요. 왜 이렇게 왕창 건너뛴 건지는 나중에 고민하기로 하고 먼저 화자의 '현재' 상태가 어떤지 확인해볼까요.

'공명이 마다곤들'은 '공명을 마다한다고' 정도겠죠. 그렇다면 5연 1행은 이렇게 길게 읽어주는 게 좋겠네요. "나도 부귀공명을 마다하는 그런 고상한 인간은 아니었지만, 하여튼 결과적으로 내 인생은 부귀공명과 전혀 인연이 없었다." 2행의 '바람'은 유랑의 이미지겠죠. '고장'은 고국이나 고향으로 읽어주는 게 좋겠고요. 그럼 이 정도, "바람처럼 헤매 돌다 다시 돌아온 고향은 너무도 황폐해진 상태." 결국 '현재'는 한마디로 화자의 귀향歸鄕이네요. 그렇다면 타국 생활 전체가 생략됐던 셈이고요.

6연의 '서리'는 시련의 이미지겠죠. '간 잎'은 '좌우로 나누어진 간의 한쪽 부분'을 의미하는 단어고요. 물론 간의 모양이 나뭇잎과 닮아서 생겨난 단어겠죠. 아마도 이런 장면이었을 겁니다. 시인이 서리 내린 새벽길을 걷습니다. 서리에 덮여 하얗게 빛이 바랜 나뭇잎을 발견합니다. 그러곤 생각합니다. 내 가슴속 간도 저 나뭇잎처럼 하얗게 빛이 바랬겠지. 그동안 타국에서 얼마나 맘고생이 심했던가. 긴장, 걱정, 초조⋯⋯. 마음을 졸이고 가슴을 치고 애간장을 태우고⋯⋯.

7연 역시 피폐해진 시인의 몸과 마음에 관한 이야기로 읽으면 되겠습니다. '거미줄'은 작은 시련, '쇠사슬'은 큰 시련 그럴까요. 괜찮은 거 같죠. 결국 5~7연을 한 문장으로 하면, 이 정도가 되겠네요.

"피폐해진 몸과 마음으로 황폐해진 조국에 돌아오다."

앞의 요약에 합쳐볼까요.

• ⟨1~2연⟩ 8세　열등감 속에서 출생을 의심하다.

・〈3~4연〉18세 눈물을 흘리며 조국을 떠나다.

・〈5~7연〉35세 피폐해진 심신으로 조국에 돌아오다.

마지막 연 가기 전에 몇 가지 문제를 검토해볼까요.

첫째, 출국 시기가 실제 전기적 사실과 일치하지 않습니다. 시인이 처음 배를 타고 외국으로 향한 때는 스물한 살로 알려져 있거든요. 시인의 기억이 흐려진 건지, 아니면 사실이 잘못 알려진 건지, 아니면 열여덟 살이 주는 어떤 상징적인 느낌 때문에 그렇게 쓴 건지…….

아, 3연과 4연을 분리해서 읽어주는 것도 이 불일치를 해결하는 하나의 방법일 순 있겠습니다. 3연을 열여덟 살 때의 이야기로 보고, "남들은 좋았다는 열여덟 살에도 내 인생은 별볼 일 없었다" 정도로 읽는 겁니다. 4연만 스물한 살 때의 출국 이야기로 읽어주고……. 그렇게 읽으면 3연의 느낌이 매우 구슬프게 도드라지기도 합니다. "내 인생의 두 번째 중요 사건, 그 좋은 나이인 열여덟 살에도 나에겐 아무 일도 없었다는 거."

그렇게 읽어주면, 요약은 이렇게 되겠죠.

・〈1~2연〉8세   열등감 속에서 출생을 의심하다.

・〈3연〉18세   아무 일 없이 비리비리하게 보내다.

・〈4연〉21세   눈물을 흘리며 조국을 떠나다.

・〈5~7연〉35세   피폐해진 심신으로 조국에 돌아오다.

둘째, 귀국 시기도 실제 전기적 사실과 일치하지 않습니다. 아니, 사실 시인은 21세에서 35세까지 외국에만 거주했던 것이 아닙니다. 그 시기에 시인은 고국과 외국을 여러 번 오고 간 것으로 알려져 있습니다. 결국 여러 번의 출국과 여러 번의 귀국을 한 번의 출국과 한 번의 귀국으로 단순화해서 노래한 셈입니다. 왜냐고요? 출국, 귀국, 출국, 귀국, 출국……, 이거 다 세세히 적어봐야 무슨 의미가 있겠습니까? 통 크게 합쳐 적고 나니 시원스럽고 좋잖아요.

셋째, 4연과 5연 사이의 건너뜀에 대해서도 생각을 좀 해볼까요. 제가 살펴본 이육사의 간략한 생은 이렇습니다.

본명 이원록. 1904년 경상북도 안동 출생. 1925년 스물두 살의 나이에 독립운동 단체인 의열단에 가입하고 일본과 중국을 무대로 항일 활동을 펼치기 시작. 이후 열일곱 번에 걸친 수감생활. 그중 대구형무소에 수용되었을 때 수인번호가 264였던 탓에 호를 육사로 짓고 문필 활동. 「광야」, 「절정」 등 웅혼한 필치로 민족의 독립 의지를 노래한 시들을 발표. 1944년 41세의 나이로 베이징 감옥에서 사망.

이 내용과 이 시를 좀 비교해보세요. 이 시 황당하죠. 아주 황당합니다. 그의 주요 경력이 몽땅 빠져 있잖아요. 4연까지 읽고, 이제 5연부턴 시인의 화끈한 항일 활동, 비참한 수감생활, 진중한 작품 활동 등이 펼쳐지겠거니 하고 기대하지 않으셨나요. 그런데 다 건너뛴 거잖아요. 이거 좀 심각한 반칙 아닌가요. 가령 이순신 장군의 연보가 이랬다 생각해보세요. 얼마나 황당할지…….

- 1545년 1세 서울에서 출생
- 1576년 32세 무과에 합격하여 무관 생활 시작
- 1597년 53세 파직되어 서울로 압송

근데 시인은 대체 왜 이런 중대한 반칙을 범했을까요. 아마도 이런 생각이었을까요.

"거 사람들 이육사가 대단한 사람이라고들 하는데, 그거 다 모르고 하는 소리지. 나란 인간이 얼마나 형편없이 지질한 인간인지, 내 경력이라는 게 그게 다 얼마나 초라한 것들뿐인지를 잘 모르고⋯⋯. 지난 17년간의 세월은 얘기할 가치도 없는, 할 수만 있다면 처음으로 돌아가서 다시 시작하고 싶은, 나에겐 그런 세월이었을 뿐⋯⋯."

그래서 그런 걸까요. 7연까지 시의 분위기가 상당히 구슬프고 쓸쓸하잖아요. 「교목」에서 자신에게 죽음을 명령하던 패기는 대체 어디로 가버린 걸까요. 물론 그의 시 중에 구슬프고 쓸쓸한 분위기의 시들이 아예 없는 건 아닙니다만, 그래도 이육사라는 화끈한 사나이의 「연보」라는 호쾌한 제목의 시가 이런 분위기라는 게 참⋯⋯.

아 참, 한 개 연 남았잖아요. 실망하기엔 아직 이른 거 아닐까요?

〈8연〉

눈 위에 걸어가면 자욱이 지리라.

때로는 설레이며 파람도 불지.

이런, 여기 또 한 번의 큰 반칙이 있네요. 여긴 시간이 미래잖아요. '연보'에 미래의 내용을 적는다? 물론 있을 수 없는 일입니다만, 그래도 좀 기대가 되지 않나요. 읽어볼까요.

아, 첫 행……, 참 멋지네요. 지금까지의 구슬픈 분위기를 한 문장으로 홀라당 뒤집어버렸습니다.

눈 위를 걷겠답니다. 지난 35년 뭐 하나 내세울 거 없이 변변치 않게 살아왔지만……. 그래도 눈 위를 계속 걷겠답니다. 너무도 춥고 힘든 길이지만, 심신이 지쳐서 더더욱 힘든 길이지만, 그래도 눈 위를 계속 걷겠답니다. 눈 위를 걸어가면 발자국은 남을 테니까……. 그럼 내 뒤를 좇는 사람들에게 작으나마 도움은 될 수 있을 테니까……. 뭐 어쨌든 세상에 내가 살다 간 흔적은 남기고 가는 거니까…….

하긴 이 겨울이 영원히 지속되랴. 곧 봄이 오겠지. 다가올 봄을 생각하니 마음이 마구 설렌다. 봄노래 한 자락 휘파람으로 불어가면서, 그래, 조금만 더 걷자.

이제 앞의 요약에 8연까지 합쳐볼까요.

- **〈1~2연〉 8세(과거①)**   열등감 속에서 출생을 의심하다.
- **〈3~4연〉 18세(과거②)**   눈물을 흘리며 조국을 떠나다.
- **〈5~7연〉 35세(현재)**   피폐해진 심신으로 조국에 돌아오다.
- **〈8연〉 35세 이후(미래)**   휘파람 불며 눈 위를 계속 걷다.

(=의연히 항일운동을 계속하다.)

두 개의 큰 반칙에 담긴 시인의 생각은 이런 게 아니었을까요.

나 죽고 나서 사람들이 내 연보를 쓰게 될지도 모르겠다. 뭐, 황송한 일이긴 하겠다만……, 35세 이전의 연보에 어떤 내용이 적힐지는 난 별로 관심이 없다. 문제는 35세 이후의 연보다. 그 시기의 연보에는 반드시 이런 구절이 적혀야 한다. "이육사는 35세 이후에도 휘파람을 불며 눈 위를 걸었다, 조국 광복의 그날까지……. 또는 죽음의 그날까지……."

길

윤동주

나를 찾아서

잃어버렸습니다.
무얼 어디다 잃었는지 몰라
두 손이 주머니를 더듬어
길에 나아갑니다.

돌과 돌과 돌이 끝없이 연달아
길은 돌담을 끼고 갑니다.

담은 쇠문을 굳게 닫아
길 위에 긴 그림자를 드리우고

길은 아침에서 저녁으로
저녁에서 아침으로 통했습니다.

돌담을 더듬어 눈물짓다
쳐다보면 하늘은 부끄럽게 푸릅니다.

풀 한 포기 없는 이 길을 걷는 것은
담 저쪽에 내가 남아 있는 까닭이고,

내가 사는 것은, 다만,
잃은 것을 찾는 까닭입니다.

시 보기 전에 그림 하나 먼저 볼까요. 한 인간의 마음속에서 두 가지 내면이 대결하는 풍경, 익숙하죠? 길을 걷다 남의 지갑을 주웠습니다. 주인 찾아줘! 아냐, 네가 가져! 뭐, 이런 식의……. 이때의 선한 자아를 보통 양심적 자아, 악한 자아를 세속적 자아라 부릅니다. 어울리는 이름들이죠. 나를 양심적인 길로 인도하는 내 안에 있는 착한 나. 나를 속된 길로 인도하는 내 안에 있는 못된 나.

그런데 이 그림이 시와 무슨 연관이 있느냐고요? 글쎄요. 시 들어가 볼까요.

〈1연〉

잃어버렸습니다.
무얼 어디다 잃었는지 몰라
두 손이 주머니를 더듬어
길에 나아갑니다.

답답한 상황이네요. '무얼' 잃었는지도, '어디다' 잃었는지도 모르는 상황이라면, 이거 못 찾는다고 봐야겠죠.

가방을 잃었는데 어디서 잃었는지 모른다? 그럼 집으로 회사로 술집으로 찾으러 다니면 되잖아요. 아니면, 뭘 잃었는지는 모르겠지만 하여튼 그게 집에 있다? 그럼 집 안을 뒤지다 보면 무얼 잃었는지 알 수 있을 거 아녜요. 근데 뭔지도 어디인지도 모른다? 그럼……, 혹시나 싶어 주머니나 한 번 더 뒤적거리는 수밖에……. 가만, 바람이라도 좀 쐬어볼까요. 머리 좀 식히면 뭔가 생각이 날 수도 있잖아요. 길로 나서 볼까요.

〈2~3연〉

돌과 돌과 돌이 끝없이 연달아
길은 돌담을 끼고 갑니다.

담은 쇠문을 굳게 닫아
길 위에 긴 그림자를 드리우고

끝없이 이어진 돌담길, 굳게 닫힌 쇠문, 길 위에 드리운 그림자. 뭐, 한마디로 담 저쪽과의 단절을 얘기하고 있는 거네요. 가만, 덕수궁 돌담길 정도를 연상할까요. 아니죠, 그런 낭만적인 느낌은 아닌 듯하고……. 근데 왠지 담 안쪽으로 들어가고 싶어하는 화자의 마음 좀 느껴지지 않나요? 특히 굳게 닫힌 쇠문에 대한 언급 때문에요. 열렸으면 좋겠을……. 들어가고 싶은데 못 들어가는 상황…….

그나저나 바람이라도 쐬면서 뭐라도 떠올려보려 했던 화자의 의도는 잘 실현되고 있는 건가요? '무얼' 잃었는지, '어디다' 잃었는지……. 아직은 잘 안 되고 있는 것 같죠. 아, 가만, '어디다' 잃었는지? 혹시 이 '어디다'와 '담 저쪽'이 연관이 있는 거 아닐까요. 화자는 담 저쪽으로 들어가고 싶은 눈치였잖아요. 화자가 잃어버린 물건은 아무래도 담 저쪽에……. 이거, 좀 지나친 상상인가요? 그렇죠. 아직은 좀 무리인 거 같죠.

〈4연〉

길은 아침에서 저녁으로
저녁에서 아침으로 통했습니다.

길이 아침에서 저녁으로, 저녁에서 아침으로 통해 있다? 이건 좀 뜬금없긴 한데요. 일단은 이런 느낌이 어떨까 싶습니다. 아침에서 저녁까지, 다시 저녁에서 다음 날 아침까지, 다시 그 아침에서 저녁까지……, 이 길을 계속해서 걷겠다. 뭐라도 좀 떠오를 때까지, 나아가 잃어버린 그 물건을 되찾을 수 있을 때까지……. 어떤가요? 대충 무난한 느낌이죠.

〈5연〉

돌담을 더듬어 눈물짓다
쳐다보면 하늘은 부끄럽게 푸릅니다.

어허, 이제 돌담을 더듬으며 울기까지……. 이거 뭐죠? 왜 갑자기……. 그 이유는 일단 둘 중 하나일 것 같습니다. 첫째, 잃어버린 물건을 찾을 수가 없어서. 둘째, 돌담 안쪽으로 들어갈 수가 없어서. 돌담을 더듬으며 울고 있으니 아무래도 두 번째일 가능성이 높아 보인다고요? 그래요, 그렇긴 합니다만, 근데 단지 돌담 안쪽으로 들어가지 못한다고 해서 울기까지 하는 건 좀 과하지 않나요? 2~3연에서, 담 안쪽으로 들어가고 싶은 마음을 분명하게 또는 간절하게 말한 것도 아니었잖아요. 그렇게 보니 첫 번째일 가능성이 더 높은 것 같다고요? 맞아요. 첫 번째라면 울 만도 하잖아요. 시의 시작부터 사실은 그게 문제였으니까, 담 안쪽으로 못 들어가는 게 문제가 아니라……. 근데 첫 번째로 보면 '돌담을 더듬어'의 느낌이 조금 어색해지죠. 보통 슬플 때 담을 더듬지 않느냐고요? 글쎄요, 그런가요?

아, 가만, 아까 2~3연에서 잃어버린 물건이 '담 저쪽'에 있는지도 모른다는 상상을 잠깐 했었죠. 만약 그렇게 본다면……, 맞아요, 첫 번째와 두 번째가 같은 얘기가 될 수도 있겠네요. 양자를 합치면……, '잃어버린 물건이 있는 돌담 안쪽으로 들어갈 수가 없어서'가 되겠네요. 아무래도 이렇게 읽는 게 좋겠죠. 그래야 이런저런 문제들이 다 해결될 듯합니다. 자, 이제 확정 짓고 갈까요. '잃어버린 물건은 담 저쪽에 있다.'

이제 2행으로 가볼까요. 화자는 그렇게 눈물짓다가 문득 하늘을 바라봅니다. '부끄럽게'의 주체는 물론 화자겠죠. "하늘은 부끄럽게 푸릅니다"를 "하늘이 나를 부끄럽게 할 정도로 푸릅니다"로 바꿔 읽으면 좋겠습니다. 근데 푸른 하늘을 보며 화자가 부끄러움을 느끼는 이유는 대체 무얼까요. 하늘이 푸르렀기 때문이라고요? 맞아요. 그도 당연히 맞는 말이겠지만, 그게 다는 아닐 거잖아요. 푸른 하늘을 본다고 모두가 부끄러움을 느끼는 건 아닐 테니까요.

이렇게 해볼까요. 푸른 하늘을 맑은 하늘로 바꿔보자고요. 나쁠 거 없죠. 맑은 하늘을 다시 깨끗한 하늘로 바꿔볼까요. 물론 나쁠 거 없죠. 그럼 2행은 이렇게 됩니다.

"나는 깨끗한 하늘을 보며 부끄러움을 느꼈다."

왜? 스스로 어떠하다고 생각해서? 맞아요. 스스로가 더럽다고 생각한 거겠죠. 물론 이 더러움은 화자의 내면의 더러움일 거고요.

가만, 혹시 이 2행이 '무얼' 잃었는지와 연관되는 거 아닐까요. 뭔 소리냐고요? 아니, 이렇게 볼 수 있잖아요. 나는 더러운 인간이다. 그렇다면 내가 잃어버린 것은? 다시 말해, 더러운 인간에게 없는 것은? 맞아요. 깨끗함, 내면의 깨끗함. 내처 더 진행해볼까요. 깨끗한 내면을 한 단어로 줄이면? 순수, 양심, 정의 등등. 그럼 내가 잃어버린 것은? 양심! 왜 순수, 양심, 정의 등등에서 양심을 선택했느냐고요? 그냥 그 단어가 윤동주하고 잘 어울리는 것 같아서요. 동의도 안 하셨는데 저혼자 너무 막 달리고 있는 건가요? 맞아요. 아직은 과잉 해석 같습니다. 근데……, 이거 그리 나쁜 해석은 아니잖아요. 아닌가요? 그냥 어서 6연 가자고요? 그러죠. 6연 가봅시다.

〈6연〉

풀 한 포기 없는 이 길을 걷는 것은

담 저쪽에 내가 남아 있는 까닭이고,

'풀 한 포기 없는 이 길'은 삭막한 길, 황폐한 길, 절망적인 길 정도로 옮기면 될 듯합니다만, 담 저쪽에 내가 남아 있다니……, 이건 대체 또 무슨 황당한 소리랍니까. 담 저쪽에 내가 남아 있다? 내가?

자, 천천히 매듭을 풀어볼까요. 아까 2~3연에서 상상하고, 5연에서 확정지었던 내용 있죠. "잃어버린 물건은 담 저쪽에 있다." 이 내용을 6연과 연결 지어볼까요. 다음 두 문장을 합쳐보는 거예요.

- **문장 1** 내가 잃은 건 담 저쪽에 있다.
- **문장 2** 담 저쪽에 내가 남아 있다.

그렇다면 내가 잃은 건 뭐다? 맞아요. 내가 잃어버리고 찾고 있던 건 바로 '나'입니다. 너무 막연하고 심오하게 느껴진다고요? 맞아요. 내가 '나'를 잃고 찾고 있다는 말은, 뭐 어찌 읽어도 좀 막연한 느낌입니다.

근데 그보다 더 문제는 이거 아닐까요. 화자는 자신이 잃은 것이 '나'라는 사실을 언제 어떻게 알게 된 걸까요. 1연에서 분명 '무얼' 잃었는지 모른다고 했잖아요. 사실은 알고 있었지만, 짐짓 모른다고 거짓말을 했던 걸까요. 아니겠죠. 그렇다면 언제 무얼 계기로? 설마 아무

계기 없이 문득 알게 되었다? 아닐 거예요. 무슨 계기가 있었을 거예요. 아니, 설령 아무 계기 없이 알게 되었다 하더라도 어느 순간에 알게 되었는지는 얘기해주는 게 정상이잖아요. 근데 그와 연관된 얘기가 혹시 앞에 있었나요?

아, 가만, 5연의 2행……. 그와 연관해서 했던 과잉 해석……. 그 해석, 압축해서 옮겨볼까요. "깨끗한 하늘을 보며 부끄러워지는 나 자신을 보며, 내가 잃어버린 것이 양심이라는 것을 깨달았다." 이거 아무래도 무리한 해석이 아니었던 거 같네요. 에이, 화자가 잃어버린 게 '양심'이라면 '담 저쪽에 내가 남아 있는 까닭'이 아니라 '담 저쪽에 내 양심이 남아 있는 까닭'이라고 적었어야 하지 않느냐고요? 그래요, 뭐 그런 불만 있을 수 있겠습니다만…….

이렇게 해볼까요. 한때 열정적이었던 철수가 지금은 시들시들합니다. 그런 철수가 이렇게 말합니다. "나는 '나'를 잃었다." 이 말 어떻게 들리나요. 별거 없죠. 이때 '나'를 잃었다는 건, 열정적인 '나'를 잃었다는 얘기일 겁니다. 한 번 더 해볼까요. 한때 나는 용감했지만, 지금은 그렇지 못하다. 그렇다면……. 맞아요. 용감한 '나'를 잃어버린 겁니다. 지혜를 잃었다면? 맞아요. 지혜로운 '나'를 잃은 거고. 순수를 잃었다면 순수한 '나'를 잃은 거고. 자, 이제 마지막으로 양심을 잃었다면? 그래요. 양심적인 '나'를 잃은 겁니다. 그러니 '양심' 대신 '나'를 써도 별문제가 없죠. 그 '나'를 그냥 양심적인 '나'로 읽어주면 그만인 거고…….

결국 화자는 5연에서 자신이 잃은 것이 '양심(적인 나)'이라는 걸 깨달았던 겁니다. 무얼 계기로? 깨끗한 하늘을 바라보며 부끄러워지는 자신을 보면서. 자, 이제 '무얼'과 '어디다'를 중심으로 6연까지의 진행을 간략히 정리해볼까요.

- **1연**   난 '무얼' '어디다' 잃었는지 모르는 상태에서 길을 나섰다.
- **2~3연**   길을 나서자마자 '어디다' 잃었는지 알았다. '담 저쪽'이다.
- **4연**   잃어버린 그것을 되찾을 때까지 난 이 길을 계속 걷겠다.
- **5연**   깨끗한 하늘 앞에서 부끄러움을 느끼는 나 자신을 보며 '무얼' 잃었는지 알았다. '양심'이다.
- **6연**   나는 '담 저쪽'에 남아 있는 '양심적인 나'를 되찾기 위해 이 길을 걷고 있다.

〈7연〉

내가 사는 것은, 다만,

잃은 것을 찾는 까닭입니다.

여긴 별거 없죠. 바로 그 '나(=양심)'를 되찾는 것이 자신이 살아가는 이유랍니다. 바로 그 일이 자신에게 얼마나 중요하고 의미 있는지를 강조하면서 시를 마무리한 셈입니다.

다 읽고 보니, 길은 실제 길이라기보다는 화자의 인생길처럼 보인다고요? 맞아요. 그렇게 읽어야 자연스럽게 읽히는 구절들이 좀 있습니다. 길은 또 실제 길이라기보다는 화자의 내면 풍경처럼 보이기도 한다고요? 그도 맞아요. 그렇게 읽어야 자연스레 읽히는 구절들도 좀 있습니다.

근데 가만, 서두에 소개했던 그림과 이 시가 대체 무슨 연관이 있는 거냐고요? 에이, 왜 이러세요, 이미 다 알아차리셨으면서……. 화자가 잃어버리고 애타게 찾고 있는 그것은 서두의 그림으로 하면……, 물론 천사 윤동주겠죠. 이 시의 주제를 '잃어버린 양심을 되찾고 싶은 마음' 정도로 압축하면 물론 아주 좋은 요약이 되겠습니다만, 혹시 이 정도 압축은 어떨까요. '잃어버린 천사를 찾아서' 또는 '잃어버린 나를 찾아서'.

근데 뭔지도 어디인지도 모른다?
그럼……, 혹시나 싶어
주머니나 한 번 더 뒤적거리는 수밖에…….
가만, 바람이라도 좀 쐬어볼까요.
머리 좀 식히면 뭔가 생각이 날 수도 있잖아요.
길로 나서볼까요.

빼앗긴 들에도
봄은 오는가

마프
마프

이상화

1901년 대구 출생
1922년 문예지 〈백조〉 동인 활동
1922년 백조 1호 '말세의 희탄'으로 등단
'빼앗긴 들에도 봄은 오는가'
'나의 침실로' 등

지금은 남의 땅—빼앗긴 들에도 봄은 오는가?

나는 온몸에 햇살을 받고,
푸른 하늘 푸른 들이 맞붙은 곳으로
가르마 같은 논길을 따라 꿈속을 가듯 걸어만 간다.

입술을 다문 하늘아, 들아
내 맘에는 나 혼자 온 것 같지를 않구나!
네가 끌었느냐, 누가 부르더냐, 답답워라. 말을 해 다오.

바람은 내 귀에 속삭이며,
한 자국도 섰지 마라 옷자락을 흔들고.
종다리는 울타리 너머 아씨같이 구름 뒤에서 반갑다 웃네.

고맙게 잘 자란 보리밭아,

간밤 자정이 넘어 내리던 고운 비로
너는 삼단 같은 머리를 감았구나, 내 머리조차 가뿐하다.

혼자라도 가쁘게나 가자.
마른 논을 안고 도는 착한 도랑이
젖먹이 달래는 노래를 하고, 제 혼자 어깨춤만 추고 가네.

나비 제비야 깝치지 마라.
맨드라미 들마꽃에도 인사를 해야지.
아주까리기름을 바른 이가 지심 매던 그 들이라 다 보고 싶다.

내 손에 호미를 쥐어 다오.
살진 젖가슴과 같은 부드러운 이 흙을
발목이 시도록 밟아도 보고, 좋은 땀조차 흘리고 싶다.

강가에 나온 아이와 같이
짬도 모르고 끝도 없이 닫는 내 혼아
무엇을 찾느냐, 어디로 가느냐, 웃어웁다. 답을 하려무나.

나는 온몸에 풋내를 띠고,
푸른 웃음 푸른 설움이 어우러진 사이로
다리를 절며 하루를 걷는다. 아마도 봄 신령이 지폈나 보다.

그러나 지금은—들을 빼앗겨 봄조차 빼앗기겠네.

혹시 느끼셨나요? 1연과 11연, 2연과 10연, 3연과 9연이 서로 짝을 이루고 있죠. 맞나요? 맞죠. 흔히 이런 구조를 대칭 구조라고 그럽니다. 아래에선 이 시의 그 독특한 구조를 염두에 두고 정리해갈까 합니다. 4~8연 안에는 대칭이 없느냐고요? 맞아요. 거기엔 대칭이 없습니다. 그 다섯 개 연은 독자적인 한 덩어리가 되겠습니다.

언제 왜 쓰인 얼마나 위대한 시인지는 이미 다 알고 있으리라 믿습니다. 워낙 긴 시라서 할 얘기가 많습니다. 바로 시로 들어가볼까요.

〈1연〉

지금은 남의 땅—빼앗긴 들에도 봄은 오는가?

문장 하나만 읽고 시작할까요. "이 나라에 봄이 왔지만, 이 나라에 봄이 오지 않았다." 이 문장 어떤가요? 앞의 봄과 뒤의 봄의 차이 느껴지나요? 하나는 실제 봄이고, 다른 하나는 희망을 상징하는 봄입니다. 맞아요. 앞의 봄이 계절 봄이고, 뒤의 봄은 희망 봄이겠죠.

자, 이제 1연 한 번만 더 읽어볼까요. 1연의 '봄'은 계절 봄일까요, 아니면 희망 봄일까요? 아직은 분명치 않죠. 두 가지 의미로 다 읽어볼까요. 첫째, 이 질문의 '봄'이 계절 봄을 의미한다면? 그렇다면 이 질문의 대답은 이미 정해져 있는 거죠. 빼앗긴 들에도 당연히 봄은 오는 겁니다. 둘째, 이 질문의 '봄'이 희망 봄이라면? 그럼……, 대답은 좀 복잡해지죠. 이 둘째 질문에 대한 대답이 바로 마지막 연입니다. 마지막 연 가볼까요.

〈11연〉

그러나 지금은──들을 빼앗겨 봄조차 빼앗기겠네.

이 문장의 '봄'은 확실히 계절 봄은 아니죠. 들(=국권)을 빼앗긴다고 계절 봄이 오지 않을 리는 없잖아요. 결국 이 문장은, 위의 첫 번째 질문이 아니라 두 번째 질문에 대한 대답인 셈입니다. 풀어 읽으면 이 정도가 되겠죠. "이제 이 나라의 국권을 빼앗기고 우리 민족의 희망마저 사라지는 것 같아서 안타깝다." 좀 절망적이고 체념적인 느낌이라고요? 맞아요. 깊은 탄식의 느낌이 묻어납니다.

1연과 11연, 정리해볼까요.

- **질문 1** 계절 봄은 왔는가? – **답변 1** 왔다.
- **질문 2** 희망 봄은 왔는가? – **답변 2** 오지 않았다.

한 문장으로 압축해볼까요.

"봄이 왔지만, 봄이 오지 않았다."

〈2연〉

나는 온몸에 햇살을 받고,
푸른 하늘 푸른 들이 맞붙은 곳으로
가르마 같은 논길을 따라 꿈속을 가듯 걸어만 간다.

화자가 계절 봄을 맞이해 봄 산책에 나선 듯합니다.

봄 햇살을 받으며,

'푸른 하늘 푸른 들이 맞붙은 곳', 즉 지평선을 향해,

봄기운에 취해 '꿈속을 가듯' 가르마같이 잘 닦인 논길을 걷고 있습니다.

이 문장 참, 왠지 모를 유려함이 있죠. 발레리의 말, '시의 첫 줄은 신에게서 온다', 기억나시나요. 이 시는 1연에, 2연까지 신이 준 문장처럼 보입니다.

〈10연〉

나는 (A)온몸에 풋내를 띠고,

(B)푸른 웃음 푸른 설움이 어우러진 사이로

(C)다리를 절며 하루를 걷는다. 아마도 (D)봄 신령이 지폈나 보다.

풋내는 '새로 돋은 풀의 냄새', 지피다는 '사람에게 신이 내린다'의 의미입니다. 편의상 기호를 붙여봤는데요, 정리해볼까요.

A와 C를 보니, 하루 종일 걸은 모양입니다. 몸에 들판 냄새가 밴 듯도 하고, 다리가 좀 아프기도 하다는 겁니다.

D는, 2연의 '꿈속을 가듯'과 연관되는 표현이겠네요. 마치 신 내린 사람처럼, 의식이 없는 사람처럼, 꿈속을 가듯, 실제가 아닌 곳을 가듯, 들을 걷고 있다는 겁니다.

B, 일단 '푸른'은 무시할까요. 2연의 '푸른 하늘 푸른 들'과 짝을

맞추려는 의도처럼 보입니다. 대신 '웃음'과 '설움'은 잘 챙겨볼까요. 이거 거의 주제어들이죠. '웃음'의 정체는 뭘까요? 물론 국토를 즐기는 기쁨이겠죠. 봄을 맞이한 조국의 들판이 너무도 아름다워서 걷기만 해도 절로 웃음이 터져나오는 겁니다. 그렇다면 '설움'은? 이건 물론 국권을 빼앗긴 슬픔이겠습니다. 국권 상실만 생각하면 화자는 웃다가도 느닷없이 슬퍼지는 겁니다. '1연·11연'을 고려해서 이렇게 말할 수도 있겠네요. '웃음'은 계절 봄을 맞이한 기쁨이고, '설움'은 희망 봄을 빼앗긴 슬픔.

한 문장으로 압축해볼까요.

"봄이 와서 기쁘지만, 봄이 오지 않아서 슬프다."

'푸른'들에 대해, 또 '다리를 절며'에 대해 뭔가 심오한 해석을 덧붙이는 것도 가능하겠습니다만, 전 흥미 없습니다. 그거 안 할랍니다.

〈3연〉

입술을 다문 하늘아, 들아
내 맘에는 나 혼자 온 것 같지를 않구나!
네가 끌었느냐, 누가 부르더냐, 답답워라. 말을 해 다오.

화자가 궁금해하는 게 대체 뭘까요. 정말, 누가 자신을 이곳으로 데려왔는지가 궁금한 걸까요. 그건 아니겠죠. 이 정도로 읽어줄까요.

"내 의지로 이 들판에 나선 게 아닌 거 같다. 그렇다면 하늘과 들아, 너희들이 나를 이곳으로 부른 것일 텐데, 그런데 너희들은 왜 침묵만 하고 있느냐? 답답하구나. 나에게 무슨 말이든 해다오."

그렇다면 화자가 하늘과 들에게서 듣고 싶은 말은 과연 무엇일까요? 아마도 희망 봄에 관한 이야기가 아닐까요. 근데 하늘과 들은, 그런 건 모르겠다는 듯, 그저 침묵만 지키고 있습니다, 답답하게도.

결론은 이거네요.

"희망 봄이 오지 않아서 슬프다."

〈9연〉

강가에 나온 아이와 같이

짬도 모르고 끝도 없이 닫는 내 혼아

무엇을 찾느냐, 어디로 가느냐, 웃어웁다. 답을 하려무나.

3연이 상황에 대한 불만족이었다면, 9연은 자신에 대한 불만족의 표현입니다. 여긴 이 정도로 읽어줄까요.

"철없는 아이처럼, 목표도 없이 방향도 모른 채 그저 달리기만 하는 나, 난 그런 내가 그저 우스울 뿐이다."

희망 봄을 위해 무슨 노력을 어떻게 해야 하는지도 모르는 채 우왕좌왕하는, 그런 자신에 대한 비웃음입니다.

자, 이제 4~8연으로 가기 전에 중간 점검을 해볼까요.

- **1연, 11연** 봄이 왔지만, 봄이 오지 않았다.
- **2연, 10연** 봄이 와서 기쁘지만, 봄이 오지 않아서 슬프다.

• **3연, 9연** 봄이 오지 않아서 슬프다.

4~8연의 내용, 대충 예상되지 않나요? 맞아요. 아마도 그럴 겁니다.

"봄이 와서 기쁘다."

〈4연〉

①바람은 내 귀에 속삭이며,

한 자국도 섰지 마라, 옷자락을 흔들고.

②종다리 울타리 너머 아씨같이 구름 뒤에서 반갑다 웃네.

분위기가 확 달라졌죠? 여기서부터는 구김살 없는 봄 노래입니다. 봄, 봄, 봄, 봄이 왔어요♬

편의상 번호를 붙여봤습니다. 1~2행은 자연 ①, 바람 얘기죠. 바람이, 한 발자국도 멈추지 말라고 나에게 말하는 듯, 내 옷자락을 잡아끌었답니다. 의인법이라고요? 맞아요. 의인법이 적용됐네요. 하긴 자연에 대한 친화감을 표출하는, 이런 분위기에서 의인법은 기본이죠.

3행은 자연 ②, 종다리 얘기입니다. 종다리가 나를 반겼다는 거죠. 여기도 물론 의인법.

〈5연〉

고맙게 잘 자란 ③보리밭아,

간밤 자정이 넘어 내리던 고운 비로

너는 삼단 같은 머리를 감았구나. 내 머리조차 가뿐하다.

'삼단 같은 머리'는 '숱이 많고 긴 머리'의 관용적인 표현입니다. 비에 씻긴 깨끗한 보리, 비를 머금어 탱탱한 보리, 연상되죠? 그걸 바라보는 화자도 기분이 상쾌하답니다.

　자연 ③, 보리밭, 고마운 보리밭, 싱그러운 보리밭. 여기도 의인법.

〈6연〉

혼자라도 가쁘게나 가자.

마른 논을 안고 도는 착한 ④도랑이

젖먹이 달래는 노래를 하고, 제 혼자 어깨춤만 추고 가네.

　자연 ④, 도랑 얘기입니다. 요약하면 "나 혼자라도 충분히 즐겁다, 혼자서 어깨춤 추는 도랑처럼."

　여기 의인법은 좀 더 입체적이죠. '마른 논'을 어린아이에, '도랑'을 어머니에 비유했네요.

〈7연〉

⑤나비 제비야 깝치지 마라.

맨드라미 들마꽃에도 인사를 해야지.

아주까리기름을 바른 이가 지심 매던 그 들이라 다 보고 싶다.

여긴 단어 설명을 좀 해야겠네요.

'깝치다'는 '까불다'보다 '서둘다'로 옮겨야 분위기가 살 듯합니다. 애들아, 니들 신난 거 알겠는데, 그래도 서둘지 마, 나 이거 다 봐야 돼. '들마꽃'은 민들레의 방언이고, '지심'은 김(논밭에 난 잡초)의 방언입니다. 김 매기 들어보셨죠. 농민들의 고된 노동, 잡초 제거죠. 아주 까리기름은 용도가 다양했다죠. 머리에 바르기도 했었답니다.

이렇게 정리해볼까요? 자연 ⑤, 나비·제비, 신이 난 나비·제비.

〈8연〉

내 손에 호미를 쥐어 다오
살진 젖가슴과 같은 ⑥부드러운 이 흙을
발목이 시도록 밟아도 보고, 좋은 땀조차 흘리고 싶다.

자연 ⑥, 부드러운 이 흙. 땀 흘려 일해보고 싶은 이 흙.

자, 8연까지 다 왔네요. 4~8연은 틀림없죠. 흥겨운 목소리로 거침없이 봄을 맞이한 기쁨을 노래하는 중입니다.

집요한 의인법은 자연을 인격화함으로써 친숙함, 친근함을 부여하려는 의도겠죠. 특히나 ③, ④, ⑥의 자연은 모성적 이미지로 형상화되어 있습니다. 이런 문장 하나만 떠올려볼까요. "대지는 어머니다."

시 전체의 흐름을 다시 압축해볼까요.

•1연   봄이 왔지만, 봄이 오지 않았다.

- **2연**　봄이 와서 기쁘지만, 봄이 오지 않아서 슬프다.

- **3연**　봄이 오지 않아서 슬프다.

- **4~8연**　봄이 와서 기쁘다.

- **9연**　봄이 오지 않아서 슬프다.

- **10연**　봄이 와서 기쁘지만, 봄이 오지 않아서 슬프다.

- **11연**　봄이 왔지만, 봄이 오지 않았다.

　여기서 문득 궁금증 하나. 시인은 왜 굳이 대칭 구조를 취한 걸까요? 아마도…… 이런 이유가 아닐까 싶습니다. 기쁨과 슬픔을 뒤섞어 노래하면, 자칫하면 둘 중 하나가 죽어버릴 수도 있습니다. 일반적으로 기쁨이 죽고 슬픔만이 살게 됩니다. 기쁨이 대비적으로 슬픔을 부각하면서……. 양자를 온전히 살릴 수 있는 좋은 방법은? 맞아요. 대칭 구조가 좋은 방법 중 하나입니다. 양자를 따로 노래하고 대칭으로 합치는 거죠. 다시 말해, 시를 두 편 쓰고 대칭으로 합치는 겁니다.

　사실상 대칭 구조를 모르고 이 시를 읽으면 화자가 미친 사람처럼 보일 수 있습니다. 1연에서 질문을 던지고 시작해서, 2연에선 담담한 어조로 경과 보고를 하다가, 3연에서는 갑자기 침울해져 울부짖다가, 4연부터 8연까지는 오래도록 마구 킬킬대다가, 9연에선 또 갑자기 침울해져 울부짖다가, 10연에선 담담하게 시를 정리하는 듯하다가, 마지막에서 1연의 질문에 답을 하고 시를 마무리하는…….

　시인은 아마도 독자의 이런 반응을 의도했을 겁니다.

1. 한 번 읽고 당황한다.

2. 다시 읽으며 대칭 구조를 눈치챈다.

3. 대칭에 맞게 짝지어 읽어가며 각 부분의 의미를 음미한다.

4. 전체를 다시 읽으며 기쁨과 슬픔에 온전히 다 심취한다.

좋아하는 시 생기셨나요?

어떠셨나요?

마음에 드는 시 좀 있었나요? 그 감정에 가슴이 뭉클해지고 그 발상에 무릎을 탁 칠 만한 시 좀 있었나요? 어떤 때에 문득 떠올라 또한 번 읽고 싶어질 만한 시, 몇 번 더 읽으면 더 좋아질 것 같은 시, 남에게도 한 번 읽혀 보고 싶다는 생각이 드는 시, 그런 시들 좀 있었나요? 그랬으면 참 좋겠습니다만······.

"너무 늦게 그에게 놀러 간다, 그가 너무 일찍 피워 올린 목련 그늘 아래로."

"임 앞에 타오르는 향연香煙과 같이 땅에선 또 아지랑이 타오르것다."

"눈 위에 걸어가면 자욱이 지리라. 때로는 설레이며 파람도 불지."

이런 구절들, 오래 떠오를 거 같지 않나요? 별 이유도 없이 갑자기 떠올라서 하루 종일 흥얼거리게 되는 유행가의 한 소절처럼요. 그랬으면 더더욱 좋겠습니다만······.

제 기분이요?

어떤 꼭지는 글이 잘 풀려 신나기도 했고, 어떤 꼭지는 여러 번 고쳐 쓰고 다시 쓰고 했습니다만……, 그래도 최종 원고를 다시 읽어 보니 이래저래 뿌듯한 느낌은 듭니다. 제 능력에 이 정도면 뭐 나름대로 근사하게 나왔다 싶습니다. 하하.

근데 죄송하다는 말씀 한 마디 드리지 않을 수가 없네요. 원고 전체를 한 호흡에 다 읽어보니, 꼭지들이 좀 균질하지 못하다는 생각이 들었습니다. 좀 더 솔직히 말씀 드리면, 술 마시면서 쓴 꼭지와 맨 정신에 쓴 꼭지가 좀 차이가 있다는……. 쩝. 그래도 너그럽게 잘 읽어주셨으리라 믿겠습니다. 앞엣것들에선 과장을 즐기시고 뒤엣것들에선 절제를 즐기시면서…….

마지막 말이요?

머리말에서 주름이 있는 시들을 골랐다는 말씀을 드렸었죠. 그러다 보니, 쉽고 단순하고 그래서 설명이 필요 없지만 그래서 더더욱 감동적인 시들은 책에 빠져 있습니다. 뭐 어쩌겠습니까? 한 그릇에 다 담을 순 없지 않겠습니까?

책의 마지막 자리는 그런 시 한 편에 할애하고 싶습니다. 졸고에 대한 자기 푸념보다는 그게 더 의미가 있지 않을까 싶어서요.

가방 하나

백무산

두 여인의 고향은 먼 오스트리아
이십대 곱던 시절 소록도에 와서
칠순 할머니 되어 고향에 돌아갔다네
올 때 들고 온 건 가방 하나
갈 때 들고 간 건 그 가방 하나
자신이 한 일 새들에게도 나무에게도
왼손에게도 말하지 않고

더 늙으면 짐이 될까봐
환송하는 일로 성가시게 할까봐
우유 사러 가듯 떠나 고향에 돌아간 사람들

엄살과 과시 제하면 쥐뿔도 이문 없는 세상에
하루에도 몇 번 짐을 싸도 오리무중인 길에
한번 짐을 싸서 일생의 일을 마친 사람들
가서 한 삼 년
머슴이나 살아주고 싶은 사람들

당신의 감성은 안녕하십니까?

지금 당신에겐 시 한 편이 필요합니다
ⓒ이은직 2016

1판 1쇄 2016년 3월 04일
1판 2쇄 2016년 6월 22일

지은이 이은직
펴낸이 황상욱
기획 황상욱 윤해승 **편집** 황상욱 윤해승
디자인 이효진 **마케팅** 방미연 최향모 함유지 **교정** 오효순
홍보 김희숙 김상만 이천희
제작 강신은 김동욱 임현식 **제작처** 영신사

펴낸곳 (주)휴먼큐브
출판등록 2015년 7월 24일 제406-2015-000096호
주소 10881 경기도 파주시 회동길 210 1층
문의전화 031-955-1902(편집) 031-955-1935(마케팅) 031-955-8855(팩스)
전자우편 forviya@munhak.com

ISBN 979-11-957080-4-8 03800